日本大学法学部叢書　第37巻

江島泰子

「神」の人

19世紀フランス文学における司祭像

Homme de Dieu

国書刊行会

目次

はじめに

ロマン主義は、人間の歴史を大きな全体として把握することを夢見た。文学者たちなりの歴史哲学の思索は、十九世紀を通じて継承される。この総括の希求は、ミシュレやルナンの大著にも、バルザックの『人間喜劇』、ユゴーの『諸世紀の伝説』、さらにゾラの『ルーゴン＝マッカール叢書』といった書物の中にも読み取れる。

本書は複雑に錯綜する十九世紀の政治・社会、歴史を映す鏡としての文学を考察するにあたり、ある有効な補助線として、「司祭像」というテーマを選択した。当時における宗教の重要性を鑑みれば、社会風俗を描く小説に多くの聖職者が登場してくるのは当然であろう。文学史上にはほとんど登場しないようなマイナーな作家にまで目をやると、描かれた聖職者の数は膨大なものとなる。また、一人の作家に複数の司祭像が存在する。その中で、本書の目指す包括的な探求にとって示唆的な作家および作品を選択的に取り出した。加えて、実在の司祭たちの思想と人物像を分析することで、十九世紀フランスにおいて聖職者が置かれていた政治・社会的状況を考究し、文学研究に新たな視点をもたらそうと試みた。

＊＊＊

十九世紀、聖職者たちの置かれていた政治・社会的状況を概観しておこう。

十九世紀を通じて司祭の在り方を決定づけたのは、一八〇一年にナポレオンを第一執政とする執政政府とピウス七世下のカトリック教会のあいだで結ばれた政教条約であった。以後、一九〇五年の破棄にいたるまで、十九世紀フランスのカトリック教会はこの条約に規定されることになった。

この制度は多様な問題を内包していた。一つ目は、政教条約に明確化された教区付聖職者たちの社会的立場である。大革命時に国家に没収され売却された教会財産を考慮して、政府は司教および司祭たちに対し給与を支払う義務を負ったが、その一方彼らは国家に対して忠誠を誓わねばならなかった。宗教省ができ、聖職者たちはいわば国家の公僕となる。この〝公務員化〟によって、一方では教会は国からのコントロールを受け、各教会はときとして体制の意図するところを国民に伝達するのに最適な出先機関の役割を担った。他方、司祭の社会的地位と定収入に惹かれて聖職を目指すケースを生み、しばしば彼らの知的レベルの低さがあげつらわれた。

二つ目は、聖職者や信者たちの多くが王党派、さらに七月革命以降は正統王朝派《レジティミスト》であったことである。したがって一八一四年から一八三〇年にいたるブルボン王朝の王政復古期には教会は体制に全面協力し、緊密な関係を持った。そうした状況が第一部で取り上げる「コングレガシオン神話」を生み出したと言えよう。ここに反教権主義が噴出する大きな源泉を見ることができる。時代が下り、一八四八年の二月革命、第二共和制の成立、ルイ＝ナポレオンのクーデタを経て第二帝政が成立すると、ヴィクトル・ユゴーなど多くの共和主義者たちは亡命を余儀なくされたが、一方で教会は政権と親和する姿勢をとり、パリ・ノートルダム寺院でルイ＝ナポレオンの戴冠式を挙行した。王政復古期にあってさえ実は政権と宗教の利益は必ずしも一致しなかったことを理解し、めまぐるしく変わる体制と一線を画することが宗教の利益につながると考えた聖職者は数少なかった。

三つ目の問題は、聖職者が二つの組織に属する存在であったことである。政教条約は、彼らがローマ教皇を長とする教会組織に属することを容認した。司教は政府によって任命されたが、その後ローマ教会による叙任を受けた。十九世紀を通じて十四万人にも及ぶ人々が司祭に叙階されたが、彼らは二つの組織に同時に所属し、国家とは別の利害によって行動する可能性を有した人々であった。

四つ目は、政教条約は教区教会組織を対象としており、修道会を容認していなかった。したがって修道会に関する条項がなく、そのことによって多くの修道会が非合法的に再興され、あるいは新たに創設された。その数は二〇世紀初頭、八〇〇を超えていた。問題とされたのは、一つにはミサや告解に関しての教区教会との競合であった。さらに修道会による学校教育が国益を損なうものとして批判の的となり、これは第三共和制下での修道会経営学校と公立学校間の対立激化へとつながっていく。この争いは一九〇一年に成立した結社法によって、大部分の修道会が解散あるいは国外退去を余儀なくされたことで決着する。さらに世俗主義（laïcisme）の伸張の影響は在俗司祭たちにも及び、ついに一九〇五年の政教条約破棄にいたる。

＊＊＊

聖職者については、次のような区別がある。修道士（moine）は、本来的には隠者（solitaire）を意味する。集団で生活するようになっても、世間から隔絶して主として祈りと観想に生きる点では、彼らは相変わらず隠者であり、ベネディクト会、シトー会、シャルトル会、カマルドリ会などの修道士たちが共に棲む家がすなわち修道院（monastère）である。修道院制度の当初においては、修道士たちは大部分が叙階されていない「非聖職者」であった。したがって、修道士は教会組織内では位階が低かったが、教区付司祭の欠乏を補う目的もあって、やがて彼らのうちから多くの者が叙階されて司祭となった。さらに、修道士たちとは異なって教会の典礼や儀式を司りつつ、共同で祈りの生活を送る律修参事会員（chanoines réguliers）と呼ばれる人々の修道会が十一世紀に出現した。十三世紀になると、ドミニコ会やフランシスコ会などの托鉢修道会の誕生を見る。十六世紀においては、律修聖職者（clercs réguliers）と呼ばれる人々の会が創設され、その代表格がイエズス会である。司牧活動・慈善活動・教育活動・病者の介護、さらに宣教を会の主たる目的としている。観想修道会や托鉢修道会のような厳格な生は要求されないことも特徴である。

さらに在俗（教区付）聖職者（clergé séculier）がいる。彼らは、司教の下位に属し、ミサなどの祭式を司って、諸秘蹟を授ける者であり、司牧活動が主たる役目である。

「司祭」（prêtre）とは、ミサの祭儀を執り行いキリストの血と肉を聖別し奉献する権能および告解を聴聞し罪を赦す権能を有する者である。司祭叙階は秘蹟であり、人間が自らの意志で取り消すことができない[1]。

旧約聖書には「神の人」（homme de Dieu）という表現が頻出する。モーセを筆頭に神の言葉を託された預言者たち、大祭司、士師や王たちがこう呼ばれた。新約聖書では第一と第二の「テモテへの手紙」にこの表現が見られる。第一の手紙では、聖パウロは忠実な弟子であったテモテを「神の人」と呼ぶ[2]。この手紙の主題は、原始キリスト教会の共同体で指導的立場にあった古参の人々（presbytre）への忠告である。テモテもその一人とされる。教会が確立されると、彼らの役割は司祭たちに引き継がれることになる。つまり、「神と人間の仲介者」である司祭たちを「神の人」と呼称することは、新約聖書にもその出典がある。霊的視点からは、司祭職に携わらない修道士たちも含め、聖職者たちは生の根源的な在り方において「神に仕える者」、すなわち、「神の人」である。

十九世紀における制度と霊性の相剋を問うことが、本書の主眼である。

第一部　政教条約下の教会と聖職者

第一部第一章では、実在の三人の司祭に照明をあてる。フェリシテ・ド・ラムネ、ジャン＝マリー・ヴィアンネ、デュパンルー枢機卿である。ラムネはポスト革命期にあって、時代の息吹を体現し、カトリック教会が歩むべき新たな方向を示唆する者として衆目を集めて登場した。ジョルジュ・サンド『スピリディオン』のアレクシス神父や、ヴィクトル・ユゴー『九十三年』のシムールダンなどの人物造形に影響を与えたとされる。またサント＝ブーヴの『愛欲』におけるアモーリ像の的確な理解も、ルナンにおける「司祭なるもの」の考究も、ラムネを知ることなくしては不可能であろう。ある意味で、彼はロマン主義時代の希望と挫折を体現した司祭であった。アルスの司祭ジャン＝マリー・ヴィアンネを取り上げるのは、彼が十九世紀霊性のダイナミズムを見事に表象する人物であるからだ。農村出身のヴィアンネは田舎司祭の一人であったが、年間約八万人が彼のもとに〝巡礼〟に訪れた。社会学的な分析はさまざまに可能であるが、そうした分析では理解しえない信仰の根源的在り方を、この田舎司祭は体現している。また、この神父は、ジョルジュ・ベルナノス『悪魔の陽のもとに』のドニサン神父のモデルとされる。フェリックス・デュパンルーはルナンが学業に励んでいたサン・ニコラ・ド・シャルドネ小神学校の校長であった。当時のフランス教会を代表する聖職者の一人であるデュパンルー枢機卿の言説は、十九世紀教会史上の諸事件を多層的に考える上で興味深い。

第二章では、王政復古期の教会を特徴づける「コングレガシオン神話」を取り上げる。「コングレガシオン」については、七月革命を経てルイ＝フィリップの王政が成立するとほとんど言及されることはなくなる。しかし、強大な教会権力を背景とするこの神話は、いわば「世紀のオプセッション」であって、十九世紀を通じてその刻印を留めた。この〝神話〟が色濃く反映していると思われる王制復古期の二つの作品、スタンダール『赤と黒』とバルザック『トゥールの司祭』を例として、文学がどのようなかたちで、教会権力の在り方を反映しているか分析する。

第一章　三人の司祭たち

1　フェリシテ・ド・ラムネ――〝民衆主義〟の司祭

新時代の護教論

ブルターニュ出身の司祭フェリシテ・ド・ラムネ（Felicité de Lamennais 一七八二―一八五四）は『宗教無関心論』（*Essai de l'indifférence en matière de religion*）、『政治・市民社会の秩序との関連における宗教論』（*De la religion considérée dans ses rapports avec l'ordre politique et civil*）、『信者の言葉』（*Paroles d'un croyant*）、『民衆の書』（*Le Livre du peuple*）等で知られる思想家である。彼が主幹した『未来』（*L'Avenir*）紙に続いて『信者の言葉』が教皇勅書で断罪されるに及んで、司祭職を離れ、カトリック教会と断絶するにいたった。「ボシュエの再来」とまで言われた『宗教無関心論』の著者の離反は、教会関係者や信徒のあいだに大きな動揺を生んだのみならず、社会に広く波紋を呼んだ。

最初に衆目を集めた『宗教無関心論』の第一巻が出版されたのは、一八一七年である。第二巻は一八二〇年の出版であるが、この二冊によって「新たな教父」の出来が囁かれるまでになった。彼独自の見解が散見される（ラムネは神学校で養成された神学者ではない[1]）、しかし雄弁な護教論は、この類の書になじみのない人々にまで読まれて、フランス神学の再興に寄与したという。[2]

H・ギルマンは一八一四年から一八二五年にかけてヴォルテールやルソーの著作が二〇〇万冊以上売れたと推定しているが、これは民意における反カトリックの動向を如実に示す数字といえる。[3]王政復古期に護教論を模索する者は、教会の不人気の原因を解明し、さらに十八世紀の懐疑論・無神論・理神論と対峙して、それに論駁するという二つの要請を担うことになった。ラムネがまず標的に据えたのは『全宗教の起源』（*Origine de tous les cultes*）および『全宗教の起源概要』（*Abrégé de l'origine de tous les cultes*）を著したシャルル・フランソワ・デュピュイ（Charles-François Dupuis 一七四一－一八〇九）の理論の類だった。それは十八世紀に唱えられた反宗教の諸々のテーゼの要約となっていたからだ。デュピュイはあらゆる信仰を理性によっては容認しえない錯誤と断じ、キリスト教をも「古代のあらゆる迷信が寄せ集まってできた産物」とした。[4]

こうした宗教観に抗して、『宗教無関心論』が真理を知るための確実性の根拠としたのは、「人類の普遍的同意」（le consentement général du genre humain）あるいは「共通良識」（le sens commun）であった。この考えは、十九世紀に生まれた「伝統主義神学」に属し、次の二つのテーゼを要とする。第一に、個々の理性は独自では倫理的・宗教的真理に確実に到達することも、それらを把握することもできない。第二に、それらの真理は原初の啓示に由来し、伝統によって損なわれることなく伝えられてきた、ということだ。[5]ラムネは、ボナール（『政治・宗教権力論』一七九六年）、メストル（『フランス考』一七九七年）、シャトーブリアン（『キリスト教精髄』一八〇二年）によって提示された伝統主義の思想を取り込み、それを神学として発展させて、啓蒙思想によって痛手を受けた信仰の蘇生を目指した。[6]ラムネが自らの主張の根拠とする「人類の証言」は、もちろん「教会の証言」と一致するものだ。ただし、前者の容認によって異教にも一部の真理は存在することになる。同時に、キリスト教は「一般理性」（la raison générale）、すなわち「人類とすべての霊的存在の理性」という普遍的根拠によって、その真正が明らかにされる。個々の理性とは異なり、「一般理性」は本来「神の理性の分有《メテクシス》」である。[7]

『宗教無関心論』の読者は、ルソーへの言及が多いことにすぐに気づくであろう。『エミール』の出版後フランスで逮捕の危険に晒されたルソーは、ジャン・カラスの弁護者ヴォルテール[8]と共にカトリック教会の不寛容の例証となり、ポスト革命期の反教権感情を高揚させる象徴的な思想家であった。その意味でルソーはラムネの宿敵の一人であるが、かといってルソーが一切の信仰と無縁な無神論者であったわけではない。『宗教無関心論』が頻繁にしかも長くルソーを引用しつつ論駁を試みるのは、「敵からできうる限り譲歩を引き出す」ためである。つまり、ラムネは『新エロイーズ』や、『エミール』の冒頭に置かれた「サヴォワの助任司祭の信仰告白」からは、「譲歩」を引き出すことができると考えたのである。確かに、「神の存在、魂の霊性、死後の生」を「聖なる教義、議論の余地のない真理」として認め、「信仰なしにはいかなる徳も存在しえない」とする「サヴォワの助任司祭の信仰告白」は、ラムネの護教論にとっては貴重な糸口であった。

フェリシテ・ド・ラムネ

しかし、宗教の必要性が明らかであるとしても、ルソーは真実の宗教の探求において、「感情あるいは直感的認識」と「理性による検討」という、個々の人間が持ち合わせる二つの手段しか認めない。だが、ラムネの護教論的見地からするなら、真偽や善悪を見分けるに際して、感情は「教育、偏見、その他の外界の諸原因」に左右されるから、分別の規範としては不確実なものだ。理性に関しては自らにのみ依拠するので、自らをも含めてすべてを疑わざるをえない。つまりルソー的人間は真の宗教を発見することができず、したがって結局のところ自分が生まれた土地の宗教をそのまま信奉するのが一番ということになる。[9]ルソーは宗教の多様性は不可避であるとするが、『宗教無関心論』の著者に言わせれば、それは真の宗教を発見することの放棄でしかない。「感情」や「理性による検討」ではない第三の道だけが、実際には単なる個人の見解でしかない個々の信心を超える手段を提供する。「偽りの諸宗教から真の宗教を区別する、確かで、容易で、誤りのない方法を、神がすべての人々に与えたもうたことを示そう。そしてルソーを論駁するのだ」。ラムネは、共通良識の理論を掲げて、ジュネーヴの哲人が称揚する個人の感情と理性を疑問視し、その克服を試みる。

ル・ギユーは、この種のキリスト教護教論には深刻な危険があると指摘する。確かにラムネは、「一般理性」を「神の理性の分有《メテクシス》」と定義してはいる。しかし、一般理性による真理を認めるとき、それは教会が常に「救いの玄義」(mystère du salut) の名の下に特別なものとしてきた、啓示による真理あるいは超自然的なものである真理を、一般理性によって受け取られた真理と同一平面に置いてしまうことになるからだ。[10] ラムネの理論は「人類の権威」という教会の権威以外のものに依拠しており、それは当然のことながら教会の権威よりも広範囲に及び、よりグローバルなものになる。トゥールーズの司教を中心に起草された「トゥールーズの検閲」と呼ばれる、ラムネ神学を検証した文書が存在する。そこで問題になったのは、『宗教無関心論』の神学は受肉によって啓示された唯一にして真の神の概念を無に帰すという点だ。[11] 信仰の本質は「啓示された真理を信じることであり、それは神の言葉の無謬性以外のいかなる根拠もいかなる原理も持たない」[12] ことを、独学の護教論者は十分に自覚していなかったということかもしれない。しかし、ロマン主義の提唱した「普遍的啓示」と通底するラムネの思索は、啓蒙思想の乗り越えの試みであり、多くの人々を惹きつけたことは否定できない。

教会の不人気の大きな原因の一つが王権との癒着であることは、誰の目にも明らかであった。大革命によって厳しい迫害を受けた聖職者および信徒にとって、教会と王政は運命共同体と映った。したがって、彼らの大部分は王政復古後、権力に協力する立場を取り、その庇護を最大限に利用した。この教会と王政の密着こそが反教権主義を激化させる根源悪であることをラムネは強く意識する。一八二五年から翌年にかけて出版された『政治・市民社会の秩序との関連における宗教論』の前書きには次の一節がある。「ローマ帝国の支配者が自らを神であるとし、その認識を強要するのでない限り、我が君主と認めてもよい。それなら、私は自由であるからだ。私には全能にして永遠の神以外に主人はいない。それは彼の主人でもある」。これはラテン教父テルトゥリアヌスの『護教論』からの引用であり、やがて彼が主幹することになる『未来』紙の標語「神と自由」も、このテルトゥリアヌスの言葉に由来すると思われる。さらにラムネは当時の政治状況を分析し、次のように記す。「王は過去の神聖な思い出である。それは今は跡形もなき寺院の碑文であり、それがまったく別な近代的な建造物の正面に取りつけられているに過ぎない」。一八二六年四月に、ラムネは違警軽犯罪裁判所において罰金刑に処せられ、問題の書は回収のうえ処分されることになる。

　ラムネの独自性は、十九世紀の早い時期すでに宗教を国家から分離する必要性を強く意識していたことにある。『未来』紙において「貧しい民衆は、貧しさを分かち合うのでなければ、司祭を敬愛しない」[13]と述べて、聖職者を国家の公僕の地位に置く政教条約の破棄を唱え、フランスカトリック教会の指導者たちを震撼させた。ラムネは時代分析を踏まえた上で、伝統的護教論に立脚しつつ政教分離を主張する。この立場はフランス教会独立強化主義《ガリカニスム》に反対して、教皇に拠り所を求める姿勢と不可分であった。一八二九年に出版された『革命と反教会の戦いの進展について』(*Des Progrès de la Révolution et de la guerre contre l'Église*) で、こうした姿勢はより鮮明となった。彼は十九世紀において教皇権至上主義《ユルトラモンタニスム》を浸透させた立役者であり、教区付司祭たちに大きな影響を与えた[14]。教皇の無謬性は、一八七〇年に教義として公布された際に世論を騒然とさせたが、ラムネは次のように定義していた。「カトリック信者が教皇に認める無謬性とは、全教会に向けて教義を規定するとき、教皇はいかなる場合にも正統性から外れることはない、ということだ」[15]。彼はフランスカトリック教会が王権への依存を解消し、宗教的権威としての教皇に依るべきと考えた。

二つの教皇勅書

　一八二八年末のある書簡に「目に見え、手で触れられるほど、あることが起きようとし、その到来が迫っている。思わず身震いが走る。しかし、その向こうには、突然のこの光明、この決定的勝利、この神の目覚め」という一文が見える[16]。一八三〇年の七月革命の予見と読める。この「神の目覚め」を生じさせたのは、民衆である。七月革命をきっかけとして、ラムネの思想は民衆主義へと傾倒していく。『未来』紙には、普通選挙の導入や共和国への移行の主張が現れる。共和制についての彼の見解はこうだ。「実際のところ、フランス国民はあらゆる点で、政治的に平等な個人によって構成されている。この政治的平等を侵害しようとする者は、国民全体を敵に回すことになるだろう。したがって、どのような形態にせよ、共和政体の到来は避けがたいだろう。ただし、ある人物が一時的に圧倒的な力を獲得し、恣意的な意思に従ってすべての権利を抑圧するのであれば別だが。つまりその本質において絶対的な専制政治が全国民からことごとく自由を奪い、全国民にことごとく隷属を強いるのであれば別だが」。彼の思想は、あらゆる専制政治に対する抗議となっていく。ロシア皇帝ニコライ一世に侵略されたポーランド民衆への連帯の表明もしかりである。さらにポーランドがカトリック国であることから、司祭ラムネにとっては教会擁護の行為でもある。七月革命でブルボン王朝が崩壊し七月王政が成立したとき、聖職者や信徒の多くは正統王朝派《レジティミスト》であったから、オルレアン公ルイ＝フィリップの政権とは距離を置いた。新王がヴォルテール思想への共鳴を表明していたことも原因の一つであった。政権との癒着構造が解消され、それがカトリック教会に対する反感や憎悪の緩和に寄与した。ラムネは七月革命がもたらした教会の変化を背景に、民衆と共にある教会の在り方を模索した。彼は政治に傾倒していくように見えるが、『未来』紙での執筆活動はあくまでも宗教者の信念に基づき、教会の未来を見据えてのものであったはずだ。

教皇勅書「ミラーリ・ヴォス」によって『未来』紙が糾弾されたとき、ラムネは奇妙な立場に立たされた。信仰に関しての教皇の無謬性を喧伝していた者が、教皇によって咎めを受け、政教分離の主張の撤回と支配者への服従を命じられ、政治的自由・平等の追求を譴責されたのだ。

王たちへの忠誠と服従を揺るがし、反逆と騒擾を随所であおる教義が、公にされた文書の中で説かれていることを、我々は知った。これらの教義に騙され、民が義務の正道から外れることのないよう、十分に用心せねばならぬ。大使徒聖パウロの訓告によれば、「すべての権力は神から来る」ことを、何人も十分に心すべきだ。すでに存在する権力は、神によって打ちたてられたものである。すなわち「現権力に抗うことは、神の秩序に抗うことであり、抗う者どもは自らの上に罰を招く」。したがって、反逆と騒擾の邪悪極まりない姦計により王たちへの忠誠を破壊し、その王座を転覆させようとする人々に対し、神および人間の諸法は鉄槌をくだす[17]。

確かに「ミラーリ・ヴォス」はラムネの政治的活動を諌めたのであり、彼の神学を問題視したわけではない。しかし、政治が教会の諸事に不可避的に介入してきた時代に、宗教の領域と世俗の領域のあいだに明確な境界線を画定することが可能であったろうか。ラムネは二つの領域において断罪されたという意識を持った。勅書への全面的追従を誓う文書に署名したとき、彼は人が神に対してのみ負う義務である絶対的服従の行為を神以外に対して行ってしまったと感じた[18]。こうして生まれた反逆の思いが、『信者の言葉』で噴出する。


自由は家庭の守り神であり、社会的諸権利の保障であり、これらの権利の第一のものだ。（…）あなた方を支配し、これをしろ、それはするなと命令し、あなた方の財産、あなた方の稼業、あなた方の労働に課税する者たちを選んでいるのは、あなた方なのか？　もしそうでないなら、どうしてあなた方は自由であると言えるのか？

あなた方は気兼ねなく信仰し、良心に従って公に神を崇め神に仕えることができるのか？　もしそうでないなら、どうしてあなた方は自由であると言えるのか？

（…）

空の鳥や地を這う虫たちでさえ、独りではできないことを共同で行うために集まる。自らの利益を互いに議論するため、自らの諸権利を護るため、自らの不遇をいくらかでも軽減するため、あなた方は集まることができるのか？

もしそれができないなら、どうしてあなた方は自由であると言えるのか？

（…）

晩に床に就いたとき、あなた方の就寝中に、警戒心のあまりあなた方を恐れた当局が何者かを遣わして、あなた方の自宅のもっとも奥まった場所をかき回し、あなた方を家族から引き離し、牢獄の奥底に投げ込まないと請け合えるのか？　もしそれができないなら、どうしてあなた方は自由であると言えるのか？

勇気と忍耐を尽くして、これらの隷属から自らを解放するとき、自由はあなた方の上に輝くだろう。

あなた方が魂の底で「自由になりたい」と言ったとき、自由になるために、あなた方がすべてを犠牲にしすべてを耐え忍ぶ覚悟を持つとき、自由はあなた方の上に輝くだろう。

キリストがあなた方のために死んだ十字架の下で、あなた方が互いのために死することを誓うとき、自由はあなた方の上に輝くだろう。

ラムネは、教皇勅書「シングラーリ・ノス」によってやがて糾弾されることになるローマへの抗議の言説にもかかわらず、その時期にはまだ教会の一員であり続けた。『信者の言葉』の原稿を携えて出版先を見つけ印刷の進行を見届ける役を担ったサント＝ブーヴは、『信者の言葉』の印刷過程で、教皇に関する一節を削除したとしている。問題の部分は、「恐怖する男」と称される老いさらばえて床に臥った人物の描写である。この男はグレゴリオ十六世だとされている。

ベッドの周りには七つの恐怖があった。四つの恐怖が一方にあり、残りの三つが他方にあった。恐怖の一つの手がその老人の心臓の上に置かれたとき、彼は身震いし、彼の四肢はぶるぶると震えた。（…）

その恐怖の後に、さらにもう一つのさらに冷たい恐怖が最初のものと同じ動作をし、恐怖のすべての手が老人の心臓の上に置かれた。

すると、老人の内心に、語ることできぬ諸々のことどもが生起した。彼は遠くを見ていた。北極の方向に恐るべき幽霊が現れ、彼に言った。「私に従え。そうしたら、私の息で暖めてやろう」。

すると、「恐怖する人」は、凍えた指で、協約書をしたためた。何の協約か分からぬが、一語一語が断末魔のあえぎのようであった。

これらの恐怖が教皇庁を取り巻く列強諸国を象徴しているのは言うまでもない。北方の幽霊はもちろんロシアである。世俗権力に翻弄される教皇の哀れな様が強烈な嘲弄の調子で描かれている。サント＝ブーヴの周到な配慮にもかかわらず、『信者の言葉』は教皇勅書「シングラーリ・ノス」で糾弾される。

したがって我々は、話題にしてきたこの書、『信者の言葉』と題されたこの書を、否認し断罪し、この書が永遠に否認され断罪され続けることを望む。この書は、神の言葉の不敬虔な乱用により、罪深くも民があらゆる公的な秩序と絶縁し、世俗と宗教の権威を転覆するよう煽動する。民が各国で躁乱・暴動・反逆を煽り、助長し、拡大させ、強めるよう煽動する。すなわち、この書に含まれた諸主張は、虚偽と譫言に満ち、軽率にも無政府状態に導き、神の言葉への反逆であり、不敬虔で、言語道断、誤ったものである。これらはヴァルドー派、ウィクリフ派、フス派やこの類のその他の異端において、教会が過去に断罪した諸主張である。

しかし、教皇勅書は、この強い調子の弾劾の後にラムネに恭順を求めている。主張を破棄し、服従すれば教会の懐に留まれる、と。この呼びかけに対し、ラムネは司祭職を放棄し、教会と断絶する。まず自らに向かって自己正当化を行うため、自らの〝背教〟を正当化するため、彼が持ち出したのは良心の優越だった。「良心は人間にとって聖域であり、そこには神のみが審判者として入り込む権利を有している」。この確信は、カトリック信仰を捨てるずっと以前からラムネが有していたものだ。すでに一八二五年、聖性冒瀆法案に関する記事の中で、ラムネは次のように述べている。「良心を他人の前に晒させ、その秘密を探ると称し、その不可思議な内奥に生起することを確信を持って検分したと明言すること、これはまた別種の聖性冒瀆である。それは至高の『存在』に成り代わることであり、その隔絶した無限の知を犯すことだ」[19]。

この良心の尊厳の主張は、教皇庁との対立以前であれば、聖職者のうちにジレンマを生み出さなかった。教皇の命令と自らの良心を天秤に掛けざるをえなくなったとき、彼は後者を選択した。ルソーの潜在的なしかし執拗な影響力が指摘されている[20]。ただし、ラムネはルソーの考えには二つの理由で警戒感を持っていた。まず、ルソーによれば、神は良心を通じて個々の人間に自らを啓示する。しかしそれでは教会の教えは二義的なものとなってしまう。次に、『エミール』の著者は良心と理性の関係における曖昧性を回避できていないとラムネは考え、ルソーにおける良心の理性への隷属を疑った。『宗教無関心論』の神学は一般理性と個人の理性を対比させ、真理の探究において後者の価値に信を置いていなかったため、ルソーの良心論はいっそう受け入れがたかった。しかし、教会のヒエラルキーからの離脱は、ラムネの思想を一変させた。

ラムネの〝変節〟

まず、教会との断絶を決定的にしたのは、一八三六年出版の『ローマの事々』(*Affaires de Rome*)における教皇庁批判である。ラムネは一八三一年から一八三二年にかけてのローマ滞在で見聞した教皇庁とその聖職者たちおよび教皇謁見の様を、強烈な批判を込めた筆致で描写した。

そして私の胸は膨れ上がり、動悸した。原っぱに再び降り立って、私に執拗に付きまとう幻影から逃れようとした。

すると祭服を着た老人たちに出会った。彼らは一方の手には黄金に膨らんだ財布を持ち、もう一方の手には教義と祈禱の神秘的な書物を持っていた。書物のページにはことごとく王冠をかぶった者たちの刻印があった。そして老人たちは言った。「民衆よ、王冠をかぶった者たちに従え。あなた方の財産、生命、すべては彼らの所有物だ。彼らが何をなそうと、あなた方は抵抗せず不満ももらさず、すべてを耐えねばならぬ。彼らの権力は永続し、彼らは現世では神の似姿である」。そして頭を垂れて、彼らはぬかずいた。

それを見て、私の魂は茫然自失の極みに達し、この上なく動揺した。そのとき、一つの声が「アダムの息子よ、おまえが見ているものは何か」と問うた。私が答えあぐねていると、声が言った。「わかるか、キリストに仕える者たちだ！」。

教会を離れ、護教論の使命から解放されたラムネは、キリスト教に独自の解釈を行うようになる。まず、彼は教義の〝進化論〟を提唱するようになる。一方で宗教は、本質的に「不変で永遠の」真理であるが、一方では時代の流れと共に修正を蒙る諸概念によって限定されもする。したがって、宗教は人間にとって「普遍的」であるが、「進歩的」でもある[21]。「福音の掟は、人類と同じく古来から存在し、その根幹は人類の意識に根ざしている。そして人類の進歩につれて進歩するのだ」。さらにラムネは、科学の無限の進歩への信頼によって、いっさいの超自然を否定するにいたる。まず、奇跡や秘蹟が否定される。「信じるときに奇跡は存在し、信じなくなれば、消滅する」[22]。さらに原罪の否定が行われる。原罪の教義とは「最初の人からその子孫に遺伝した罪によって超自然的に損なわれた善」と「超自然的な贖罪によってしか贖われない悪」の観念からなる「ある善悪のシステム」であって、ラムネはこれを拒絶する。この否定は、神の子イエスの受肉と十字架での救済の否定を意味する。キリストは「人類の象徴」となる。人類は「同様の自己犠牲により、神が一つであるように一つとなるため、一致の中で完成されて神とあるために、神との完全な一致を果たさねばならない。それこそが、真に『神なる人』の実現である」[23]。

ラムネの側近の一人であったジェルベ神父は、『ラムネの脱落に関する考察』（一八三八年）の中で、教会との断絶後のラムネの信条について次のように糾弾した。「一言で言えば、理神論と新たな異端に行き着いたということだ。キリスト教的性質はすべて失われ、それはまるでルソー一派の後継としか見えない」[24]。教会側からの意見としては、もっともな指摘と言えよう。

ところで、ラムネが「福音書」を訳し、それに独自の長い注釈をつけて出版したことは特筆に値する。一八四六年のことである。ラムネにとって「福音書」の言葉は、人類がその出現を待望する神秘的な木の種子とされる。彼にとって、イエスが告げ知らせた自由・平等・友愛のメッセージは、想像力の産物である挿話や超自然的出来事が除去されるとき、未来を担うものであり、神を担うものである[25]。『信者の言葉』、ついで『民衆の書』で彼が社会正義を訴えるとき、民衆への呼びかけの根拠となっているのは、人間を超えた存在である神である。社会の不平等や貧困は神の打ちたてた秩序を人間が乱した結果である。一部の人間によって破壊された神の調和の再興を唱えて、彼は民衆を鼓舞する。民衆に相互扶助を呼びかけるとき、彼は「福音書」の「一杯の水」の喩えを引く。聖職を放棄しても、ラムネは「神の人」であることをやめたわけではないのだ。

シャトーブリアンはラムネと親交があり、一八四〇年十二月出版の『国と政府』(*Le Pays et le Gouvernement*)が原因で一年間投獄されたラムネを慰問しているが、この訪問を語る中で、ラムネ神父について、次のような一節を残している。

彼（ラムネ）の思想はいかにあがいても宗教の鋳型に投げ込まれていた。その核心は教義からはるかに遠ざかってしまったが、そのかたちはキリスト教的だった。彼の言葉は、天のざわめきを留めていた。（…）もし、民衆主義の福音の教えを唱えながらも、彼が聖職に留まっていたら、彼は変節によって損なわれた権威を保持することができたろう。教区付司祭たち、新入りの聖職者たち（と聖職者たちのうちで最も卓越した者たち）は彼に共鳴していた。も

> し彼が、聖ペテロの後継者である教皇を崇敬し教会全体の一致を尊重しながらも、フランス教会独立強化主義《ガリカニスム》が主張する自由に賛同していたら、ついには司教たちさえ、彼の主義主張に味方することになったろう。
> フランスの青年たちは、この伝道者のうちに自らが愛する思想と渇望する進歩を見出していた。ヨーロッパでは、（…）カトリックの偉大な民衆たち、ポーランド人、アイルランド人、スペイン人たちはこの神が出現させた説教師を祝福したことだろう。ローマでさえ、新たな福音書家がカトリック教会の支配を復活させ、迫害され続ける教皇に絶対主義の王たちに抵抗する手段を与えることに、やがては気づくことになったろう。（…）何という力強い生の在り方だろう！　知性と信仰と自由がたった一人の司祭のうちに表象されているのだ！
> しかし、神はそれを望まれなかった。光であった者から突然光が去った。導き手は消え去るときに、彼に続く者たちを闇の中に置き去りにした。（『墓の彼方からの回想』）

さらにシャトーブリアンは、『ランセ伝』の中で、次のように二人の司祭を対比した。「ランセは神に頼み、自らの業を成し遂げた。ラムネ神父は人間の側に傾倒した。成功するだろうか。人間はもろく、天才は重くのしかかる。葦は折れるとき、寄りかかる手を刺し貫きはしないだろうか」[26]。民衆の擁護者ラムネの文章を読みつつ多くの読者が感じる漠とした違和感は、どこから来るのか。ラムネが定義する自由は、自由の現実的諸条件とはまったく異質であり危険であると、P・ベニシューは指摘する[27]。確かに「愛によって結びつき、同じ生を生きる人間たちは、ただ一人の人間となる」[28]として、ラムネは人類を定義するが、この観念はあらゆる個人主義を排除しかねない。彼は人類のよりよい未来のために個々の人間に犠牲を求めることをいとわない。投獄をも恐れなかったラムネが[29]、世界の再生のために自ら引き受ける犠牲である。しかしそうした犠牲は危機的な状況下で個々の人間が自らの意思によって受け入れる場合を除けば、個々の自由や人権を侵害しかねない。この強い要請の中にも、民衆を鼓舞する「司祭」ラムネによる共和主義が、その根底において宗教性に深く刻印されているのを認めることができよう。

2 ジャン＝マリー・ヴィアンネ―罪と救いのダイナミズム

革命期が生んだもう一人の司祭

ジャン＝マリー・ヴィアンネ（Jean-Marie Vianney 一七八六－一八五九）という名は知らなくても、「アルスの司祭」と言えば、その名を耳にした人も多いだろう。アルスはローヌ・アルプ地方アン県に位置する小村で、ヴィアンネはそこで四十一年にわたって司祭を務めた。一九〇五年にピウス十世により福者とされ、その二十年後にピウス十一世によって列聖された。一九二九年には小教区付司祭たちの守護聖人とされた。フランスでは多くの教会で彼の像に出会う。ヴィアンネ神父の最初の伝記が世に出たのは一八六一年であり、死後わずか二年後のことだった。アルフレッド・モナン神父が書いたこの伝記は、十九世紀の精神性をみごとに映す鏡の一つである。モナンはその前書きにおいて、アルスの司祭がヴォルテールに似ていたと指摘する。しかしそれは、見た目の顔立ちのみであって、内面を映し出す表情は両極端であったとする。「アルスはフェルネー（ヴォルテールの館のあった土地）への反撃であり、アルスの司祭は反転したヴォルテールであった」[30]。

モナンによる伝記は、生前から聖人と噂された物乞いの巡礼者ブノワ・ラーブル（Benoît Labre 一七四八－一七八三）が、のちにアルスの司祭となる赤子の誕生前にヴィアンネ家へ来訪したという記述からはじまる。「『聖人たちの通るところ、神もまた彼らと共に通る』と言ったのは、アルスの司祭だ。その誕生と運命は、彼の先祖の家の敷居を跨いだ、この神の来訪の結果であったと、どうして考えずにおられよう」[31]。十九世紀、教会はこの悪臭放つ乞食のうちに啓蒙主義の時代に対する反証を見、一八八一年に列聖した。ジャン＝マリー自身、神学校ではラテン語習得に悪戦苦闘し、司祭となってからもミサの説教の準備に頭を悩ませた。知的な業務は苦手であったようだ。ラーブルからヴィアンネへ続く霊性の系譜には、十八世紀を否定し、乗り越えようとする教会の意識が見て取れる。

ベルナノスの『悪魔の陽のもとに』（*Sous le soleil de Satan*）の主人公ドニサンは、アルスの司祭がモデルだとされる。ジョルジュ・ドニサンはまず度を超えた苦行の人として描かれるが、ジャン＝マリー・ヴィアンネもまた、その激しい苦行で有名であった。三時間足らずの睡眠と極めて貧しい食事、苦行衣の着用、等々。霊肉二元論に基づくキリスト教の人間観からして、肉体の克服を意図する苦行は古くからの伝統である。しかしアルスの司祭の伝記からは、彼をこうした厳しい修練へと駆り立てた時代背景が浮かび上がる。

彼の子供時代は、革命の動乱期である。一七九〇年に公布された聖職者民事基本法は、革命政府に従う宣誓司祭と、教皇を長とする教会にあくまで忠実であろうとする宣誓拒否司祭とを生み出した。後者は厳しい迫害の対象となった。一七九二年には宣誓拒否司祭の国外追放令が出て、多くの司祭が国外に亡命するか過酷な環境のもと海外に移送された。また同年九月二日から六日にかけてパリその他の地域で多数の聖職者が虐殺された（パリ大虐殺）。身を隠した者たちも存在したが、エルネスト・ルナンの『思い出』の一節からも知れるように、彼らをかくまった者も含めてギロチンにかけられたケースもあった。ヴィアンネ一家が住んでいたリヨン近郊のダルディイ教区の担当者は宣誓司祭であったため、一家は教会へ顔を出さなくなる。やがて一七九三年にはその教会も閉鎖された。少年ジャン＝マリーは、宣誓拒否司祭たちが官憲の目を逃れて執り行う非合法ミサに両親と共に出向いた。さらに彼はリヨン近郊のエキュリーの親類宅で、宣誓拒否司祭から初聖体を受ける。死を賭してミサをたてる司祭たち。言うまでもなく、非合

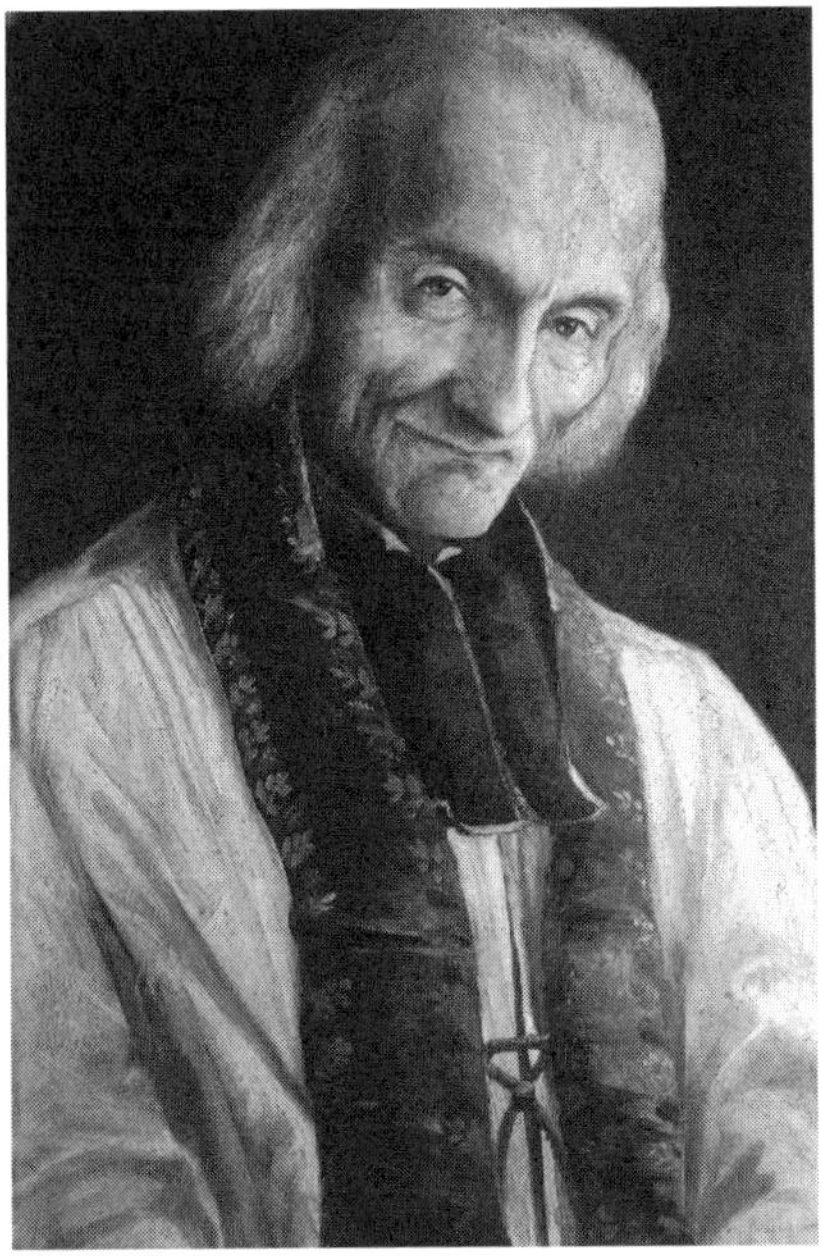

アルスの司祭ジャン＝マリー・ヴィアンネ

『恐怖政治下のミサ』（ルイ＝シャルル・ミュラー作）

法ミサへの参列は信者にとっても危険をともなう行為である。バルザックの『恐怖政治下でのエピソード』はその雰囲気をよく伝えている。少年ジャン＝マリーにとって信仰は、非合法ミサの緊迫感ならびに司祭たちの英雄的な姿と切り離せないものであった[32]。

一八〇一年の政教条約によって教会の分裂状態は解消され、宣誓拒否司祭たちが公の場に再び姿を現すが、迫害の時代に貧窮の中での放浪生活を強いられた彼らのうちには、その後も自己を厳しく律する生活に徹した人々がいた。ヴィアンネに最も強い影響を与えたバリー神父もその一人であった[33]。鉄の帯と鉄の腕輪をつけた恩師のことがしばしば語られたという。「あまりに痩せてやつれていたから、司祭服に覆われた柴の束のようだった」。彼らは共にリヨン近郊エキュリー教区にあったとき、競い合うようにして断食などの苦行に励んだという[34]。

教区付司祭たちの守護聖人

一九二九年、ジャン＝マリー・ヴィアンネは、ピウス十一世によって世界中の小教区付き司祭（curé）の守護聖人とされた。教区付司祭の最も重要な任務は自らが担当する小教区の信徒たち一人一人の救いであるが、ヴィアンネのキリスト教を特徴づけるのはまず魂の救済におけるダイナミズムである。人間にとって、天国と地獄は極めて近くにある。臨終の秘蹟を受けられずに亡くなった夫を案じるある未亡人に、アルスの司祭は「三年後にご主人は天国に上ります、そのことをお子さんの一人が教えてくれるでしょう」と予言する。三年後未亡人の子供の一人が亡くなり、彼女はその子が父親と共に天国に上るのを夢に見る[35]。死後における天国・煉獄・地獄はこの世の生によって決定される。この教義に変化はないものの、現代の説教は永遠の生には触れるが、来世の在り方に言及することは極めて少ない。ところが、上述の逸話では、天国・煉獄・地獄への選別は死後直ちに行われるのであり、となればそれは生者にとって極めて大きな関心事となる。確かに十九世紀前半の説教は人々の回心を促すため、地獄の恐怖を力説することがしばしばであったし、アルスの司祭も例外ではなかった。ここでの来世観は、最後の審判さえ「ここと今」(hic et nunc) の日常性の中にとらえるブルトマン神学などからは遥かに遠い。魂の救済の責任を神からゆだねられている司祭として、ヴィアンネ自身地獄落ちの恐怖を痛感し、脚下に常に地獄を見ていたという。一八三九年頃から説教の内容が変化し、神の愛が強調されるようになったが、それは十九世紀教会の変化とも呼応していた[36]。

魂の救いは、悔悛なしにはありえない。罪人の回心を促すことが司祭の大きな務めである。カトリック信仰においては、悔悛は罪の告白とその赦免からなる告解というかたちを取る。年間八万人を超える人々がアルスを訪れた理由は、主として告解師としての彼の類稀な資質にあった。おしゃれや祭りのダンスへの参加のみならず、夫婦間であっても出産を目的としない性行為は罪とされて、告解の対象となった。また告解は思い・言葉・行い・怠りにおける具体的な罪に対して赦しを与えるものだ。したがって、告解が司祭を仲介としつつも神に向かってなされるものだとしても、顔見知りの司祭に対して罪の告白をためらう心情もあったろう。さらに所属小教区の司祭が峻厳な人物で簡単には赦免を与えてくれない場合もあり、巡礼地での告解を望む人々も多くいた[37]。告解によって司祭から罪の赦しを得ることなくしては、聖体拝領を受けることはできない。宗教行事が生活の中で大きな比重を占めていた十九世紀において、特に復活祭の折に聖体拝領を受けることは社会的見地からも重要であったから、告解のために人々が移動の労を惜しまなかったことは理解できる。しかし、それだけではもちろん「アルス現象」は説明できない。信仰心が篤いほど、罪の苦悩は深くなる。「苦悶の中にあっても罪のない者には神と自己の良心という二つの助けがあるが、罪人にはそれがないことを彼(ヴィアンネ)は理解していた。罪人は背いた神に目を向けることができず、悔いの思いに出くわすばかりで自らの内奥に沈潜することもできない。

彼の唯一にして最後の拠り所は司祭の憐れみだけである」とモナンは言う。[38] 告解によって罪を赦され聖体拝領にあずかることは、魂の救いにとって欠くことのできない「通過儀礼」である。司祭すなわち魂の救済者として、ヴィアンネはそこに全身全霊を注いだ。夏には十七時間、冬でも十三時間を告解室で過ごしたという。「彼は告解室で栄光ある殉教を成し遂げた」というモナンの言葉は決して大げさではない。[39] 彼をモデルにした『悪魔の陽のもとで』の主人公ドニサン神父は告解室で壮絶な最期を迎える。「若い頃は悪を知らなかった。（…）悪を知るようになったのは、罪人たちの口を通してだった」というドニサンの言葉は、文字通りヴィアンネ神父の回想の繰り返しである。[40] レオン・ブロワは罪を汚物に喩え、汚物溜めに引かれていくキリストを描くが、告解師としてのヴィアンネ神父の体験はまさにこのキリスト像に通底するところがある。[41] 思念においても行為においても罪から遠くなければならない司祭が、人々が語る罪を四六時中聞き続けることの精神的負荷は想像を絶するものがある。J＝J・アンティエはヴィアンネ神父を生涯にわたって悩ませた悪魔の出現を、ユングを援用しつつ、告解室の体験と関連させている。[42]

ヴィアンネ神父には人々の過去や未来を読むことのできる能力が備わっていたと言われているが、彼の伝記はそれ以外の奇跡にも満ち溢れている。十九世紀の農村には呪術文化が生き残っており、聖職者文化と相互浸透しあっていた。司祭は人間と超自然の仲介者であって、いわば魔よけのスーパーヴァイザーとみなされた。病気等すべての不幸の原因は罪であるという考えが根強く存在しており、魂を癒す者は肉体を癒すこともできるとされた。[43] 当時の司祭叙階への第一歩である下級品級には祓魔師《エグゾルシスト》が含まれていたから、魔を取り除くことが司祭の権能の一つであるのは、教会の定めるところでもあった。したがってアルスは多くの病者をも惹きつけた。生前からすでに聖人のごとくみなされていたアルスの司祭の生涯に多くの奇跡の証言があるのは驚くにあたらない。「信じるときに奇跡は存在し、信じなくなればそれは消え失せる」とラムネは言った。[44] ヴィアンネ神父の周辺でも、悪魔出現等に関して、彼の度を越えた粗食と極度に少ない睡眠時間に起因する幻覚と考える聖職者たちも少なからずいた。しかし、奇跡信仰のダイナミズムが十九世紀キリスト教の一特徴であることは否めないであろう。その格好の例証としてマリア出現がある。イゼール県ラ・サレット（一八四六）、オート・ピレネー県ルルド（一八五八）、マイエンヌ県ポンマン（一八七一）に聖母マリアが出現したとされる。特筆すべきは、十九世紀カトリック教会がこれらの奇跡事象をほどなく公式に容認したことである。

十九世紀の聖職者の中には、純潔の戒を破るほかに、金銭欲、飲酒癖、美食、勝負事や狩猟への熱中、旅行好きなど宗教者としては慎むべき生活態度を批判されるケースも見られた[45]。一方では、いわば文学の伝統的表象ともいうべき善良な田舎司祭が存在したであろう。いずれにせよジャン＝マリー・ヴィアンネは十九世紀において例外的な存在である。しかし、彼のキリスト教理解は、確実に時代の息吹と呼応する側面を持っていた。十九世紀に広く読まれたゴーム枢機卿（Jean-Joseph Gaume 一八〇二－一八七九）著『継続公教要理』の聖体拝領の章は、ブドウ酒とパンがキリストの血と肉となる実体変化について強調する。聖変化の後のパンはパンではない、「パンの味がするとしてもだ」。ブドウ酒はブドウ酒ではない、「ブドウ酒の味がするとしてもだ」。実体変化はカトリックの教義であるが、科学の懐疑主義を意識してゴーム枢機卿は聖変化の現実性を強調しようとするあまり、即物的説明にかたよる感がある[46]。一方、ヴィアンネは実体変化の教義に司祭の偉大さを見いだしていた。「おお、司祭はなんと偉大なことか！　自分がなんたるかを理解したら、彼は生きてはいられないだろう……。神が彼に従うのだ。彼が一言発するや、主はその声につれて天より下り、小さなホスチア（hostie）に宿りたまうのだ」[47]。ミサの祭壇において彼はしばしば恍惚とし、現実に主の降臨を目の当たりにしているようであったという。

彼は魂の救済を担う小教区担当者としての司祭（curé）と実体変化を司る司祭（prêtre）を二つの役割としてとらえ、後者の偉大さに打たれる一方、前者としての責任の重さに苦しんだ[48]。この想像を絶する生を支えたのは「近くある神」の実感である。

ルナンの孫エルネスト・プシカリが信仰への接近を綴った一九一三年の日記（パリ国立図書館所蔵）には、アルスの司祭への言及が二ケ所に見られる。「神父（ドミニコ会修道士で、プシカリの霊的導師であったユベール・クレリサック）がどの伝記にも載っていない、福者アルスの司祭の美しい言葉を引いてくれた。ある日、彼はミサの最中長いこと恍惚状態にあった。それは、ホスチアを手にして頭上に掲げる聖体奉挙のときだった。ミサの後、侍者が質問すると『おお神よ、もし永遠の時において、あなたに再会できないのが確かだったら、決してあなたを手放しはしないでしょう、とイエスに言っていたのだよ』と答えたそうだ」(49)。ベルナノスの小説には多くの司祭が登場するが、彼の司祭たちは教区と切り離しがたい(50)。彼らは自分の受け持つ小教区という限定された共同体の中で、そこに生きる信徒たちの霊的救いに責任を負う。一人の人間の救済は、宗教的見地からすれば偉大な大事業であり、彼らは一方では自らの人間的弱さを背負いながら、他者の魂の救いに命を賭ける。ドニサン、シュバンス(『欺瞞』)、アンブリクールの司祭(『田舎司祭の日記』)……。十九世紀霊性の影響を強く受けたベルナノスの主人公たちは、壮絶な死を迎える。そこには、アルスの司祭の面影が背後に看取できる。

ラムネとヴィアンネの生没年を比較すると、彼らはほぼ同時代人である。二つのまったく異なった司祭像、二つのまったく異なったキリスト教がそこにある。

3　デュパンルーと十九世紀カトリシスム

フランス十九世紀カトリシスムの動向の中心にあった人々は、聖職者・一般信徒を問わず、フランス教会独立強化主義《ガリカニスム》と教皇権至上主義《ユルトラモンタニスム》の相剋に身を置いた。この対立に絶対主義《アブソリュティスム》と自由主義《リベラリスム》という立場の相違が絡み合い、これらの主張は複雑な相互関係を示しつつ展開する。王政復古期にはフェリシテ・ド・ラムネを中心とする自由主義の思想は教皇権至上主義と結びつき、シャルル十世を長とする復古王政のフランス教会独立強化主義と絶対主義に対立した。ところが第二帝政の時代には、自由主義はフランス教会独立強化主義と接近して、ピウス九世の教皇権至上主義と絶対主義の立場に異を唱えることになる[51]。

「デュパンルー神父」と題された非常に卑猥な内容の大衆歌がある。ほぼ三十年の長きにわたってオルレアンの司教の地位にあったフェリックス・デュパンルー（Félix Dupanloup 一八〇二－一八七八）を題材にしたものだ。この歌は反教権主義感情を体現したものであり、第二帝政期に生まれたとされている。死の床にあった老獪な政治家タレーランを教会と和解させて臨終の秘蹟を授けたことでも知れらるデュパンルーが、聖職者の代表のようにみなされ、標的になったことがうかがわれる。彼はヴィクトル・ユゴーと同年に生まれ、十九世紀のすべての政治体制を生きた。また、エルネスト・ルナンがサン・ニコラ・ド・シャルドネ小神学校で勉学していたとき、彼はその校長であったから、『思い出』にはデュパンルー神父に関する回想が散見される。

フェリックス・デュパンルー

一八四九年にオルレアンの司教となった彼は、一八五〇年に成立した公教育に関するファルー法の策定に関与した。この法の成立によって公教育における自由が容認され、ますます宗教学校が拡張していくことになる[52]。こうして、世紀末における宗教学校と公立学校の深刻な対立が引き起こされた。また一八五四年にはアカデミー・フランセーズの会員となる。彼が宗教界の代表者の一人であることを示す事実である。ところで、デュパンルーは正統王朝派《レジティミスト》でありながら、次第に自由主義へと傾倒していく。ポスト革命期の動揺と対立を通じて、聖職者たちの意識も変わらざるをえなかった。その変化を表象する人物の一人とも言えよう。彼は世俗社会の動向に敏感に対応しつつも、教会の立場を堅持していくことに心血を注いだ。一八六四年にフランス社会に大きな衝撃をもたらした教皇勅書「クァンタ・クーラ」が「謬説表《シラビュス》」をともなって発布されると、フランス教会独立強化主義者デュパンルーは「常軌を逸したローマカトリック主義の行き過ぎ」をフランス社会に対して釈明すべく筆をとる。一八七〇年のバチカン公会議に際しては、教皇の無謬性の教義の宣言をあくまで阻止しようと奮闘した。かたや、イタリア軍によって教皇領が占領されると、七一年に議員となったデュパンルーは教皇主権の擁護演説を国民議会で行う[53]。しかし、一八七七年に事態はより深刻化する。その年の五月、教皇の意向を受けて数人の司教は勅書を発し、バチカン宮殿に囚われの身となっている教皇への援助を大統領マクマオンに要請した。一八七六年から上院議員であったデュパンルー自身はこれらの司教たちの行動を容認してはいなかったが、一方自らはマクマオンを促して議会に介入させ、結果として共和主義者の首相ジュール・シモンの辞任さらに議会解散という結果を招いた。しかし、十月の選挙では、共和主義者たちが過半数を維持した。デュパンルーの政治介入は皮肉にも、その後の共和主義の勝利と国家の世俗化の進展を決定的なものにしたと言えよう。

上流社会のキリスト教

デュパンルー神父は、一八三八年臨終の床にあったタレーランから悔悛を引き出し教会と和解させた功労者とされ、一躍有名となる。ルナンは『思い出』に次のように書く。「(この任務のためには) 上流社会に属していて学がある司祭が必要だった。だが、できるかぎり哲学に暗く、神学にはまったく通じていないほうがよかった。かつての支配者階級の出自であり、彼らの一員である必要があった」。

デュパンルーの側近的人物であったラグランジュ神父が著した伝記によれば、フェリックスの父親、ジャン゠フランソワ・デュパンルーはアヌシーのさしたる身分でもない家の出自である。母親も同じ町の出身で、フェリックスは母親に育てられたとだけある[54]。しかし、再びルナンを引いてみよう。「パリ大司教ケランは、おそらくデュパンルー師の出自の秘密を知っていたのだ。この若い聖職者に父親のように意を注いでいたいくつかの名家は、彼を育ちのよい青年にしたて、彼らの閉ざされた社交界に受け入れた。貴族出身の大司教はこれらの名家と知り合いであり、彼にとってはそこが世界の境界線であった」。ルナンがパリに出てきて、デュパンルー師を通して遭遇したのは、ブルターニュのトレギエの師たちのキリスト教とはまったく異なる「上流社会のキリスト教」であった。

祭服や吊香炉などの祭式必要品を農村の貧しい教会に寄付するためにデュパンルー神父がパリ・マドレーヌ寺院で行った演説がある。「あなた方は豪奢の中で生活し、城に住み」、「図書室には好みの小説家たちの作品をそろえ」といった箇所から、聴衆たちの階層が察知される。次の一節が興味深い。

> 貧しい者たちの真の安息場所は、そこ（教会）ではないでしょうか。そこでこそ（…）不満ももらさず多くの辛苦を耐え、日中の労苦と暑さを、キリスト者の勇気をもって、最後まで耐え忍ぶ力を見出すことができるのではありませんか[55]。

ここには宗教は社会の下層の人々の慰めという考えがうかがえる。大革命の政治・経済的帰結と明らかに乖離した意識である。当時信徒たちのあいだで広く読まれていた『継続公教要理』の著者ゴーム神父の諸著作からは、下層階級の人々は宗教による縛りがなければ、怠惰と放蕩に陥りかねない者たちという上層階級の時代的偏見が看取される[56]。したがって富裕層にとっての施しは貧窮者への同情や憐みの表現というより、実は一種の社会秩序維持の方途ではないのかとの疑念が浮かぶ。カトリシスムの中で自由主義陣営に属するとみなされた人々でさえ、自分たちが属する貴族あるいはブルジョワ階級の社会観を超えられず、多くはこうした思想的限界を持っていた。

「無神論」との戦い

サン・ニコラ・ド・シャルドネ小神学校の校長としてルナンと縁浅からぬ関係にあり、彼が聖職への道を断念した直後の逡巡の時期に、「信仰の完全な喪失」をいち早く指摘したのはデュパンルーである。ルナンはその慧眼に従う[57]。しかし、一方でルナンは自らの恩師について次のように記している。

カトリック正統派《オルトドクス》には、二つのクラスがある。一方は分析しようとせず、曖昧で不正確な一般論によっており、キリスト教を行動あるいは行動の手段と考えている。司教たちがこれで、彼らは考証なしで済ます（デュパンルー、コンバロなど）。もう一方はキリスト教を分析するものの聖書批判学とは無縁の神学者たちで、キリスト教を一種の学問ととらえる（ガルニエ、グレールなど）（一八四五年七月二〇日の記述）。[58]

また『思い出』の中には次のようにある。「科学的な方面のことは彼（デュパンルー）にはなじみがなかった。ドイツの聖書批判学の話をすると驚いていたし、ル・イール師[59]の業績については、ほとんど知らなかった。聖書は彼の目には、説教者たちに説得的なパッセージを提供してくれるものとしてのみ有効であるのだった」。ルナンからかくのごとき辛辣な評価を下された人物は、とはいえ反教権主義が激烈となり、不可知論・無神論が進展する時代の中で、彼なりの護教論を展開せざるをえなかった。

一八六三年に出版されたデュパンルーの『宗教への攻撃に関する青少年と家長への警告』(*Avertissement à la jeunesse et aux pères de famille sur les attaques dirigées contre la religion*)と一八六六年の『無神論と社会的災禍』(*L'athéisme et le péril social*)は同傾向の著作である。両著で当時の思想界の新潮流とみなされた、いわゆる実証主義に対する批判が展開されるが、そうした有害な思想に信徒たちが染まらないよう注意を喚起するのが執筆の意図である。当然ルナンにも矛先が向けられる。彼によればルナンにおける神の否定には、多くの点でエミール・リトレと共通する考えと表現が見て取れ、人類の概念において両者は完全に一致している。[60] だが、デュパンルーは人類の概念に関し、ルナンと、オーギュスト・コントの流れを汲むリトレとの相違について理解していない。後者二人にとって人類は、超越的な背景をもたない実在として神に取って代わったのであるが、ルナンにおける人類は、その歴史過程においてある種の神概念を排除するものではない[61]。こうした差異まで見分ける行き届いた考察をデュパンルーに求めるのは無理なのかもしれない。「歴史の中で生成する神」という考えそのものが、カトリックの神概念とあまりにもかけ離れているからだ。

ルナンの言説は、『リベルテ・ド・パンセ』（*Liberté de penser*）や『両世界評論』（*Revue des Deux Mondes*）等に載った論文、『宗教史研究』などから主として引用されている。ルナンは無神論の一カテゴリーとされる汎神論に分類され、『キリスト教起源史』の第一巻にあたる『イエスの生涯』は「汎神論小説」と定義される。ただし、『無神論と社会的災禍』でも、『イエスの生涯』に関する言及はほとんどない。注目に値するのは、ルナンの書の前書きを引用しつつ、読者に対する「愚弄」であるとか、「道理に合わない苦々しい嘲弄」といった表現で片づけてしまう点である。さらに他のページでは作品全体に多くの冒瀆的言説を含むというコメントがあるのみだ[62]。多くの司教が教書によって、『イエスの生涯』をしばしば激烈な調子で糾弾した。この書は一八六四年に教皇庁の図書検閲聖省（Congrégation de l'Index）によって禁書処分となり、読書・所持・普及が禁じられた。教会は信徒たちに悪影響を与える恐れのあるものからひたすら信徒たちを隔離するだけで、どのような読書にも耐えうるように彼らの信仰を堅固なものとするという方針を採りはしなかった[63]。デュパンルーは同時代の思想を分析し、論戦を張り、信仰を擁護しようとした。しかしそこには論客として限界があったことは否めない。『無神論と社会的災禍』は、デュパンルーが一八六六年十月九日に公にした司牧書簡に関するくだりから始まる。メディアによって次のように簡略化された彼の信仰信条が広く物議をかもしたからだ。

「神」が存在する。
「摂理」が存在する。

神の正義が存在し、個人の罪はそれぞれの災難により、民衆の罪は集団的惨禍によって罰せられる[64]。

三つの命題に単純化された信条表明が、当時の新聞や雑誌の紙面で激しい攻撃にさらされたことは容易に想像がつく。特に司教デュパンルーはフランス教会の中で、最も衆目を集める聖職者であったからなおさらであった。彼は『無神論と社会的災禍』に自らの司牧書簡の表現を再録し説明している。しかし、それによって原文のニュアンスが確認されたにせよ、神の正義と罰について論陣を張ろうとすれば、苦しい論戦を迫られるのは自明であったろう。一方、神による懲罰という考えが信徒たちの意識に深く浸透していたことも確かだ。一八七〇年の対プロシャ戦争の敗北とそれに続くパリ・コミューンの騒乱の後、サクレ・クール寺院をモンマルトルの丘に建立することが国民議会で決定する過程を見るとき、その事実を確認せざるをえない。

「クァンタ・クーラ」と「謬説表《シラビュス》」をめぐって

「昨今、ある教皇はイエス・キリストが教え、死んだのは、金持ちに財産を保持させ、資本を保証するためだと証明しようとしているようだ」[65]。ルナンがこの辛辣な言葉（ルナンにとってイエスの福音は、貧しい者たちへのメッセージである）で槍玉に挙げているのは、「謬説表《シラビュス》」の教皇ピウス九世である。「謬説表《シラビュス》」とは教皇が誤りとする言説をリストアップしたものである。最後の項目（八十番）には次のようにある。「教皇は、進歩・自由主義・現代社会との和解および妥協が可能であり、そうしなければならない」。つまり、「進歩・自由主義・現代社会との和解および妥協」は錯誤であり、それをする必要などない、という教会側の主張がここから見て取れる。この項目に示された非妥協性は、大革命をその政治・経済的帰結も含めて完全否定するものと解釈された。この「謬説表《シラビュス》」を含む「クァンタ・クーラ」が一八六四年十二月八日に公布されるや、第二帝政政府は司教たちに対して、その内容を下位聖職者たちに知らしめるのを禁じた。この勅書の内容が帝政憲法の諸原則に反するというのが、その理由であった[66]。政教条約下のフランスでは、教会は国家と緊密な関係にある。教会内部では、自由主義者のみならず多くの関係者が衝撃を受けた。教会内で知らしめることが禁じられている勅書を、新聞・雑誌はラテン語からフランス語に訳し掲載した。デュパンルーはただちに筆をとり、翌年一月に「謬説表《シラビュス》」に関する解釈を発表する（『九月十五日の協定と十二月八日の勅書』）。

この文章は「定立」（thèse）と「暫定定立」（hypothèse）を使い分けて、世間を唖然とさせた「謬説表《シラビュス》」を巧みに解説する。「定立」は「普遍的」、「絶対的」であり、それに対し「暫定定立」は「相対的」であって、状況によっては適切なあるいはやむをえない妥協が想定されうる。例えば項目六十三では、「合法の支配者に対し服従を拒否することが許される」が誤りとされている。デュパンルーの議論はこうだ。

ここから、教皇によれば服従拒否は決して許されないと、人々は結論付けようとする。つまり支配者たちの意思の前に常に屈従しなければならないと。それはある命題から一挙にそのまったく逆を結論付ける解釈であり、イエス・キリストの助祭（教皇）が最も粗暴な専制を、狂人の気まぐれへの卑屈な服従を容認しているとするものだ。それでは、自由の中でも最も崇高な自由、すなわち魂の聖なる自由が消滅してしまう。そんなことを教皇が言っていると、人々は解釈しているのだ！

（…）弾劾されている命題が普遍的であり絶対であるかどうかを見なければならない。なぜなら、ある命題が糾弾されるとき、その理由はしばしばその普遍性、そのあまりに絶対的な意味の故であるからだ(67)。

デュパンルーによれば、教皇が過ちとするのは定立としての命題であって、暫定定立を否定するものではない。項目七十七を例にとると、「我々の時代においては、他のすべての宗教を排除して、カトリックを国家の唯一の宗教とみなすのは有益ではない」が謬説とされている。デュパンルーによると自由主義の定立とは「誤りと真理が同等の権利を有する。つまり国家は国民の信仰に関与すべきではなく、法治国家はカトリック教にのみ恩恵を与えるべきではない。すべての宗教・宗派を共通法の保護の下に置くべきである」となる。それに対し暫定定立とは「カトリック教は国家から独占的保護を受ける権利を持つ。しかし状況によってはその権利を国家に要望しても無駄なことがある。その場合は、共通法による保護を要求することに甘んじることになる」というものである。[68]『九月十五日の協定と十二月八日の勅書』は、教皇が糾弾しているのは、自由主義の定立であって、暫定定立ではないとする。

世界中で六三六人の司教がデュパンルーの文書に賛同の意を表する。『ジュルナル・デ・デバ』(*Journal des Débats*)紙は、この文書が勅書の内容を「弱め、和らげ、変容させる」目的で書かれたとする記事を掲載した(二月六日付)。デュパンルーは反駁するが、『デバ』紙の主張は的を射ていたと言えよう。

教皇の無謬性の教義をめぐって

一八七〇年七月十八日、バチカン公会議を経て、教会は教皇の無謬性(l'infaillibilité pontificale)の教義を公にした。歴史の審判も考慮せず、原理原則へとのみ回帰しようとする教会の姿勢が、フロベールをはじめとする当時の知識人たちには、時代錯誤的と見えたのも当然であろう。[69]

この教義はフランス教会内部においても、公会議開催以前から物議をかもしていた。一八六九年二月に『シヴィルター・カトリカ』(一八五〇年にナポリでイエズス会士たちによって創刊された雑誌)に掲載された記事が、まもなくルイ・ヴイヨ[70]を主筆とする『ユニヴェール』(*L'Univers*)紙に転載される。そこには教皇の無謬性の教義が公会議の場で満場一致で宣言され、「謬説表《シラビュス》」の諸命題が確認されるだろうとの予測が示されていた。外務大臣がローマに対して懸念を表明する一方、『ユニヴェール』紙は教義の宣言を支持する嘆願運動を開始し、多くの賛同表明を掲載した。こうした状況の中、公の意見開陳を避けていたデュパンルーはついに筆をとる[71](「公会議を前にしての、無謬性の教義に関する論争についての考察」)。

この「考察」に対して、ヴイヨはすばやく『ユニヴェール』紙上で反撃した。その記事を受けて書かれたのが、「L・

ヴイヨ氏への警告」である。デュパンルーがまず糾弾するのは、『ユニヴェール』紙がこの教義に関する論争の火ぶたを切ったことである。議論の俎上に上げることそのものが、時宜を得ているかどうかが問題視されている。[72]つまり適時性(opportunité)への疑念がこの警告文の執筆動機である。一方、デュパンルーがメクレン(ベルギー)の大司教に宛てた書簡に見られるのは、(1)定義すべき真理(2)定義可能性(3)定義が行われた際の結果と危険性、をめぐる持論である。(1)についてデュパンルーは、その検討を公会議にゆだねるとする。つまり彼は無謬論の絶対反対論者ではないことになる。[73]彼が憂慮しているのは、かくも定義可能性に疑念が残る教義を、あえて宣言した際の悪影響である。[74]つまりここでも適時性が議論の根幹にある。

しかし、ルイ・ヴイヨとの論戦には、いくつかの特筆すべき点がある。一つには、教義に関する論議は公会議の構成員に属する権限であって、無謬性が議論されるかどうかも今だ決定していない中、一般信徒が司教たちに向かってあらかじめプログラムを提示するようなキャンペーンへの不快感である。一般信徒が「神の代理人である」[75]司教に向かって烈しい攻撃を加えていることは、注目に値する。フランス教会の伝統であるフランス教会独立強化主義の立場をとるデュパンルーは、「クァンタ・クーラ」を『ユニヴェール』紙上に全面掲載したヴイヨを危険分子とみなした。一方、ヴイヨの背景には『ユニヴェール』紙の愛読者で彼を支持する司祭たちがいて、メディアの影響力の進展がうかがわれる。デュパンルー自身、公会議のためにローマに着いてからも、自らの息のかかった『フランセ』紙に無謬性の教義に関する記事を掲載するよう、さかんに促しているのだ。[76]

さらには、教皇をほとんどキリストと同一視するようなヴイヨの言説への危惧である。「他の箇所では、あなたは福音書がイエス・キリストに当てはめている言葉を教皇に当てはめ、教皇のことを大文字で『神の子』と記しています」[77]。

ピウス九世の置かれていた状況が、この指摘と関係する。一八四八年にヨーロッパに広がった革命の動乱の中、ピウス九世はイタリア中西部の港町ガエタへ逃亡を余儀なくされ、世上権を奪われる。翌年二月にはローマ共和国が成立する。フランス軍のローマ占領によってローマ共和国が崩壊し、五〇年にローマに帰還したものの、四一〇〇〇㎢あった教皇領は、六〇年十一月にはローマを取り巻く「聖ペテロの遺産」(patrimoine de Saint-Pierre) と呼ばれる一二〇〇〇㎢の地域のみとなってしまう[78]。フランス軍撤退後、一八六七年にはガリバルディが教皇領を占領、失地回復にはフランス軍の侵攻が必要であった。さらに一八七〇年九月、ローマはイタリア軍の攻撃を受け、教皇はバチカンに囚人同様に引き籠ることとなる。世俗権力に翻弄される教皇に対して、ことに下級司祭たちは強い憐憫と敬愛の情を抱いたという[79]。教義の観点からみれば、たしかにキリストと教皇の同一視には問題がある。しかし、ミシュレが『フランス史』において、「お人よしのルイ」と呼ばれたルイ一世やトマス・ベケットなどの生涯に、受難の繰り返しを看取したのと似通った民衆心理がここに働いているとすればどうだろうか。すなわち、民衆の同悲の心が、人間のうちにキリストを再現させるという構造である[80]。下級司祭たちは大部分が農村の出身であり、大多数の信徒たちと身近に接しているのは、小教区付司祭の彼らである。ヴイヨの読者には下級司祭が多かったことを思えば、デュパンルーとヴイヨの対立には、階層の対立も見え隠れする。

ここにはきわめて十九世紀的な教会の状況が示されていないだろうか。先に引用したデュパンルーのメクレンの大司教宛の書簡には、次の一節が見える。「私がここで問題にしているのは、若者たち、多くの人々、私たちの同国人たち、友人たち、近親者たち、〈我々の骨肉〉です。あなたが準備していること〈無謬性の教義の公布〉は、彼らに有害な一撃となるでしょう[81]」。しかし、一方で「バチカン公会議は、カトリック世界ですでに暗黙のうちに了承されていたことを批准しただけである」という指摘もある[82]。するとデュパンルーが教皇無謬性の教義宣言の悪影響をかくも憂慮している対象は誰なのか。教皇庁の時代錯誤的な姿勢がもたらす弊害を恐れる彼が、〈我々の骨肉〉と呼ぶ人々とは、とりわけ信徒でありながら『両世界評論』を読んでいるような人々、社会の上層部の人々や知識階級ではないのか。また同時にますます非宗教化する世俗社会への配慮も働いているように見える。だが、ヴイヨにとっては、デュパンルーのこうした社会的配慮はとうてい許容できるものではなかった。「悔悟しないカトリック者」を自称するヴイヨは彼とは立場を異にする信者たちを「悔悟する自由主義者」と呼んだ[83]。それに対しデュパンルーは、ヴイヨが提示する「教皇を長とする民衆国家」の理念を糾弾する。

さまざまな研究書で指摘されていることであるが、十九世紀の聖職者たちは司教から小教区付司祭にいたるまで、担当する司教区や小教区の切り回しに追われ、聖書批判学が進展する状況下、神学の刷新や時代に呼応した新しい教会の模索に関心を寄せることはなく、教会外世界の動向に対応する姿勢を持たなかった。一八五六年にデュパンルー指揮下で出版されたオルレアン司教区における『聖職者の教育プログラム』では、若い司祭にとっては、神学の知識より霊的指導の修練が大切とされ、神学の徹底した研究は避けるべきとされている。[84] また「決疑論（casuistique）が道徳の総体ではない。（…）したがって決疑論者の書しか読まない司祭は道徳に通暁することはないだろう。決疑論は不十分な知識しか与えてくれない」[85]という一節がある。裏返して言えば、信徒たちに対する霊的指導のマニュアルともいうべき決議論の書に頼りきりになる傾向が見られたことを、これは暗に示している。オルレアン司教区ではデュパンルーの時代になってさまざまの改革が行われたが、助祭から司教にいたるヒエラルキーの中で、配下の聖職者を外界の悪影響からひたすら保護することによって、霊肉の罪を免れさせようとする意識に変化はなかった。[86]

「デュパンルー師は自分の世紀をほとんど愛していなかったし、自分の世紀に対してほとんど妥協しようとしなかった。だから時代の流れに沿って人を育てることができなかったのだ」。このルナンの言葉はきわめて示唆的である。これは国家の保護を頼り、禁書等の防御手段をとることで外からの力に対抗しようとした十九世紀カトリック教会の姿勢そのものとも関係している。

第二章　「コングレガシオン神話」と王政復古期の司祭像

「はじめに」にも記したとおり、十九世紀のフランス・カトリシスムは、一八〇一年にナポレオンによって制定され一九〇五年の政教分離法の成立まで続いた政教条約（コンコルダ）によって、制度的に規定された。さらに社会史的視点から見ると、第一帝政の崩壊によってもたらされた王政復古の時代（一八一四－一八三〇）における教会の在り方が、それ以降のフランス社会での宗教をめぐる状況に大きく影を落としたことは否めない。

「コングレガシオン」（la Congrégation）という語を看過して、この時期の政治・社会史を綴ることはできないであろう。十五年余の王政の時代を通じて、アルトワ伯（後のシャルル十世）と結びついた過激王党派（いわゆるユルトラ）の人々の活動が宗教の勢力と連携しあい、後世の目から見ればそれはカトリシスムにも王政にもマイナスに作用した。「コングレガシオン」の存在が人口に膾炙するようになったのは王政復古期の後半であるとされる。[1] それはユルトラの支持を背景にしたジョゼフ・ド・ヴィレール（Joseph de Villèle 一七七三－一八五四）内閣の発足、さらにシャルル十世の即位と密接に関連している。

こうした時代状況に文学は敏感であった。『赤と黒』（*Le Rouge et le Noir*）の登場人物であるラ・モール侯爵とブザンソン大教区の副司教フリレールの対立は、フィツ＝ジャム公とヴィレールの相剋を、さらに総理大臣ネルヴァル像は、ヴィレール内閣崩壊後の二九年に首相となったジュール・ド・ポリニャクをモデルにしている。[2] さらにこの時代状況を色濃く反映した司祭像が見られる作品として、バルザックの『トゥールの司祭』（*Le Curé de Tours*）および『平役人』（*Les Employés*）がある。前者の物語が始まるのは一八二六年秋である。後者の出来事は一八二四年末と推定されると共に、登場する大臣の人物像がヴィレールの人となりに対応している。[3] これら三つの作品には、筋の展開に「コングレガシオン」が大きく関わっているという共通点がある。そして何よりも私たちの興味を引くのは、ことに『赤と黒』および『トゥールの司祭』における、政治と宗教のはざまでとらえられた、時代を映す司祭像である。

1　王制復古期の教会

ナポレオン帝政崩壊後、フランス国民は諸手を上げて王政を歓迎したわけではなかった。ブルボン家は不人気であり、ナポレオンの百日天下の後、王政の定着と権威拡大に腐心する必要があった。そうした時代状況の中、大革命時に辛酸をなめた聖職者たちは、教会と王家を運命共同体のごとくみなし、ユルトラたちの策動に協力的であった。その一つのあらわれがフランス宣教会（Missions de France）の活動である。

一八一五年に設立されたフランス宣教会は、人々の回心を促すことを目的に、各地方に宣教師たちを送り込んだ。中心的人物の一人であったフォルバン＝ジャンソン神父は、後述する「信仰の騎士団」の創設者でユルトラ中のユルトラであったフェルディナン・ド・ベルティエの友人だった。宣教師たちの活動は、ユルトラたちの意図と密接に結びつく。[4] 宣教の先々で彼らは大革命中に神に対して、王一家に対して、また隣人に対して行われた罪の改悛を促し、時にはヴォルテールやルソーの焚書が行われたこともあったという。宣教のために用いられた歌は、しばしば当時の流行歌のメロディーに歌詞をつけたものであり、数千の蠟燭を灯すなどの演出もあった。宣教団の到来は市町村にとって一大イベントであり、行政も巻き込んでの歓迎がなされた。しかし場所によっては多くの住民が反感をあらわにし、通りを埋め尽くして宣教団の来訪を阻止するというケースも存在した。一八一九年ブレスト市では宣教団が撤退を余儀なくされるという事件があり、政府は市長と警察署長二人の職を解いた[5]。フランス宣教会の活動は、王政と宗教の協働を如実に示していて、十九世紀における反教権主義の火種の一つとなる。

「一八一五年以来、ラ・リュゼルヌ枢機卿、モンテスキュー公、シャトーブリアン、ヴィレール、ヴィトロル氏などに指揮された聖職者と貴族は一致協力し、立憲体制をまだ根付かないうちに消滅させることを誓った。秘密の政府を作り、それを利用して権力をにぎることで、アンシャン・レジームを復活させようともくろんだのだ」と、スタンダールは二五年二月一日の『ロンドン・マガジン』(『英国通信』)に書く[6]。ヴィレールが権力の座につくことで、その願望は実現へと近づいたと見えた。つまり「秘密の内閣」が正式の内閣となったのである[7]。

議会でも宗教勢力は力を得ていった。二二年の勅令で八人の枢機卿および司教が上院議員となったが、二四年には一名増えて九人となる。さらに同年に聖職者関連省が創設され、第一宮廷司祭であり文部大臣であった司教フレイシヌスがその長に任命された。さらに国務院(コンセイユ・デタ)のメンバーに三人の枢機卿が加わる。二五年には、聖器と聖別されたホスチアに加えられた不敬行為は死刑にあたるとする聖性冒瀆法が可決された[8]。

大革命前に教会領であった国有林の返却は、王政復古期を通じて教会が強く要求するところだった。ちなみに『赤と黒』の第二十三章の題は「聖職者、森林、自由」である。そもそも教会側から見れば、政教条約によって定められた、聖職者の国家への従属は大きな問題点であった。「聖職者は国から給与を受け取っている。ただし財務大臣は戦争の勃発の際、あるいはまったく別の財政的困窮をカバーするために、国庫の赤字を理由に司教たちへの支払いを八千ないし一万フラン程度に減額することができる」とスタンダールは指摘する[9]。しかし、王政の庇護を背景にした教会の我田引水的やり方は当然世論の反感を招く。

世論の顰蹙を買った聖職者たちの行為はそれにとどまらない。人気役者タルマの例が示すように、教会はしばしば不信心者とおぼしき人々の葬式を教会で執り行うのを拒絶した。また村祭り等の際のダンスの禁止も、人々の不満を募らせた。

国民感情とは裏腹に、王政は一八二四年のシャルル十世の即位と共にますます宗教色を強めていく。その即位にあたっては、前王の時には行われなかったランス大聖堂での戴冠式が盛大に挙行された。このセレモニーは当然のことながらきわめて宗教色の濃いものであった。アンシャン・レジーム下で定式化されていた王の宣誓は、立憲王政に矛盾しないよう改められたものの、ブルボン家による王政が宗教と不可分の体制であることを改めて印象付けた。一八二六年は聖年（一定の儀式に参列し、定められた信心行を行ったすべての信者に教皇が全面的な免償を与える年）にあたっていたが、華やかな宗教行列が各地で見られ、パリで行われた総行列には、シャルル十世、王族、上下院議員、上級公務員、上位軍人多数が参加して行列の通過に三十分かかった。二〇〇〇人以上の聖職者の列は強烈な印象を与えたうえに、三度目の総行列の際に王が身につけていた紫の服のせいで、シャルル十世はひそかに司教に叙階されたという噂まで広がったという[10]。さらに一八三〇年四月、聖ヴァンサン・ド・ポールの遺灰がパリ・セーヴル通りのラザロ修道会に移されたときには、聖遺物を運ぶ行列には四〇〇〇人におよぶ聖職者、神学生、キリスト教学校の生徒たちが参加した。王と王家の人々はラザロ修道会に足を運び、聖遺物を礼拝した。『赤と黒』の第十八章「ヴェリエールにおける国王」で描かれた、王のヴェリエール来訪は、この事件から発想されたという説がある[11]。

こうした状況の中で、社会がきわめて息苦しい雰囲気になっていったことは容易に想像がつく。民衆は聖職者たちを毛嫌いしており、真の宗教感情はフランスから消えうせてしまったと、スタンダールは記す[12]。

2　コングレガシオン神話

スタンダールは、「コングレガシオン神話」の創造に大いに〝寄与〟した作家の一人と言えよう。彼の言説を参照しつつ、この語の示す実態について考察してみる。

固有名詞としての「修道会」（la Congrégation）は、旧イエズス会士デュルピュイ（Jean-Baptiste Bourdier-Dulpuit 一七三六－一八一一）神父を中心に、一八〇一年に創設された、会員間で相互扶助を行う一般信徒の組織（聖母会）である。[13] この語は一八二五年からさかんに新聞・雑誌・パンフレ（政治的攻撃文書）上に踊り、衆目を引きつけた。その最初のきっかけとなったのが二四年十月に出たアレクシス・デュメニルのパンフレである。翌年二月に第二の文書が続く。この人物によってコングレガシオンが政治・宗教団体として初めて明確に名指しされ、糾弾された。[14] しかし、より大きな反響を巻き起こしたのは、二五年に『白旗』（*Drapeau blanc*）紙に掲載され、さらに翌年には『宗教・社会・王位を覆そうとするある宗教・政治組織に関する意見書』（*Mémoire à consulter sur un système religieux et politique tendant à renverser la religion, la société et le trône*）と題して出版されたモンロジエ伯の主張である。この人物はデュルピュイ神父の作った「修道会」が四八〇〇〇人の会員をかかえる巨大組織であると明言する。しかし、ゴッドフロワ・ド・グランメゾンの詳細な研究によると、会員は十九世紀初頭の三十年間で一三七三人でしかなかった。[15] それではモンロジエの挙げた数字は、誹謗文書にありがちな誇張なのか。『フェルディナン・ド・ベルティエ伯とコングレガシオンの謎』の著者ベルティエ・ド・ソーヴィニィは、フリーメーソンの組織を範に作られたユルトラの秘密結社「信仰の騎士団」（Chevaliers de la Foi）の存在を考慮しないために、多くの歴史家にとって「コングレガシオン」の語が示す実体が不明瞭なものになっていると指摘する。亡命中の王を呼び戻し、王政復古を実現するために作られたこの結社の全国的な展開を考慮するなら、モンロジエが挙げた数字も誇張ではないというのだ。マチュー・ド・モンモランシー、フェルディナン・ド・ベルティエ、ジュール・ド・ポリニャクらが、「信仰の騎士団」と「修道会」の両方に属していたこと、秘密結社という性質上その実態が明らかにされにくかったこと、意図的に「修道会」を隠れ蓑としようとしたこと、また普通名詞としての congrégation の意味の一つは「一般信徒の宗教組織」であるので、「信仰の騎士団」の創始者のフェルディナン・ド・ベルティエ自身が、自分たちの組織を時としてコングレガシオンと呼んでいることなどが、この語をめぐっての混乱を引き起こしたと考えられる。『二つの王政復古史』の著者ヴォラベルは、ヴィレールが「修道会」に属していたと記しているが、それは事実に反する。ただし彼は「信仰の騎士団」のメンバーではあったから、ここでも二つの組織が混同された形跡がある。[16] スタンダールは、「下院議会には、フェルディナン・ド・ベルティエの指揮下一〇八人のジェズイット（イエズス会士）たちがいる」[17] とするが、この一〇八人はスタンダールによれば「田舎貴族の宗教組織」に属しており、この実体が「信仰の騎士団」だったと考えられる。スタンダールは、モンモランシーとベルティエを「短衣のジェズイットたちの首領[18]」と呼ぶが、二人共に熱心な「修道会」会員でもあった。

コングレガシオン」はそのときどきで、（1）デュルピュイ神父によって創設された聖母会（2）「信仰の騎士団」（3）モンロジエによって作られたいわば想像上の組織（4）イエズス会、を指して使用される。[19]

モンロジエの意見書の目的は、フランス社会で進展する巨大な陰謀を暴くことにある。彼によれば、「修道会」はイエズス会に支配され、ジェズイット精神を体現している一般信者の組織である。また、当時フランスには数多くの信者組織が存在したが、それらがすべて「コングレガシオン」と連携し、活動しているとされた。しかしモンロジエの意見書の射程は、コングレガシオンとイエズス会に留まらない。教皇権至上主義および聖職者の権限乱用にまで、糾弾は及ぶ。[20] モンロジエは意見書に示した危険な「宗教・政治組織」を王立裁判所へ告発した。王立裁判所はその告発文を審議したものの判断を下すことができず、行政が決着をつけることを迫られた。その過程で、不明瞭な実体である「コングレガシオン」に代わり、非合法団体であるイエズス会に世間の攻撃の矛先が転換していく。

M・ルロワの『ジェズイット神話―ベランジェからミシュレまで―』によれば、反イエズス会主義（antijésuitisme）は反教権主義の巧妙な一ヴァージョンである。[21] 教会権力のさまざまな誇示に対する人々の反感がそこに投影される。王政復古時代の反教権主義の特徴は、立憲王政の転覆をねらうユルトラに対する告発と教会攻撃が表裏一体となっている点である。イエズス会士たちの命令一下忠実に行動する一般信徒たち、すなわち「短衣のジェズイット」が長衣を纏ったジェズイットたちと一緒くたになって、フランス社会を思うままにコントロールしようとするカトリック教会の権力を象徴する。しかし当時、モンロジエが指摘するほど多くのイエズス会組織がフランスにあったのだろうか。二六年五月末、聖職者関連省大臣の司教フレイシヌスは、現存する一〇〇の小神学校と一二〇〇〇の中等教育機関の中で、イエズス会が経営するのはわずか七つに過ぎないと議会で発言した。モンロジエの意見書が示した数字の誇張を暴くためだったが、非合法のイエズス会の存在を公的に容認する結果となり、かえって世論の反感に油を注ぐ結果となった。[22]ジェズイット攻撃の名の下に糾弾されているのは、聖職者全体であるという事実がここからうかがえる。

スタンダールは「ジェズイット」という語によって、ジョゼフ・ド・メストルが体現する硬直した宗教原理と、ブルジョワ的順応主義を表現する。[23]彼の確信するところによれば、聖心会、聖母会、聖ヨセフ会、ニコラ・ド・シャルドネ会、学業優秀会等の信徒会はすべて「修道会（コングレガシオン）」の下部組織であり、ジェズイットたちの号令のもとにある。かくしてフランスは、「偽善」の渦巻く閉塞した状況を呈する（「現在のフランスの風潮の最も大きな特徴は、偽善である。この偽善はジェズイットたちによって吹き込まれ、彼らの利益のために実践される」[24]）。「ジェズイット」という語がここまで拡大解釈されると、イエズス会とはまったく関係しないところでも使用されることになる。自由を妨げる者たち全員に「ジェズイット」の名が付与され、「コングレガシオン」は、スタンダールの主人公たちの前に立ちはだかる政治宗教的権力の体現となる。[25]要するに彼が「ジェズイット」と呼ぶ聖職者がすべてイエズス会士であるわけではない。その一例がフェリシテ・ド・ラムネであろう。スタンダールはラムネを「ジェズイットの領袖の一人」とし、二五年から翌年にかけて出版されたラムネの『政治・市民社会の秩序との関連における宗教論』を、モンロジエに対するジェズイット側からの反駁の書と解釈している。[26]ラムネは一八二二年末から一八二三年まで、日刊紙『白旗』の主幹であった。ラムネの下では政府とフランス教会独立強化主義者たちに対する激しい攻撃が繰り広げられる。一八二三年八月二十二日の「全フランス教員団（Université）団長への公開状」[27]で、ラムネは全面的な教会の独立と自由を主張した。その記事がきっかけで、『白旗』紙を去ることになったラムネが、『白旗』紙に載ったモンロジエの意見書を受けて書いたのが問題の著作だということになる。王政への懐疑が表明されたこの著作は、すでに述べた通り、一八二六年四月に違警軽犯罪裁判所で罰金刑に処せられ、さらに回収のうえ処分された。王政との癒着の弊害を見抜いた宗教者ラムネの慧眼に、スタンダールはさしたる注目もしていない。ラムネはある書簡で以下のように記す。「フランス教員団も、フィロゾフも、ジャンセニストも、フランス教会独立強化主義者も（私に対して）憤っています。もちろん当然のことです。しかし、私に最も害をなすのは、イエズス会士たちです。私をやっつけるために、水面下で彼らがどれほどの姦計、どれほどの汚い手段を使っているか、話しても信じてはいただけないでしょう。毎日考えられないような事実が伝わってきます」[28]。にもかかわらずスタンダールの定義からすれば、聖性冒瀆法に関して原則論を唱え、カトリック教徒にとってのよるべき権威の重要性を説く教皇権至上主義者ラムネは当然ジェズイットに分類されることになる[29]。

スタンダールは、ヴィレールがジェズイットを嫌悪していると興味深い指摘を行っている。確かに、熱心なコングレガニストでもあったベルティエやモンモランシーと、一八二一年に首相となったヴィレールとのあいだには不信感があり、さらにその内閣はモンモランシーを排除して成立した。このあたりの事情にスタンダールは通暁している。ヴィレールはユルトラであり、ユルトラの支持なしには政権を維持できなかった。しかし、亡命貴族の十億フラン法、長子相続法、出版物統制法の提出が、結果的に二七年の内閣崩壊につながる。スタンダールが指摘するようにヴィレールは戸籍管理をめぐって、大部分が貴族である市長陣営に味方し、司祭に対立した[30]。この件が象徴するように、貴族と聖職者の利害に分裂が生じるようになる。先にも述べたように、モンロジエの主張を掲載したのはラムネが去った後の『白旗』紙であった点が注目される。当時政府はこの雑誌に負債償還の援助をしていた。そこには世論の敵意を政府からそらし、宗教界に向けさせる意図があったとされる。

バルザックの小説では、「コングレガシオン」の権力は宮廷司祭館（Grande Aumônerie）を通じて発揮される。『トゥールの司祭』で、リストメール男爵は、この機関からにらまれたことで昇進があやうくなる。また『平役人』では、ボドワイエの昇格に宮廷司祭館が介入する。この作品では、宮廷司祭館をいわば出先機関としている「コングレガシオン」は、

「司祭党」(le parti prêtre)と一体であり、宮廷と協働関係にある聖職者全体の利益を集約する団体である。バルザックは、宮廷も宮廷司祭館もボドワイエの件にはほとんど関わっていなかったと、コメントを付け加えている。しかし、王権の保護を背景に行政の人事にまで介入する教会権力の強大さが小説の一つのテーマであることに変わりはない。ところで宮廷司祭館は、「信仰の騎士団」と密接な関係にあった。団の第一司祭であったペロー神父は宮廷司祭館の助任司祭長だった。さらにフェルディナン・ド・ベルティエの議会演説の印刷を行ったり、「信仰普及会」の幹部となったベルティエに事務所内に業務と資料保管のための一隅を与えている。また、「信仰の騎士団」の解散を決める大会が開かれたのも宮廷司祭館においてであった[31]。

正統王朝の消失と共に「コングレガシオン」は世間の話題に上らなくなる。七月王政において、ヴォルテール主義を標榜する王ルイ=フィリップの下で、教会と王家のあいだに距離ができたからである。しかし、反教権主義が消滅したわけではもちろんなかった。

3　文学に表れた「コングレガシオン神話」と司祭像1(『赤と黒』)

『赤と黒』のなかで、レナール家の家庭教師であるジュリアンは、聖職者が着る黒服に身を包んでいる。人々の口の端にのぼるとき、彼は「若い司祭」(un jeune prêtre)、「かわいい司祭」(un joli prêtre)であるとか、「若い神父」(un jeune abbé)などと呼ばれる。王のヴェリエール市来訪の際、ジュリアンは副助祭の資格でシェラン神父に同行し、ミサ祭式で司祭が着用するスルプリをスータンの上に身につける。

スタンダールはジュリアンを聖職への途上にある者として読者に示しているが、この点については疑問も残る。十九世紀における召命は、通常は司祭館に始まる。司祭が信徒の子供たちの中から、道徳的にすぐれ、柔和で、判断力を持つ者を選んで、祈りや公教要理と平行してフランス語やラテン語を教えた。このいわゆる司祭館学校を出発点に、小神学校および大神学校の過程を経るのが、司祭に叙階されるための道のりである。[32] ジュリアンは三年前からヴェリエール教区の司祭シェラン神父のもとで、ラテン語を勉強している。しかし十七歳という年齢からすると、司祭職を目指す場合は小神学校過程の後期に在籍しているのが一般的である。彼が神学校に行かず家庭教師となるのは、神学校に進む学費を得るためという想定になっている。ジュリアンのモデルであるアントワーヌ・ベルテは、家庭教師の職を得る前、小神学校の学生だった。

聖職者の中には叙階はされたものの、教区や修道会に属さないで、貴族の館などで家庭教師を務める「自由身分の司祭」が存在した。『アンリ・ブリュラールの生涯』に登場するライアン神父もその一人である。しかし『赤と黒』の主人公は神学生でもないし、まして下級品級の叙階も受けていない。十九世紀において副助祭は下級品級に属しており、助祭以上の上級品級のように生涯覆しえない終生誓願ではないものの、叙階を必要とする。第二バチカン公会議以後の現在の助祭とは異なる。[33] ジュリアンがミサ祭式に身につけるものであるスルプリを纏う姿を見て「神父に変装したあの職人の若造」という陰口が囁かれるが、確かに的を射ている。第二部第十章「王妃マルグリット」に、ジャック・ドゥリル(Jacques Delille 一七三八－一八一三)の名が出てくる。ドゥリルは大革命前に、後にシャルル十世となるアルトワ伯からサン・セヴラン修道院の教会禄を授与され、修道院長(abbé)となる。ただし、彼の場合は教会禄という収入のみが問題であり、のちには妻帯もする。修道院長となるために下級品級を受け、結婚するにあたっては教会の特別許可を必要とした。下級品級は終生誓願ではなく、上級品級にあたる司祭叙階を受けずに修道院長などの教会組織の高位聖職に就くケースは、アンシャン・レジームでは珍しくなかった。一方、教会が叙階という考え方を完全には放棄していないことも示している。スタンダールは詩人として著名であったこの人物に実際に出会っている。

小説中でジュリアンの導師となっている二人の神父シェランとピラールにとって、彼の将来が、まだ聖職と決まっていないことは明らかだった。遺産を得たエルザがジュリアンとの結婚の意志を打ち明けると、シェランは愛弟子のために大喜びするし、ラ・モール侯爵邸でピラールは「ジュリアンは司祭ではありませんから、ダンスの練習だってできます」と答える。

ところで、ジュリアン自身は〝司祭〟という意識を抜きがたく保持している。彼はレナール夫人に向かって「愛しています。若い司祭としたことが何たること」と叫ぶ。シェランが「コングレガシオン」の策動によってヴェリエールの教区付司祭の職を解かれ、司祭館を去らねばならなくなったとき、彼は「司祭とは何か、ヴェリエールのみんなに示してやる」と心に誓って、恩師の引越し先で手ずから道具をとって本棚を作りあげる。この言葉は第一章で触れたように、王政を過去の遺物と断じた問題の書『政治・市民社会の秩序との関連における宗教論』のせいで、フェリシテ・ド・ラムネが違警軽犯罪裁判所で裁かれたときに叫んだ言葉から着想されているという。[34] スタンダールは宗教者ラムネの革命性を理解してはいないが、この言葉が権力に対する反逆であることに変わりはない。反逆の精神を含むこの言葉と共に、ジュリアンが師を助けるべくなした具体的行為が本棚の作製だったことに注意しておきたい。知を容れている書物と共にシェランは追放され、ジュリアンはその書物を収めるための棚を作る。ここに知識を護るための、師と弟子の共同作業を見ることができよう。ジュリアンは、ラテン語で新訳聖書を完璧に暗唱できる。また十七世紀フランスの神学者たちにかたよっているものの、シェランから神学の手ほどきを受けている。彼を世間から見て聖職者の卵たらしめているのは、神学生という身分ではなく知識とけたはずれな記憶力である。スタンダールは「記憶力は偽善と相容れない」と言っているが、[35] ジュリアンという人物像にあっては知性がある種の〝徳性〟と通底する。そして彼はこの〝徳性〟をシェランとピラールという二人の司祭と共有している。

J・プレヴォによれば『赤と黒』において主人公をめぐる副次的登場人物は対になっているという。[36] その一例がシェランとピラールである。シェランという名はアンリ・ベール（スタンダール）が子供時代に知りあった一司祭に由来する。[37] キリスト教的慈愛とサンキュロティスムを併せ持った人物で、聖職者民事基本法をめぐって教会が分裂していた時代に、神学校の校長になっている。[38] とすればこの実在の神父は単に同名の登場人物のみならず、主人公の恩師二人のモデルであると考えられる。二人はジュリアンという青年の育成と指導にあたり、彼の運命に深く関わる。

『赤と黒』の中で、レナール氏はヴェリエール市で最も貴族的な人物であり、ユルトラである。市長の座を手にできたのも、「コングレガシオン」の一員であることによる。貧民収容所所長のヴァルノ氏も同様であり、共にフランシュ・コンテ地方の「コングレガシオン」をたばねるブザンソン大教区副司教フリレールの管轄化にある。[39] しかし、レナール氏は各種修道会が行う募金の際に出し惜しみすることで、評価が下がりつつある。「コングレガシオン」には甘い汁を吸おうと人々が集まり、うまく取り入れれば利権を手にして富を得、にらまれれば破産する。「コングレガシオン」に入れば、当然宗教に熱心な態度を示さねばならない。聖職者たち自身も、世俗社会への介入を露骨なかたちで繰り返す。ブザンソン神学校副校長カスタネドは、ジュリアンがラ・モール侯爵の密偵として訪れる旅先で、その行く手を阻む。神学校で「教皇の手の中にあって、棒のように従順であれ」と教えるところからして、この人物は典型的なジェズイットである。フリレールとカスタネドといったジェズイット陣営に属する人々と、シェランとピラールが対比的に配置されているということになる。

一方、別の対立も浮かび上がる。ラ・モール侯爵のモデルはエドゥアール・ド・フィッ＝ジャム公（Édouard de Fitz-James 一七七六－一八三八）である。[40] 彼はベルティエ、モンモランシーらと共に、「信仰の騎士団」の創設期からのメンバーであり、王政復古のためにパリ支部で指導的役割を果たした。一八一五年からは貴族院議員となる。名門貴族の末裔で、シャルル十世の取り巻きの一人であった。[41] 作中のラ・モール侯爵とフリレールの反目は、貴族と聖職者の利害対立の縮図と見ることもできよう。アグドの司教の過激な発言に対して、「彼らにとって国家が転覆しようとそれが何だ。枢機卿になって、ローマに亡命すればすむ。ところが我々は、城で農民たちに虐殺されてしまうのだ」という侯爵の言葉が、それを物語っている。

ジュリアンとピラールの出会いの場面を見てみよう。ピラールはシェランが持たせた紹介状を読み始める。蓄えのない青年が神学校で勉学するには授業料全額を補う奨学金が必要で、その給付を依頼する手紙である。「彼（ジュリアン・ソレル）は記憶力も知性も十分に備えています。深く考える力もあります。ただ、彼の召命は永続的なものでしょうか。真摯なものでしょうか」。手紙のこの箇所に行き着くと、ピラールは驚いた様子でジュリアンを見ながら、「真摯な」（sincère）という言葉を二度繰り返す。しかしその表情は前より人間的になっている。本来なら神学校長は、このくだりに憤るはずである。なぜなら召命が長続きしないかもしれず、司祭職を目指す意図が不純であるかもしれない青年を紹介し、全額の奨学金を頼むというのは、常識に反した行為だからだ。しかしここにピラールはシェランその人の類まれな「真摯さ」への希求を読み取っている。この「真摯な」という形容詞は、スタンダールの最も嫌う「偽善」の対極を意味し、二人の聖職者の人物像と深く関わっている。スタンダールはピラールについて次のように書く。

六年のあいだマリー＝アラコック、聖心信仰、ジェズイットたちや司教と戦い続けるために必要な力を、ピラール神父はひたすら自らの真摯さ（sincérité）から得ていた。だがそのことを、金に目がくらんでいる俗人たちは理解できないのだ。

ピラールにおける真摯さは、権力に立ち向かう力と不可分である。スタンダールから評価される聖職者たちには、しばしばこの形容詞（sincère）があてはめられる。彼らはピラールのように、権力に抵抗する人々である。こと召命に関しては、ジュリアンにとって単なる野望実現の手段でしかないが、彼もこの「真摯さ」という一種の〝徳性〟にあずかる人物像として構想されている。

二人の師は共にジャンセニストとされる。ジャンセニスムに関しては、一八二五年に出版された『シピオーネ・デ・リッチの生涯』を紹介する「ローマからの書簡Ⅳ」に次のような一節がある。「彼（リッチ）は真摯なカトリック教徒で、模範的な敬虔の人だった。しかし同時に彼はここで〝ジャンセニスム〟と呼ばれるものに毒されていた。ジャンセニスムは道徳を宗教に結びつける。ローマ流の救いを得るには、毎日ミサに行き、毎金・土曜日に断食し、聖日に定められた儀式を遵守し、しばしば告解をし、秘蹟にあずからねばならない。しかし〝人々に役立つ〟行為については、まあキリスト者としてしたほうがよいとされているのみである。〝人類に役立つ行為を行う習慣〟を宗教の基礎とする考えは、ここでは最も危険な異端とされている。(…)ローマ教皇庁は徳の教義を毛嫌いする。なぜなら行為それぞれは有益度に差があり、したがって徳の程度に差があるから、道徳を重要視することは自由検討に道を開くからだ」[42]。シピオーネ・デ・リッチ(Scipione de Ricci 一七四一 - 一八一〇)の教会改革の試みは、「トスカーナ地方の〝ルター〟になろうとした」修道士サボナローラの行動の再現とされる。ジャンセニスムはここで、教会刷新のための告発とプロテスタンティスムへの傾斜として定義される。

ジュリアンはピラールとの最初の出会いの際、「創世記」や「モーセ五書」が書かれた〝実際〟の時代について語る。このくだりが意味するのは、H・F・アンベールが指摘するように、理性の重視であって、教会の権威にとっては大きな危険を意味する。ピラールはジャンセニストとされるが、聖書解釈が個々の理性の検討にゆだねられることに関しては、警戒の念を抱かざるをえない。そして彼の考えは、当時の教会の危惧を反映するものでもある[43]。

スタンダールにおける「ジャンセニスム」を考える上で、十九世紀のジャンセニストたちの存在は看過できないであろう。一八〇九年十月二十九日ポール・ロワイヤル・デ・シャン破壊の一〇〇周年記念の日、三〇〇人がイタリア人神父デゴラを中心に記念の地に集った。そこでのこの人物の演説は次のように締めくくられる。「この敬虔と知の宗派の後継者たちのおかげで、我々の時代まで知識と恵みが保持されたのです。この有名な学派の生徒たちのおかげで、恐るべき教書ウニゲニトゥス(Unigenitus)に浸みいったモリナ主義と蓋然説という猛毒が、教会の全体に広がらずにすんだのです。ポール・ロワイヤルの精神と教義の後継者たちの呼びかけが汚染を食い止め、それらを受け継ぐ幸福な我々のあいだに、真理への認識と愛が今も存在するのです」[44]。このデゴラ神父の言葉で興味深いのは、ポール・ロワイヤルの系譜がキリストの神秘の体としての教会の腐敗を防止する知性と徳性の運動とされている点である。しかし彼らの敵対者たちにとっては、十九世紀になってもジャンセニスムは危険な異端セクトであった。一八二〇年、パリのサン・セヴラン教会の司祭ポール・バイエは、ルイ十四世が署名を要求したヤンセン糾弾の「同意書《フォルミュレール》」と教書ウニゲニトゥス、さらに聖職者民事基本法を弾劾したピウス六世の教皇書簡を受け入れるよう迫られる。この司祭は一七九一年の宣誓を撤回するのを拒否して職を解かれるのであるが、迫害の真の理由は彼のジャンセニスムにあった。さすがに十九世紀になって十七世紀の文書の拒否を理由に追放することはできなかったと解されよう。[45] ポール・バイエの例が示すように、ジャンセニストたちへの迫害は現実のものだった。

一八〇九年、聖職者民事基本法の推進者であり徹底した共和主義者であったグレゴワール神父（Henri Jean-Baptiste Grégoire 一七五〇－一八三一）は、一八〇一年に出版された『ポール・ロワイヤル・デ・シャンの廃墟』の新版を出す。ポール・ロワイヤルを絶対主義に対する抵抗の震源とする解釈には、著者の共和主義が看取される。[46] スタンダールはグレゴワールの『皇帝、王、王族の告解師たちの歴史』に触れ、「この本の著者は教養人でジャンセニストだ。彼の諸作品は真摯さと誠実さを示している」とする。[47] 一八一九年にグレゴワールがグルノーブルで自由陣営の議員として選ばれたとき、おそらくスタンダールは彼に投票したとされる。[48] しかし彼はユルトラたちの圧力で議会から追放されてしまう。

シェランはジュリアンに向かって、次のように語る。

「私の見るところでは、君の性格の底にはほの暗い情念があって、司祭になるのに必要な節制と、地上の利益の完璧な放棄が果たせそうもない。君の才知によって未来は開けるだろう。しかし、言わせてくれたまえ。司祭になったあかつきを思うと、君の救いが心配でならないのだ」。

このシェランの司祭観は普遍的なものであって、決してジャンセニストのみに特有なものではない。だがジェズイットとジャンセニストの対立を背景に設定するこの小説にあっては、ジャンセニストのみが語りうる言葉である。ピラールの苦悩もまた、ジャンセニストゆえのものであった（「胆汁質で、ジャンセニストで、キリスト教の愛に従うことを義務とする彼の生は、一種の戦いであった」）。

ピラール神父は、ジュリアンを愛することに良心の呵責を感じている。他者の運命に直接的に介入することに対する彼の宗教的恐怖は、人の生が全面的に神の手にゆだねられているという認識を背景としている。『赤と黒』の中で、シェランとピラールという、この二人の対の人物だけが、人間の視点を超えた大いなるものを意識して行動している。スタンダールはこの意識をエネルギーの一つの源泉として提示する。[49] それはロマン主義的人間像の一つのタイプを形成する。そしてそれをジャンセニストと呼んでいるのである。しかし二人のジャンセニストの弟子ジュリアンにいたっては、その心性は真摯と権力への抵抗を内容とするのみで、宗教性とは無縁のものである。

4　文学に表れた「コングレガシオン神話」と司祭像2（『トゥールの司祭』）

スタンダールは、「シャルル十世下での無味乾燥な倦怠」について言及する。「フランスの金持ちたちの多くは、司教や司祭たちの耐え難い影響力を恐れて、パリに居を求める。パリにはまだ自由があるからだ。自由なるものが、あいかわらず存在するとしての話であるが」。さらに、地方生活の息苦しさの原因を説明する。「パリは別として（他の場所では）、ジェズイットたちが我々の支配者だ」[50]。

先に見たとおり、『赤と黒』の中でも偽善と倦怠が支配する地方都市の状況が強調されていた。地方生活は「コングレガシオン」の勢力に支配され、人々は職を失うのを恐れて言動に注意し、計算高い者たちは「コングレガシオン」に援助を求める。

バルザックの小説においても、地方都市の倦怠と「コングレガシオン」の介入が表裏一体の関係にある。『トゥールの司祭』（*Le Curé de Tours*）の始まりは、一八二六年の秋である。シャルル十世が統治するヴィレール内閣の時代ということになる。この作品は『地方生活情景』に収められており、全体を通じて「地方における窮屈な生活」、「地方生活の平穏と単調さ」が指摘される。登場人物たちの多くは典型的な地方生活者であり、老嬢ガマールとビロトー神父のあいだに交わされる政治、宗教、文学に関する会話は「地方の人々の教養に乏しい生活」の見本とされる。この小説はビロトー神父の身にふりかかった災禍を語っているが、その展開そのものが地方にいかにもふさわしいものであり、そこでの生活の空虚が背景となっている。

もともと『トゥールの司祭』は「独身者たち」と題されていた。この小説には司祭として三人の主だった人物が登場するので、そのいずれが「トゥールの司祭」とされているのかが問題となる。主人公はビロトーであると考えられるが、題名が指し示している人物はいったい誰なのかという問い自体が大きな意味を持つという。[51] ビロトーは一八二六年に六〇歳くらいとされているから、一七八九年には二十三歳前後である。大革命の勃発直前に、あるいは革命期でもまだ宗教迫害が本格化しないうちに、司祭に叙階されたと考えられる。彼の友人シャンプルー神父と同じく農民の息子で、国家からあてがわれる給与以外、財産らしきものはない。わずかにあった蓄えも大革命の動乱期をしのぐあいだに消えうせてしまった。政教条約の成立を機に、シャンプルーは聖ガシアン大聖堂の参事会員となり、ビロトーも同大聖堂の助任司祭となる。「身持ちの純潔」と「世事に関する無知」に特徴づけられるビロトーには子供のように無垢なところがある。世間を震撼させたマングラ神父事件（一八二三年に起きた同名の神父による愛人殺害事件）に見られる女性スキャンダルとも、ジェズイット的な権謀術策とも無縁な存在だ。

一方読者は、ビロトーの快適な生活への執着に驚かされる。彼の積年の望みは、友人シャンプルーの居室を譲り受けて、彼の後釜として老嬢ガマールの家の下宿人となること、さらに聖ガシアン大聖堂の参事会員となることである。シャンプルーはガマール嬢の家での生活の快適さを友人に語ってきかせるが、いつも整っている衣服に「イリスの香りがする」という一言が、ビロトーには「とてつもない幸福」に思えるのである。柏木隆雄氏の指摘によれば、イリスへの言及はこの聖職者にとっての幸福が安手のものであり、また不安定な基盤の上に成り立っていることを示している[52]。

これは、「僕の神学校の学友たちは、確固とした天職に呼ばれていると思っている。つまり彼らは聖職者の身分に、よい食事をし、冬に暖かい服を着ることができるというこの幸福の長い連続を見ているのだ」というジュリアン・ソレルの言葉にも通じる。下級司祭に農村の出身者たちが多かったのは事実で、ビロトーもそれに洩れないから彼の執着には出自がからんでいるとも読める。しかしそれだけではない。バルザックは聖職者の貞潔の誓願による独身を生理学的な見地からとらえており、生活の安楽の希求はいわばその補償として提示されている[53]。そうであるなら、当然のことながら高位聖職者も例外ではないはずである。バルザック自身のコメントはこうだ。

永遠への旅の途上にあると自らをみなす司祭にとってこの世で望みうるものは、居心地よい住まいと、ご馳走、清潔な衣服、銀の留め金のついた短靴といった、動物の欲求を満たすに足るものと、自尊心を満足させる参事会員のポストである。自尊心という、この言いも言われぬ感情は、聖人たちのあいだに位階があることからして、神のみそばに召されてさえ、我々に付きまとうと言われている。

この引用には明らかなイロニーが感じられる。「動物の欲求を満たすに足るもの」と「自尊心を満足させる地位」が唯一の関心事である〝神の人〟。参事会員への昇進が確実と言われて、ビロトーは有頂天になる。しかしすべての執着は、神の国をまず第一に求めねばならぬ聖職者にとって悪しきものであり、ビロトーは当時の聖職者たちの霊的堕落を表象する。ビロトーは貧しい農家の出であり、大革命中にわずかの蓄えも失くしたとあり、下層の出自と長年の苦労を経て現在がある。教会のヒエラルキーにおける昇進は、世俗的な見方をすれば単に成功譚と解される事柄だ。だが、司祭の場合はその職能上、宗教的視点からの認識が存在する。『恐怖政治下の一エピソード』(*Un épisode sous la Terreur*) には、死刑執行人サンソンに依頼されてルイ十六世の魂のためにミサをあげる宣誓拒否司祭が登場する。この作品の中では司祭は聖職の本来の意味、すなわち典礼を執り行うという司祭にのみ与えられた権能を担っている。しかし『トゥールの司祭』では、聖ガシアン大聖堂での洗礼・葬式に携わるビロトーの姿からは、司祭職がその他の職業と特に変わるものという印象を受けない。小説の始まる一八二六年に、ビロトーはトゥールの貴族社会に属するリストメール夫人、サロモン・ド・ヴィルノワ嬢、メルラン・ド・ラ・ブロティエール嬢のいずれかの館で毎夕を過ごし、ホイストに興じる。これらの家庭に助任司祭を導き入れたのは友人シャンプルーであり、彼の生前から続く習慣である。「シャルル十世時代の地方都市」という設定が、二人の聖職者たちのありようと深く関わっている。

さらに第三の司祭トゥルベールの存在が時代的特徴を明確に映し出す。彼は「痩せぎすの背の高い男」で「黄色い胆汁質の顔色」をしている。「むき出しの家具のない寝室」に寝起きし、誰もその書斎に足を踏み入れたことがない。本人の言うとおり「簡素な生活習慣」の持ち主と見える。(54) これは常に女性信者に囲まれて、ビロトーの羨望を買ったみごとなアパルトマンに住んでいたシャンプルーと大きく異なる。ところで「痩せて長身で、女性を遠ざける」司祭は、典型的なジェズイット像のひとつである。『さまよえるユダヤ人』のロダンにおいては、貞潔こそがジェズイットの力の源泉であるとされる。(55) ゾラの『プラサンの征服』に登場するフォージャ神父をも連想させるが、この神父もまた、家具のない部屋の住人である。

トゥルベール像は、『赤と黒』のフリレールから影響を受けているとされる。(56) 彼は「コングレガシオン」の一員であって、トゥールの人々の動向の監視役である。

暇にしているようだが実は活発であり、こちらからは見えないのにすべてを見ており、寡黙であるようで実はたえずしゃべっている「コングレガシオン」は、ある影響力を持っていた。あってなきがごとくなので、ほとんど害がないように見えるが、大きな利害関係に突き動かされると、恐ろしいものになった。

その力は教会内部のみならず、世俗社会にも及ぶ。トゥルベールはガマール嬢が足を運ぶブルジョワ家庭のなじみとなって情報を集める。ガマール嬢が体現する凝り固まった信心は、ビロトー神父に対する残虐ないじめと矛盾しない。それに対し、子供じみた助任司祭に母親のように接するリストメール夫人は、真の敬虔を持ち合わせているが、『新エロイーズ』を愛読し、観劇にも出かける。当時教会がいかにヴォルテールやルソーの著書を目の敵にし、また観劇を信仰に有害な娯楽としていたかを考えると、リストメール夫人の敗北にはこうした時代状況が影を落としていると言えよう。また一方で「コングレガシオン」の長がブルジョワジーと組んで、貴族に対立するという構図は、ユルトラとユルトラ以外の貴族のあいだの、ユルトラとユルトラを支持基盤に成立したヴィレール内閣のあいだの、さらにヴィレール内閣とブルジョワジーのあいだの対立など、当時の複雑な政治状況が下敷きとしてあると考えられる。

リストメール男爵は、トゥルベールの友人である県参事官の前で神父の悪口を言うという失策を犯す。トゥルベールが「コングレガシオン」の根拠地であるパリに働きかけることで、男爵は海軍省での昇進が危うくなる。この事件に介入してくるのが「宮廷司祭館」である。

ドイツの英雄叙事詩の登場人物ヒルデブラントやアレクサンデル六世にも比肩されるトゥルベールだが、この喩え自体が強烈なイロニーを含んでいる。ヒルデブラントは実在の人物ではないし、アレクサンデル六世はその権力乱用と聖職者にあるまじき乱交によって史上最悪の法王とされる人物である。第一、作品で問題になっている「大きな利害関係」とは彼の個人的利益に過ぎない。またこの参事会員はシャンプルーの生前は鳴りを潜めているが、お人好しで頭が弱いとさえ言えるビロトーが相手となるや突然牙をむく。司祭像はきわめて矮小化されている。彼はついにシャンプルーのアパルトマンを我がものとし、ガマール嬢の死後、家全体を相続する。しかしその屋敷は成り上がりの農民で木材商であった父親が、かつてはガシアン大聖堂の一部であった土地と建物を大革命期に買い上げたものだ。つまりかつての教会財産であって、その買い手はしばしば教会関係者や信徒から白眼視されることになる。見ようによっては、もともと教会のものだった土地と家が教会関係者の手に戻ったに過ぎないとも言える。それはビロトー裁判をめぐるブルジョワジーと貴族階級の争いが「コップの中の嵐」に過ぎないことにも対応する。「地方都市における窮屈な生活」はその時代におけるフランスの政治の閉塞性でもあり、それはまた人間がほぼ普遍的に持っている滑稽と矮小さに根を下ろしているのであった。

とはいえ、トゥールの貴族社会から敬遠され、ガマール嬢に忠犬のように従っていたトゥルベールは、あれよあれよと言う間に司教にまで成り上がる。それはひとえに「コングレガシオン」の権力によるものである。

一方、『平役人』に目を向けてみよう。ゴドロン神父はサイアール家の常連で、夕べにはカード遊びに興じている。彼はボドワイエの局長への昇進のために宮廷司祭館に働きかける。この策略の成功に寄与したと思われる『エトワール』紙の記事は、宮廷司祭館の秘書官を務めるある若い司祭が書いたもので、彼は神学校に通うための学費をゴドロンに出してもらったという恩義がある。またこの昇進を決定的としたのは、サイアール一族の働きかけを受けた大臣補佐官の進言である。前局長で死去したラ・ビラルディエール男爵は「修道会」会員であったとされているが、「修道会」はパリを中心とした組織であったし、爵位を持った人物の加入は、設定として自然である。つまり『平役人』では、謎めいた組織である「コングレガシオン」の策動という印象はきわめて薄い。首都から遠く、情報の少ない地方という状況が、『トゥールの司祭』における「コングレガシオン」の〝神秘性〟と深く関わっている。

一八三〇年七月一〇日、パリ大司教はアルジェリア占領を機に教書を出し、次のように述べる。「聖心の祝日の明日十一日に、本国教会ではテ・デウムが歌われ、王が参列なされるであろう。かつてかくも傲慢だったあのイスラム教徒を子供のごとく無力化するのに、三週間で事足りた！　いたるところ、いつの時にも、我々の王の敵たちがかくのごとくあしらわれんことを！　王に反逆を試みる輩はことごとく、かくのごとく痛めつけられんことを！」(57)。一八一四年に制定された「憲章」を踏みにじり、シャルル十世が絶対王政への回帰を目指して超法規的手段に訴えるのではないかと、人々は危惧していた。そのような状況の中、パリ大司教の言葉はパリ民衆の耳にどのように聞こえたか。

そして二十六日、定期刊行物の自由の停止、未招集議会の解散、選挙法改正等を含む勅令が発表される。七月革命は、その翌日に勃発した。

この革命を決定的な転機として、ラムネは民衆主義の道へと方向転換していく。それは信仰にとって、各時代の体制を頼りとするのは危険であることを見抜いたからであり、さらに権謀術策に奔走する支配者階級が宗教を利用するありさまを目の当たりにしたからでもあった。

『赤と黒』と『トゥールの司祭』では登場人物たちの多くが、貴族階級あるいは比較的上位のブルジョワジーに属する。つまり支配階級を構成する人々である。農村社会、都市の下層階級におけるより、彼らの世界には当然のことながら、政治の権力闘争が直接的に作用する。そうした中にあって、主要な聖職者たちの大部分は、シェランとピラールしかり、シャンプルーとビロトーしかり、みな農民の息子である。そのことが彼らの人物造形と関わっている。それがシェランとピラールでは、権力への抵抗というかたちで顕れ、ジュリアンの戦いに通底する。

王政復古期は聖職者たちにとっていわば〝よい時代〟であった。聖職者関連省が創設され、宗教関係予算は増大した。それにつれて王政復古期には聖職を目指す者の数が飛躍的に増加した。スタンダールの指摘を待つまでもなく、彼らの知的レベルの低さはしばしば問題になった。ビロトーの垂涎の的であったものの一つに、シャンプルー神父のみごとな蔵書を収めた本棚がある。しかしガマール嬢の皮肉な言葉が暗示するように、相続した貴重な書物を彼自身が手にすることはほとんどない。ビロトーは六〇歳くらいであるから、王政復古期に叙階された司祭たちより上の世代に属するが、知性の欠如は彼らと共通している。時代状況からして宗教は王政の手厚い保護を享受しており、それは快適な生活への執着と出世欲とも関係する。彼にとって世は泰平で、目下それ以外に懸念事項がないのである。しかし上流社会との接触のなかで、この時代の政治と宗教の癒着に翻弄される。

これら二つの小説に登場する司祭たちは、大革命の勃発以来共和主義へと徐々にではあるが確実に向かう歴史の潮流の中で、いわば反動の時代であった王政復古期の〝ひずみ〟を体現していると言えよう。

第二部　ラムネの光と影

第二部第一章ではシャトーブリアンとラマルティヌを取り上げる。二人の作品には、ジャン＝ジャック・ルソーの宗教観の影響が顕著に認められる。ロマン主義の思索自体がルソーの遺産を受け継いでいることは論を俟たないが、両作家が創造した主人公たちは、明らかに「ルソー的」司祭と呼びうるものだ。信者として生涯を終えたシャトーブリアンであるが、ラムネの棄教を惜しみながらもその趣旨を理解し、終生友人であり続けた。『墓の彼方からの回想』などにラムネに関する言及がある。一方、ラマルティヌの『ジョスラン』には、〝ラムネ事件〟の余波が強く感知される。

第二章では、サント＝ブーヴについて考察する。一八三〇年代前半は、『ポール・ロワイヤル』の著者がもっともキリスト教の信仰に接近した時期であり、『愛欲』は一八三四年にラムネの『信者の言葉』の出版に遅れること二ヶ月あまりで、世に出た。しかし、『愛欲』に示されたキリスト教は、ラムネの考えるキリスト教と鋭く対立する。サント＝ブーヴが『信者の言葉』の出版に尽力したことを思えば、「二つのキリスト教」の相剋はいっそう興味深い。

第一章　サヴォワの助任司祭の後継者たち

『新エロイーズ』の主人公や『エミール』に登場するサヴォワの助任司祭によって表明された宗教的確信は、十九世紀の作家たちに深く浸透した。ジャン＝ジャック・ルソーは彼らの声を通して、神の存在と魂の不死を認め、福音書の聖性を高揚しつつ、自らをキリスト者と称する。[1] しかし、著者の信念とは裏腹に、『エミール』はパリ大司教によって糾弾され、高等法院はルソーに逮捕状を出した。ただし、カトリックの高位聖職者たちのうちには、著者に対して共感の意を表明する者もいた。[2] 確かなのは、「サヴォワの助任司祭の信仰告白」は、カトリック教会が絶対のものとしてきた諸教義に疑問を投げかけ、制度化された教会を非難したという事実である。ルソーは「心の信仰」を標榜することで、組織としての教会を問題視した。彼は、ヴォルテールのキリスト教批判には耳を貸さなかった人々の信仰に、動揺を与えた。

大革命を経て教会権力が弱体化した十九世紀にあって、キリスト教の再解釈は思想家たちにとって喫緊の課題の一つであった。その動向が生み出した司祭像に注目してみよう。そこにはルソーの影響が色濃く投影していると思われる。

1　シャトーブリアン―『アタラ』から『ランセ伝』へ

『墓の彼方からの回想』（*Mémoires d'outre-tombe*）によると、アメリカインディアンと初めて邂逅した旅人は、自らを「ルソーの弟子」と称する。さらに、『キリスト教精髄』（*Génie du christianisme*）の出版後、シャトーブリアン（François-René de Chateaubriand 一七六八－一八四八）は女性読者からあまたのメッセージを受け取ったようだが、それを『新エロイーズ』出版の際の熱狂と比較している。[3]『キリスト教精髄』の著者はルソーの文体を評価し、その文章の魅力は、曖昧模糊としてはいるものの、〝キリスト教的〟ではある「信仰」に起因するとしている。

ルソーは、その文体が最も魅力ある十八世紀の作家の一人だ。その理由は、意図的に他人と異なろうとしたこの人が、少なくともわずかながら宗教心を持っていたからだ。彼は何かを信じていた。それはキリストではなかったが、福音書ではあったろう。このキリスト教の亡霊は、時として彼の天才に多くの優雅さを付与した。

十八世紀の反キリスト教思想に対峙するとき、新米の護教論者シャトーブリアンは全面的に賛同するわけではないが、有効と思われる場合にはルソーに依拠する。四〇年後、『墓の彼方からの回想』の「キリスト教は世界の未来である」と題されたくだりで、シャトーブリアンは自らの最終的信仰信条を吐露するが、M・フュマロリが指摘するとおり、これはサヴォワの助任司祭の確信と見紛うばかりに類似している。[4] 確かにルソーは、シャトーブリアンの「思想と感性の主たる師」であったのだ。[5]

『アタラ』(*Atala*) のオブリ神父は、どのような点で「サヴォワの助任司祭の信仰告白」から感化を受けているのか。シャトーブリアンの時代のヨーロッパ人は、「新世界」の発見と征服を、十字軍の行軍がそうであるように叙事詩的な次元で捉えていたことに注意する必要がある。[6] 時代の限界であったろうが、他民族・他地域への侵略と彼らの伝統宗教を無視したキリスト教の強要という負の性格は念頭になかった。『アタラ』の登場人物である宣教師は、キリスト教に改宗したインディアンの小さな共同体を指導している。彼は共同体とは離れて洞窟に住まう。自然の中に生きる聖人、「岩山の人」であり、この点でオブリ神父は隠修士を題材とする文学の伝統に属する。一方、信者の家族たちの面倒を見ている点からすると、田舎司祭的な側面も有する。バルザック『村の司祭』(*Le Curé de village*) 等の例が示すように、世俗的な聖職者たちに満ちた十九世紀文学の動向の中で、オブリ神父は「良き司祭」の系統に属する。[7]

改宗したインディアンたちの中でオブリ神父が果たす役割は、ルソーが文明化の過程で「立法者」に付与する役割と共通する。[8] 洗礼を授け、結婚式を司り、葬式を執り行うといった聖職者としての本来の勤めを超えて、彼は生活上の問題、畑の耕作、子供の教育等についても助言を与え、裁定者の役も果たす。彼は機会あるごとに神について話すが、彼の宗教は何にもましてまず生の宗教であり、この世における人間の幸福を優先させる。

この小さな共同体のミサのシーンは興味深い。ミサの執行者は「老いた隠修士」であり、祭壇は「岩」であり、教会は「荒野」であり、参列者は「無垢な野蛮人たち」だ。宗教的祭儀が自然の諸要素と一体となり、司祭が空に向かって掲げた聖餐は、明け方の曙光に照らし出される。オブリ神父像を通して、キリスト教は自然と和解する。ミシュレがキリスト教の本質を反自然的であるとして告発し、この視点はその他の作家たちにも共有されたことを思えば、オブリ像の特徴が了解されよう。

〝キリスト教＝反自然〟の見解には、聖職者の独身も深く関係する。ルソーも司祭の独身には批判的だった。『アタラ』の司祭は、青春時代に苦悩に満ちた情念の体験があったことをインディアンの娘に語ってきかせる。その出来事が彼を聖職へ導いたのか、あるいはそれは叙階後のことであったのか、それさえ明確には語られない。サヴォワの助任司祭と似た体験をした可能性もあるが、年老いた神父にあっては過去の経験は彼をより寛容にし、二人の恋人たちへの深い同情を生み出す。青年期の心の揺らぎは彼をより人間的にしたとされる。オブリ神父が高齢であることが、「老いた」という形容詞の繰り返しによって強調されている点が注目される。彼はすでに情念による動揺を完全に超越した存在なのだ。

『アタラ』にはもう一人の司祭が登場する。アタラの母親の霊的導師であった人物だ。母親が娘を重篤の病から救うためにかけた願によって、アタラは終生独身を強いられる。神父は若い娘に修道肩衣《スカプラリオ》を着せて貞潔の価値を称揚したうえ、誓願を破れば母親は永遠の業罰を受けると説く。その一方でキリスト者にとって自殺が重大な罪であることを十分に教えず、カクタスへの愛に苦悩したアタラはついに自ら命を絶つ。この宣教師の神は、残酷なまでに厳しい審判者としての神だ。十九世紀の教理教育では、子供に倫理的義務を植え付ける目的で来世における報いと罰が強調されることが多かったのも確かだ。

カクタスが自分はキリスト教徒でないと告白したとき、オブリは「キリストはユダヤ人のためにも異邦人のためにも死にたもうた。彼にとってすべての人は兄弟であり、不幸を背負う人なのだ」と答える。アタラが亡くなったときも、神父はインディアンの青年に改宗を強要しなかった。宣教師の態度は、神は一つの民を選ぶことで、その他の人類を見捨てたりはしないと考えるサヴォワの助任司祭の信条と通底している。彼が若い異教徒の自由を尊重するとき、すべての人は「無知で愚かなところがあるとしても、知性を有していて自由」であり、「自由なしには真の意思は存在しえない」と考えるサヴォワの助任司祭と共通する考えが読み取れる。オブリ神父の子供たちへの宗教教育はというと、「互いに愛し合うこと、神に祈ること、より良い生を望むこと」に尽きる。人間がその本質においてそうであるように、神をして「自由で、善良で、幸福な」存在とするサヴォワの助任司祭と、彼は類似した神観念を抱いている。シャトーブリアンによる「良き司祭」の信条は、『新エロイーズ』でジュリーが語る神の善意と寛容ときわめて親和性の強いものであるように思われる。(9)なお、『パリからエルサレムの旅』(*Itinéraire de Paris à Jérusalem et de Jérusalem à Paris*)でも、シャトーブリアンの神が「寛容と平和のみを説く」神であることが確認できるし、また『殉教者』(*Les Martyrs*)の中で死を前にしたユドールのシモドーセへの最後の言葉「私の神は、心優しい者たちの神だ。泣く者たちの友であり、苦しむ者の慰め手だ。茂みの中に小鳥の声を聞き分け、毛を刈り取られた羊たちのために風を控える者だ」は、より雄弁にシャトーブリアンの神観念を語ってくれる。

ところで、シャトーブリアンは主要登場人物が司祭である作品をもう一つ著した。『ランセ伝』(*Vie de Rancé*) だ。フィクションであるオブリ神父と異なり、アルマン＝ジャン・ル・ブティリエ・ド・ランセ (Armand Jean Le Bouthilier de Rancé 一六二六－一七〇〇) は実在の人物で、厳律シトー会 (トラピスト修道会) の創設者である。ランセの伝記は作家が自ら望んだわけではなく、彼の霊的導師セガン神父に贖罪の行為として命じられて執筆を始めた[10]。出版のとき、師はすでに亡き人となっており、『ランセ伝』は彼に捧げられた。

アルマン＝ジャン・ル・ブティリエ・ド・ランセ

パリとトゥールの司教座聖堂参事会員、五つの修道院の院長禄など多くの職位とそれにともなう職禄の大部分を、ランセは子供時代に与えられた。彼は、絶対王政期の高位聖職者の在り方を明示する好例である。聖職者の身分にもかかわらず、決闘をし、狩猟や剣術に熱中し、教会が断罪する占星術やその他の隠秘学に血道を上げた。一六五一年、二十五歳で司祭に叙階されると、三年後にはソルボンヌで神学博士の称号を得る一方、田園や狩猟の場では長髪に髪粉を振り、派手なジュストコール[11]を纏って剣とピストルを腰にさし、その外観は聖職者のそれとはほど遠かったとされる。[12] ヴェルサイユ宮殿に出入りする高位貴族のランセは、その聖職者の身分にもかかわらず完全に俗世の人であり、まさに〝快楽の人〟という印象を与えるが、時代を考えると特に例外的存在ではなかった。我々にとって注目すべきは、シャトーブリアンが俗人としてのランセの姿をこと細かく詳述しつつ強調している点である。

ランセの回心のきっかけとなったとされる出来事がある。親密な関係にあったとされるマリー・ド・モンバゾン公爵夫人の死去である。シャトーブリアンはこの場面を語るにあたって、ある誹謗文書にまず依拠する。それによれば、息を引き取って間もない亡き人の部屋に駆けつけたランセは、そこに切られて置かれている血塗られた夫人の首を見たというのだ。[13] ところで、サン＝シモン公（Saint-Simon, Louis de Rouvroy, Duc de, 一六七五－一七五五）は『回想録』（*Mémoires*）の中でランセからじかに聞いた話を語ることで、この逸話を虚構として否定している。サン＝シモン公の書くところによれば、ランセはモンバゾン公爵夫人の親しい友人の一人であって、夫人がはしかにかかり急逝したとき枕辺に付き添っており、彼女が臨終の塗油を受け死去するのを見守った。[14] シャトーブリアンは、サン＝シモン公の言の方を否定して、中傷文書の内容の方を真実とみなす。つまり、作家によれば、熱烈に思いを寄せる愛人の無残な遺骸の様、その切り落とされ血塗られた首が、ランセをして厳律シトー会の創設者となしたのだ。ここにこそ「シャトーブリアンによるランセ伝」の核心がある。修道服を身につけ、修道士という教会のヒエラルキーの中で最低の位階に身を落としたランセは、ラ・トラップ（バス・ノルマンディ地方オルヌ県）のシトー派修道院に隠棲し、完全な沈黙、禁欲、清貧、菜食の厳格な戒律を導入して、修道院改革に着手する。

ランセははたして、旧い人を完全に脱ぎ捨て、真にキリストを身に纏うことができたのか。シャトーブリアンの問いはこの一点に集中しているように思われる。作家は当時のラ・トラップの修道士たちの明確な否定証言にもかかわらず、ある噂話に執着する。それによれば、ランセの後継者たちの部屋には、モンバゾン夫人の頭蓋骨がずっと存在したというのだ。ランセの独居房に置かれた亡き夫人の頭部は、何を意味するのか。改悛するマグダラのマリアなどの聖人画からも知れるように、修道者たちが身近に頭蓋骨を置くのは珍しいことではない。それは死に終わる生の儚さ、現世の空しさを徹底的に感得し、心を神に向けるためである。しかし、シャトーブリアンは、ラ・トラップの修道院長の場合にまったく別の密やかな意味を読み取る。それは、隠棲し他に例を見ない厳格な戒律を自らの生に課してさえも消しえない情念の永続性だ。「キリスト者の特性は、思い出も、記憶も、遺恨も持たないことである」と述べるランセの中に、作家は思い出によって保たれる情念の継続を見る。「現実の物事と断絶するなど、さしたることもない。しかし、思い出を捨て去るのは！　夢幻を断ち切ろうとして、心は引き裂かれる。人のうちには、わずかの現実しかないのだから」。

『ランセ伝』によれば、沈黙と孤独を命じるラ・トラップのような修道生活は、肉体を痛めつける厳格さにもかかわらず、過去の懊悩を忘れさせるどころか、それらを保存するのに適している。「しかしながらだ。それと気づかずに、彼（ランセ）は人間をただ一人その情念と向き合わせてしまった」。作家はラ・トラップを「情念の追求とその死」の場所と定義する。つまり、人はラ・トラップに自らの情念と共に籠居し、その情念は彼の死をもってしか消滅することはないのだ。思い出の執拗さの象徴である、この伝説の頭蓋骨に関する最後の記述はこうだ。死が迫ったランセは、差し出された十字架の足元に置かれていた頭蓋骨に口づけする。「ランセは、彼が身近に置いていたとされる聖遺物を思い出していたのだろうか。最も信仰が高揚した時代にさえ、キリスト者たちはなお偽りの神々の崇拝を行っていた」。

さらにシャトーブリアンによれば、修道僧となってもなお、ランセは俗世の強力な魔力を逃れえない。「ランセと共に、私たちはそう遠くには行かない。ヴェルサイユのそばに留まるのだ。まだ血に染まってはいなかったオランジュリーの大理石から三十里の場所に、テバイッドの厳格さを見出すことになろう。しかし、宮廷の物音は世紀の波の囁きのようにここにまでも聞こえてくる」。テバイッドはエジプトの砂漠地帯に位置し、キリスト教徒による隠修生活の発祥地である。この新たなテバイッドと王の宮殿との地理的な距離は、ラ・トラップの修道院長が時の権力者たちと保ち続けた関係に重なり合う。ランセがレス枢機卿に宛てた手紙での媚びるような丁重な物言いを、シャトーブリアンは皮肉を込めて作中に引用している。

もともとシャトーブリアンは修道生活を病んだ魂たちの隠れ家とみなしていた。それは確かにキリスト教の一角を占めるが、しかし中心的な在り方ではない。まして、耐えざる「メメント・モリ」(死を思え)に貫かれたトラピスト会流の生は、彼の共感を呼ばなかった。『キリスト教精髄』には次の一節がある。「今度はラ・トラップに出向いて、粗衣を纏った修道士たちが、自らの墓を掘るのを眺めよう。彼らがモルターニュの森林の中を、あの人気のない池のほとりを、影のように彷徨うのを見てみよう。沈黙が彼らに同伴する。互いに出会ったとき言葉を交わす場合は、ただ『兄弟よ、死なねばならぬ』と言うためだけだ」[15]。シャトーブリアンによれば、我々はランセと共に『新エロイーズ』の主人公が忌諱した、死の観念が絶えず交錯する「陰気で悲しい宗教」[16]の領域に入る。

ランセの執拗な沈黙は、伝記作家を困惑させ、悩ます。モンバゾン夫人との関係について、その死の際の出来事について疑惑と非難に晒されながら、修道者はひたすら無言を貫く。「率直な告白をすることで、ランセは誹謗中傷から完全に解き放たれたろう。(…)しかしながら、ランセの沈黙はぞっとさせる。それは最も善良な人々にさえ疑いを抱かせる。かくも長く、かくも深く、かくも全面的な沈黙が、越ええない障壁のように立ちふさがる」。ランセが他者に向かって打ち立てる障壁、自らを閉ざすことによる他者の拒否は、人間の弱さに対する共感の拒否、あたかも人間性の拒否のように、伝記作者には思われる。「彼は自らの物語を自らのうちに封印するが、それは彼の心に再びのしかかる。彼は人間たちに、他の人間たちに対する冷酷な行動を教え込む。『彼らの苦悩にいかなる憐憫も抱くな。苦痛を訴えてはならない。あなた方は十字架に定められているのだ。そこに縛り付けられている。そこから降りて来てはならない。死出の道に就きなさい。ひたすらな忍耐によって、わずかでも永遠者の目に適うよう努めるように』。それは禁欲主義と運命主義の混合物であり、キリスト教に由来する慈悲の響きによってわずかに緩和されているとしても、これほど絶望的な教義はない」。ほとんどキリスト教的でない教義の信奉者ランセは、その頑固な沈黙によって、自らの「秘密」を修道衣の下に隠したまま墓の彼方に持ち去った、というわけだ。しかし、それは一人の人間の生の根幹に関わる秘密ではなかったか。ランセが神の眼差しの下にのみ置くことを望んだのなら、それは他者の詮索を許さないのではないか。また、人間の視点からの詮索は不可能なのではないか。それゆえ、シャトーブリアンは死の床にあるランセについて次のように記す。

医務室のベッドを離れられなくなり、彼（ランセ）の最期の時が近づいていた。このキリストの心臓の上に手を置くものは誰一人いなかった。イエスが杯を遠ざけてくれるよう神に祈ったとき、血の涙が人間の弱さによるのか、あるいは慈愛に満ちた心の汪溢なのかを知ろうと、人の子の脈に指をあてる者がいたろうか。

伝記作家は、臨終のランセをゲッセマネの園のキリストに喩える。十字架上の死を前にしたイエスが流す血の涙の意味は、人間の解釈には属さない。

作家は、厳律シトー会の創設者の霊性が自らの理解を超えることを自覚し、深入りを避け、「通り過ぎる」ことを選ぶ。ランセの宗教が偉大であるとしても、それは過去の時代に属する偉大さであって、シャトーブリアンの宗教観念にとって異質であるからだ。

2　ラマルティヌ―『ジョスラン』

教皇グレゴリオ十六世が『未来』紙と『信者の言葉』を二つの勅書によって断罪することで社会派カトリシスムの動きを抑圧したことは、単に教会内の騒動にとどまらず、広く社会に波紋を投げかけた。ラマルティヌ（Alphonse de Lamartine 一七九〇－一八六九）の『ジョスラン』（*Jocelyn*）の創作と出版（一八三六年）はちょうどこの時期にあたる。〝ラムネ事件〟の衝撃が、作品の背景にある。主人公の司祭は、H・ギルマンの指摘のとおり、サヴォワの助任司祭と近似した宗教観を有する人物だ。[17]『ジョスラン』にはカトリック教義の疑問視と共に、司祭の独身に対する明瞭な反対が看取される。しかし、それだけではない。制度化された教会に対する批判が、聖職者たちの描写を通じて行われる点が、我々の注目を引く。ここには時代背景が大きく関わっていると思われる。ロマン主義の時代において、詩人たちは創作活動の中で、詩が文芸の枠組みを超えて有する価値を強く意識した。宗教が政治・社会的問題と密接に関連した当時において、宗教的主題は社会改革を促し、よりよい未来を志向するメッセージとなりえた。

ラマルティヌが「＊＊＊の司祭の回想記」という仮題のもとで叙事詩の着想を得たのは、一八三二年末のことだ。『ジョスラン』の主人公はルソーの司祭と同様、山岳地帯の小さな教区を預かる聖職者だ。田舎司祭は文学的伝統の中で「良き司祭」の系譜に属する。[18]

叙事詩は五月一日の村祭りのダンスのシーンから始まる。ジョスランは自然の美と女性の魅力に敏感な十六歳の青年だ。彼は聖職に就く意志など持っていなかった。しかし、妹に結婚の話が持ち上がる。当時、結婚の成立には女性の側に相手方家族を得心させるだけの持参金があることが必要だった。妹の結婚を成就させるには、自らが相続する予定の遺産を彼女に譲渡するしかない。遺産相続を放棄した兄が一生困らない生業として選んだのが、聖職だったということになる。崇高な自己犠牲によって、ジョスランは召命なき神学生となる。そして、聖職は彼を「自由と、愛と、のどかな風景」から切り離す。神学校での生活は「まっしろな一ページ」と形容される。作品の冒頭から、司祭はあらかじめ生きることを禁じられた存在として定義される（「僕は半ばしか存在しない／貞潔な愛や聖なる友情の対象が不在だ／（…）／一人で生きることは、待ち焦がれること、生きるのを待つこと」）。

神学校でジョスランが書き始めた日記の一ページには、一七九三年一月の日付がある。神学校入学後六ヶ月が経過していた。それはルイ十六世が処刑された月である。恐怖政治が始まり、宗教者たちへの迫害が激しさを増す。ジョスランの運命は大革命の激動の中で急変する。襲撃された神学校を後にし山岳地帯に逃れることで、彼は大自然の懐に行き着き、自由を再び見出す。つまり、大革命が〝監獄〟であった神学校を破壊し、彼を解放したのだ。極度の孤独の中で、彼はロランスと出会うが、彼女をずっと少年と信じ続ける。孤立状態の中での友情から生まれた二人の愛には、教会の目から見ても何一つ断罪すべき点はない。ましてジョスランは下級品級も受けておらず、ましてや終生誓願を行ったわけでもない新米の神学生だった。神学校が破壊された以上、神学生という身分さえ失っているからだ。

彼の人生の次なる決定的な転機は、グルノーブルの牢獄で起こる。聖職者民事基本法への宣誓を拒否した司教がそこに捕囚の身となり、死の床に就いている。総告解をし臨終の秘蹟を受けるにあたり、司教は自分と同様に革命に妥協しなかった者、すなわち聖職者民事基本法遵守の宣誓を拒否した司祭の介在を望む。しかし、それは無理な願望だった。なぜなら、宣誓拒否司祭が一度姿を現せば、司教同様捕囚の身となり、さらにはギロチンに掛けられる運命が待っているからだ。そこで、ジョスランが呼び寄せられる。元神学生がロランスへの愛を打ち明けたにもかかわらず、司教は自分の都合のみで無理やり彼を司祭に叙階する。この人物は自らの満足のために、本来自由意志によってなされるべき終生誓願を強要したことになる。召命という言葉の意味を考えれば、それは神の意思に反した行為である。L・レタは、『ジョスラン』の中では「教会に関連するすべては破壊の手段として働く。家族のエゴイスムと連帯し、ほとんど物質的な神観念によって、詩の基軸からして神を体現するもの（ジョスランとロランスの愛）に、教会は死と絶望を持ち込む」と指摘する。[19]ラマルティヌの詩は、単なる聖職者の独身の批判を超えて、教会そのものを愛と自然の否定として糾弾する。

その後住まうことになった聖職者避難所では、ジョスランは不純な愛によって汚れた者のような扱いを受ける。「みんなが僕を恐れ、避けるのがわかる。僕は彼らにとって／哀れなライ者のような嫌悪の対象」。福音書にはイエスによるライ病人の癒しが一度ならず語られる。さらにキリスト自身が「聖なるライ者」と呼ばれることを考えるとき、主人公を取り囲む聖職者たちの行動は、彼らが仕える主への裏切りである。ジョスランはほどなく、サヴォワ地方のアルプスの高原に、彼の〝罪〟の償いのために配属される。三つの幽閉の場所、神学校、グルノーブルの牢獄、聖職者避難所は、教会の表象である。

ルソーの助任司祭にならい、ジョスランはサヴォワ地方の小村の司祭となる。ラマルティヌは、アルプス高原の小さな寒村の司祭の物語を通して、教皇庁への激しい批判を表明し、教会が権力者たちのための場所でしかないことを告発する。[20]若い機織職人の挿話では、死に瀕した彼の妻は共同墓地に投げ込まれるのを恐れ、二人の魂の永遠の結合のために教会での葬式を望む。しかしながら、コレラの流行で死者が増加する中、ベッド板で作られた貧しい棺は教会の前で拒絶される。ブルジョワたちの葬儀が優先されたからだ。反教権主義の強い姿勢が表明された一節である。

また、ジョスランは「福音書」に語られた奇跡や超自然事象を歯に衣着せず否定する。

聖なる神がまやかしによって証明されるとは、恥ずべきこと！
私たちにとって、その永遠の証人は、神自らの手になる自然！
私たちにとって、その永遠の証人は、神の与えた理性！

ルソーの助任司祭は、「福音書の聖性」に感嘆しながらも、そこに語られる超自然的出来事については疑問視せざるをえない（「この同じ『福音書』には、理性にはにわかに信じがたいことが多く語られている。それらは理性に反し、良識あるすべての人にとって理解することも認めることも不可能なものだ」[21]）。一方、ジョスランは理性を重要視するものの、子供への宗教教育においては彼らの理性の発達よりも良心の問題を強調する。「彼ら（子供たち）の理性よりも、彼らの良心を教育しよう／自然と彼らの眼差しが、私の知識のすべて！」。ルソーは良心というこの人間の能力を「内的感情」あるいは「天与の直感」[22]とも呼ぶ。ジョスランの公教要理《カテシスム》は、良心は人間を徳と真理に導くとするルソーの理論に基づくと言っても過言ではあるまい。

「聖書あるいは自然を読む」ことを日課とするこの聖職者の〝福音書主義〟とは何か。ジョスランはイエスのメッセージを心で受け取ることを教える。彼は「心の信仰」の共鳴者であり、「福音書」は倫理の書としてのみ価値を持つ。遠くからやって来たユダヤ人の行商人が村で亡くなったとき、村民たちは彼の棺のために板を提供するのを嫌がる。ジョスランは彼らに神がすべての民の神であり、すべての者の上に太陽を昇らせる神であることを説く。

自然は農夫やその妻子たちのつつましい信仰と調和する。彼らは晩鐘に誘われて祈りの姿勢をとる。ジョスランにとって祈りは、神の作品である自然から生まれる。「おまえは自然全体からやって来る／天使たちが意味を知っている／神秘的なつぶやきのように」。妻の棺が教会で拒絶された機織職人は、棺を担いでアルプスの山を登り、ジョスランの村に辿り着く。「どんな祈りが、あなたがなしたことに値しよう？／どんな儀式が、彼女のためのこの耐え難い夜／この道、この汗、この血に値しよう！」。若い機織職人は、妻の生前は彼らの愛を通して神をたたえ、その死後は亡き妻の遺言を叶えるための献身を通して「祈る」。ここでは信仰を支える祈りは、愛と完全に融合する。実は信仰は愛とまったき同一をなすのではないか。『ジョスラン』は読者にそのような印象を与える。

絶望から放縦な生活に身を落としたロランスは、死の床である神父に向かい次のように告白する。「今となっても、私は心から引き剝がすことができません／この世で神を信じさせてくれた唯一の人を／死に行く眼に、彼の思影はあまりに美しく／それなしには、天国さえ理解できないのです」。その司祭が実はジョスランその人であることがわかり、ロランスは罪の赦しを与える最愛の人の手に口づけしつつ息絶える。

高齢に達したジョスランは、わずかな手持ちの品を貧者たちに分け与える。「昼となく夜となく人々の告解を聞き続け／彼は死を迎えた」。司祭は最期まで務めを果たし、胸の上に十字架をいだいて死の床に横たわる。まさに「良き司祭」の生と死である。

彼の死に立ち会ったのは、家政婦のみである。教区の信徒たちに慕われていたであろう司祭の死であるが、孤独と犠牲の痛々しさのみが浮き彫りになる。教会は彼から青春を奪い、恋人と引き離した。ジョスランの唯一の幸福は、死によってロランスと共に葬られることでしかない。教区付司祭の死に立ち会わなかった信徒たちは、彼の棺を運んでロランスの隣に埋めるためには一致協力する。L・レタは、ラマルティヌは「神の言葉《ヴェルブ》」を人間的にしようとするあまり、恋人同士の愛の神を作り上げてしまったと指摘する。(23)

『ジョスラン』は、一八三六年九月に教皇庁の図書検閲聖省によって、信徒に読むことを禁じる書籍のリスト、すなわち「禁書リスト」に加えられた。ラマルティヌの受けた衝撃は大きかったという。『ジョスラン』の出版から時を経て、一八六二年にユゴーの『レ・ミゼラブル』(*Les Misérables*)が世に出る。H・ギルマンによれば、ミリエル司教はサヴォワの助任司祭の系譜に属するもう一人の人物である。[24] ユゴーの小説もやはり同じ運命を辿り、禁書リストに入った。その主たる理由は、ミリエル司教の信仰の在り方に対する疑義である。[25]

教義に対する態度(「彼は信じうる限りで信じていた。『天の父を信ず』としばしば高らかに言った。それに、善行をなすことで良心には大いなる満足がもたらされ、秘かに『神は共にある!』と一人ごつことができた」)、心による礼拝(「この人を照らしていたのは、心だった。彼の叡智は、そこから来る光からなっていた」)、福音書主義(「見てのとおり、彼は独特の風変わりなやり方で物事を判断した。それは「福音書」から学んだものではないかと思われる」)、さらに自然との親和性(「彼の足元には育て摘むことができるものがあった。頭上には探求し瞑想すべきものがあった。地上にはいくらかの花々があり、天にはすべての星が輝いていた」)によって、ミリエル司教はジョスラン同様、確かにサヴォワの助任司祭に連なるもう一人の人物である。死に行く元国民公会議員Gを前に彼が跪くとき、ミリエルは司祭としてのあるべき態度や義務よりも、内的感情を優先させた。彼は総告解を聞くつもりで元国民公会議員の回想に耳を傾けたが、彼の生涯に赦しが必要な罪を認めず、むしろその犠牲の偉大さに打たれる。彼は、人々から忌諱されていたこの人物から、逆に祝福を受けることを望んだのだ。彼は元国民公会議員を前にして「私は虫けらに過ぎません」と述べる。キリスト教的謙譲の言葉だ。キリスト教的見地からは謙譲は自由な精神の基盤であり、現世的な価値にからめとられないための絶対条件である。ところで、この言葉は、詩篇二十一 - 六の「私は虫けらで、人間ではない」を想起させる。「神よ、どうして私をお見捨てになったのですか」と始まる詩篇二十一は、キリストの磔刑と死が前兆的に投影された一節とされている。

ジャン・ヴァルジャンに銀の燭台を与えたあと、司教は盲目になる。[26] この二つの出来事の関係をユゴーは明確には記していないが、この供犠は辛い出来事としては語られておらず、むしろ盲目ゆえの満ち足りた老司教の晩年が強調される。ミリエル司教のキリスト教解釈はきわめて自由であり、その生の在り方そのものが強烈な教会批判となっている。しかし、この人物像からは、自由な魂のダイナミズムと自己奉献の喜びが感じられる。いわば〝信じる〟者の幸福がそこには見出せる。それは、ジョスラン像に欠如しているものである。

第二章　サント＝ブーヴ——二つのキリスト教

1　司祭の告白小説『愛欲』(1)

サント＝ブーヴ（Charles-Augustin Sainte-Beuve 一八〇四－一八六九）の『愛欲』（*Volupté*）は一人称小説であり、司教の地位にある人物が自らの思い出を物語る。S.B. とサインのある前書きは、本文が「一種の総告解」（臨終の際になされる生涯にわたる罪の告白）にあたることを述べ、語り手はすでに亡き人であることを暗示する。それは司祭を前に行われたものではなく、ある青年に自らの過去の過ちを語ってきかせるという設定になっている。神へ、そして若い友人へ向かってなされた告白は、聖アウグスティヌスの『告白』をモデルとしている。それはまたポール・ロワイヤルの隠者たちが改悛の行為として書き残した文書とも通底する「霊的冒険と内的転動」の語りである。敬虔な先人たちの威信によることで、赤裸々な告白は謙譲の行為となる。ここでは、confession の意味は二重である。一方では、司祭を媒介者として神に向かってなされる「告解」であり、もう一方では、「打ち明け話」であって自伝と似たものとなる。神と同時に他者（特定の一者、読者、公衆）を聴き手とする語りは、それ自体が曖昧性を含んでいる。しかしながら、聖アウグスティヌスにおいてと同様、しばしば「他者への語り」は放棄され、感動の吐露、神秘主義的な飛躍へと展開する。「あなたは、罪の重荷に打ちひしがれる私の救い。おお、荒波を鎮めることのできる唯一の御手よ！」「されど、あなたの道が私を導きます、おお、わが神よ」。

聖職者となったアモーリが語りかける青年は、彼の分身的人物である。自らの告白において、アモーリの心性は対話者の内的自我と二つの鏡のように照応しあう（「私の魂は、あなたの魂を表現する」）。それは、時を経て行われた内観である。若かりし頃からアモーリは内省を好み、それは霊的導師としての、彼の潜在的資質を示すものだ。

思い出が澎湃として蘇ったのは、この手記が書かれた状況と関係している。難破した船の中で死の危険に遭遇し、アモーリは最後の審判を意識する。この究極の瞬間に、回想された過去の全容は、人の心をむき出しにする。嵐によってポルトガルの海岸に打ち揚げられ、近隣に位置するある修道院滞在中に、アモーリは自らの青年時代を振り返りつつ筆をとる。そして、その手記はアメリカに到着する前に終了する。これらのページはしたがって、海のイメージと不可分であり、またおぼろげにではあるが、アルモリカ（ブルターニュ地方の旧名）とアイルランド間を航海した「聖なる信仰者たち」を想起させる。旧大陸で書き始められ、新大陸に到着する前に終えられた、この「過去への最後の回帰」は、ついに「旧き人」を脱ぎ捨てる決定的な行為として示される。手記は、「我々の心の絶えざる単調な揺らぎ」の象徴である波のリズムに揺られて記される。海のイメージは、自分自身のみを頼む人間の根源的不安感と結びつく。聖アウグスティヌスにおけるように、それは神においてしか安らぎへと変わることがない。「我らの心は不安に満ちる、あなたのうちに安らうまでは」[2]。これが聖アウグスティヌスの『告白』の意味するところであろう。

『愛欲』の前書きによれば、アモーリは「繊細すぎる夢想家で、優柔不断なまでに優しい」メランコリーを湛えた人物である。その人物造形には、サント＝ブーヴ自身の思い出と体験が反映されている。この内的「悪癖」への、倦怠への、「愛欲」への性向から脱却するため、サント＝ブーヴは毒をもって毒を制そうとする。確かに、過去の状態の分析は、一種のカタルシスとなる。しかしそれは一方、快楽の、喜悦の、記憶による新たな再生である。

この「神の人」は同時に記憶の人であり、ある意味でプルースト的人間である。「強烈な幸福が完全なものとなるためには、それがすでに私からはるか遠くに葬られてしまい、そしてある日、同じ場所を再び通ると想像してみることが必要だった。思い出となった幸福は、何と甘美な悲しみとして再現するだろう」。ある種の危険な横滑り、一青年の霊的教化を目的とした手記が、何か別のものへと変質してしまう可能性がここにある。詳細極まる思い出の語りには密かに喜びがともない、若い友人を導こうとした当初の意図とはおよそかけ離れ、まるで正反対の方向に向かう。「おお、若い友よ、かけがえのない聞き手を前に、告白者の心は弱り、言葉が溢れ出る」。語り手はそのことを意識しており、一度ならず懸念が表明される。

サント＝ブーヴがアモーリに自己投影しているのは言うまでもない。この投影による不都合を、プロテスタントの神学者で文芸批評家でもあったアレクサンドル・ヴィネ[3]（Alexandre Vinet 一七九二－一八四七）は的確に指摘した。このキリスト教徒の批評家によれば、『愛欲』の語りに散見される過剰な自己満足感と気取りの表現は、神に仕える者となった人物にはふさわしくない[4]。Y・ル・イールの指摘した、意味の拡張と効果をねらっての意図的にずれた表現の多用は[5]、ヴィネが述べたこの小説の「欠点」と符合する。

小説家は、アモーリが叙階へといたるまでに辿った内的な道程を綿密に描いていく。それは一種の「回心」の語りであり、不安に付きまとわれる情念から神に満たされた状態への移行の語りである。アモーリは自らの感受性に耐え、それを昇華することで神のうちに心安らぐにいたる。「誰に導かれて、あなたのうちに安らうことができるのだろう?」[6]。聖アウグスティヌスの『告白』に現れるこの叫びは、恩寵を探し求める魂の切迫した危機状態の表現であり、アモーリの叫びでもある。さまざまな面で、作品は恩寵と救いに関する聖アウグスティヌスの思索に依拠しているが、サント＝ブーヴのポール・ロワイヤルへの傾倒を思えば、それも得心がいく。

アモーリは、愛欲を通して十字架の足元へと導かれた司祭である。クーアエン夫人への癒しがたい愛が彼を聖職へと惹きつけた。夫である伯爵から訪問を促す手紙を受け取ったとき、アモーリは神学校に入ることを決心する。叙階によって、アモーリは愛する人とのあいだに越えることのできない障壁を置いた。「私は一刻も早く、クーアエン夫人への思いを祭壇の上、安全で清浄な場所に置こうとした」。アモーリは聖餐を司る際、クーアエン夫人の名を唱えたい秘かな欲望を感じる。聖職に就くことで、彼は神に身を寄せるが、それは夫人と信仰の光の中で再会するためである。

彼が、自らのうちに、そして愛する女性のうちに何よりも貴んだのは、霊性である。クーアエン夫人への彼の愛は、あらゆる感覚的執着から自由であろうとする。死の床に臥すクーアエン夫人の求めに応じて、アモーリは夫人に臨終の秘蹟をほどこす。かくして、二人を結びつける絆は聖なるものとなる。その一方、終油の秘蹟と典礼の言葉（「まずはこの目に…、次にこの耳に…、さらに唇に…」）を通して、人間的な愛の絆が密かに浮かびあがる。この時の思い出を語るアモーリの感動（「友よ、それは言葉では表現しようがない」）そのものが、神と人間的な愛がない混ぜとなり、逆転しかねない瞬間の曖昧さを示している。アモーリの司祭職選択には二重性がある。夫人への愛が彼を神へと導いたのか？　それとも、叙階は、夫人への愛を永続させるための至高の手段であったのか？　若い友人への忠告を通じて、彼の心情が垣間見られる。「不在をいとおしみなさい！　神への瞑想のうちでのみ、愛する人といつも出会うようにしなさい」。

2　ラムネあるいは信仰の誘惑

H・ブレモンによれば「当時のカトリック信者の多くは、この書（『愛欲』）をグティンゲールとまったく同様に評価した」[7]。サント＝ブーヴが「ノルマンディの友」と形容するグティンゲールは『愛欲』について、「この本はよい影響を与えるでしょう。キリスト教の書であり、神は執筆したあなたを祝福なさるでしょう」と作者に書き送っている[8]。これは、「みんなの興味を惹くでしょうが、信心家にとってのみ有益で為になるでしょう」というジョルジュ・サンドの感想と一致する[9]。

一八三四年五月一日はラムネの『信者の言葉』の出版日である。サント゠ブーヴは同日に発刊された『両世界評論』に『信者の言葉』の書評を掲載し、その中で「私は、信仰によってではないまでも、親和性と願望によってまったくキリスト教徒であり、カトリックだ」[10]と断言してはばからなかった。しかし、〝親和性と願望によってキリスト教徒である〟のは非常に不完全な在り方でしかないことは、サント゠ブーヴ自身がよく承知するところだった。彼は当時、「私には（信仰の）空気しかなく、岩山がないのです」と友人のヴィクトル・パヴィに書き送っている。[11]この空気と岩山のテーマは『愛欲』にも現れ、作者の性格が投影されているアモーリは「永続的な生きた信仰は空気と岩山でできている。私には空気しかなかった」とかつてを振り返る。絶望した青年が「堅固な岩山」を自らのものとするためには「意思と恩寵の神秘的な一致」が必要だった。ついに信仰を得ることはなかったが、作家は信仰の何たるかについて、少なくともある種の観念を有していた。一八三五年のパヴィあての手紙にも再び「岩山」が現れる（「岩山から遠い（…）私の魂の状態」）が、「空気」の代わりに、魂に打ちつける波への言及が見える。ますます「信仰の岩山」から遠ざかっていくという意識があったようだ。やがて彼の幻滅は強烈なものとなり、ついには『愛欲』のキリスト教的性格を完全に否定するにいたる。一八三六年の手記には次の一節がある。「小説自体が真のキリスト教とは相容れない。なぜなら小説は、地上的至福の理想あるいは苦しみの理想を内包しており、多少なりともそれを愛おしんでいるからだ」[12]。作品の理解を求めることによって、人間を見極め、時には他者になり変ることさえ必要とする文学批評はキリスト教の実践とは相容れないものであることに、サント゠ブーヴは気づいた。それは、オウィディウスの「転身」にも喩えられるべき作業なのだ。「十字架を通してしか物事を見ない」キリスト教的在り方は、観察という営為には支障になるのだ。しかし同時に、批評家の仕事の危険をも彼は意識する。彼は、一八三六年九月二十三日発行の『種まく人』（*Le Semeur*）（パリで発刊されたプロテスタント系の雑誌で、アレクサンドル・ヴィネも投稿者の一人であった）の一節を切り取って自らの日記帳に貼り付けた。「神の霊の導きを受けた未来の姿を想起しつつ人間を愛することを「福音書」から学ばず、現在あるところの人間をのみ注視する者はなんと惨めなことか」[13]。この慨嘆がどれほど的を射ており、自分にぴったりであるかを、サント゠ブーヴは明確に理解した。同年に次のような記述もある。「精神の諸事を推察するとき、信仰、宗教、祈りの動機を探りあて描こうとするとき、自らを高める内省なしに単に空虚な好奇心に導かれたり、ただ物知りであろうとすることのないよう用心せねばならぬ」[14]。この警戒心は卓越した批評家であることとの意識と拮抗している。彼は「『愛欲』では、享楽主義《エピキュリスム》に色付けしぼやかすために神秘的な錯覚を利用した」[15]と言明するにいたるが、それはずっと後年のことである。一八六八年四月一〇日の聖金曜日のスキャンダルはまだまだ先のことだ[16]。

ラムネの『信者の言葉』の原稿を携えて出版先を見つけ印刷の進行を見届ける役を担ったサント＝ブーヴは、先に記したとおり『両世界評論』に熱烈な賛辞の書評を寄せた。彼はこのエポック・メイキング的な書物が世に出るにあたって重要な役割を担ったのであり、彼自身の小説『愛欲』は、その約二ヶ月半後、七月十九日に出版された。

小説は、サント＝ブーヴがラムネと親しく交わり、その影響を受けていた期間に執筆された。二人の交流は、サント＝ブーヴが一八三一年五月一〇日から二十一日までジュイイのオラトリオ会のコレージュ[17]に滞在したときに遡る。作品の導入部は、このときに二人のあいだで交わされた会話を直接に反映しているとされる[18]。この滞在後に小説家から司祭に宛てた手紙には、「あなたの朗読を聴き、あなたの教えを実践する私のうちには、キリスト教がかつて育んでくれたもの、つまり優しい感情や従順な敬意が再び呼び覚まされました。これこそが真にして唯一の宗教です」の一節がある[19]。この「かつて」とは「子供時代」のことであり、この書簡が真摯な思いを込めて書かれていることは疑いの余地がない。その返事（五月二十七日）で、ラムネは「我々の中で最もすばやく損なわれるのは意志であること」を警告し、「強く望む」ように促している[20]。ところで、『愛欲』において、「意志」は主要なテーマである。ラムネがサント＝ブーヴに宛てたうちで最も教訓的なこの書簡の反響をそこに認める評論家は数多い。サント＝ブーヴは、神父から送られた言葉のいくつかを札入れの中に入れて持ち歩いていたようだ。彼が試みた子供時代の宗教への回帰は、ラムネの存在なしには考えにくい。

サント＝ブーヴが書いたラムネに関する記事は全部で七編ある（最後の三本は『新・月曜閑談』に収録され、二部構成の一続きの記事となった）。第一の記事は一八三二年二月一日に『両世界評論』に発表されたものだが、ルイ十四世の政治への批判が込められた書とされる『テレマックの冒険』の著者フランソワ・ド・フェヌロンとラムネを比較する。二人の「知性の司祭」、絶対王政の在り方に異議を唱えた二人の宗教作家としてだ。二人の司祭の類似は、単に彼らの政治的信念によるものではない。サント＝ブーヴは自らの〝霊的導師〟のうちに「秘かな心根の優しさ」を見出す。それはやがて民衆に向けられて『信者の言葉』の中に発現することになる。この点からも、ラムネはカンブレの司教フェヌロンの後継者であるのだ。

次の『信者の言葉』に関する記事（一八三四年五月一日『両世界評論』）では、「赦しつつ戦い、過激にしかし憎しみなしに戦う」という「キリスト教的矛盾」によってラムネは傑出した存在とされる。「劇烈だが柔和で、激しいが優しい」神父は、「他の人々に対して、キリストの愛弟子ヨハネの情を持つサムエル」[21]なのだ。聖職者でありながら熱烈な共和主義者であるラムネにおいて、神への愛は民衆への愛と、「福音書」の倫理は政治的抗議と一致する。「戦闘的で騎士的であるのは、キリスト教の司祭にはふさわしい」。彼独特の在り方で、ラムネは未来に属する人である。サント＝ブーヴは未来の息吹に呼応する「神の人」の戦いを評価し、「司祭の自由な言説」に賛同する。後年、彼は手記に「ラムネに付いて行けたのは『信者の言葉』までだった」と書くことになるのだが[22]。

しかし『ローマの事々』に関する第三の記事（一八三六年十一月十五日『両世界評論』）では、ラムネに対する好意は決定的に否定される。

多くの偉大な聖人たちがしたように、個人的でかつ内的な側面からのみ魂の救いを考え、一人一人の魂の救済からのみキリスト教をとらえることを、彼（ラムネ）は一度たりと行おうとしなかったし、それを忌諱した。社会的な側面、大衆や社会の組織化に対する影響力の点から、彼は常に（…）キリスト教を理解しようとしたのだ。

しかし、サント＝ブーヴはジュイイのコレージュにおいてラムネの霊的指導の下、忘れがたい日々を過ごしたのではなかったか。確かにラムネからの書簡は、時を追うごとに社会的・政治的懸念が中心となっていく。すでに引用した最初の一通（一八三一年五月二十七日付）は唯一例外で、真に霊的導師からの手紙と呼びうるものだ。

ところで、先の引用の箇所が示すようにサント＝ブーヴは二つのキリスト教を明確に区別する。内的キリスト教と社会的キリスト教だ。注目すべきは、ラムネの多大な影響が指摘され、『信者の言葉』の二ヶ月後に出版された『愛欲』において、小説家は主人公アモーリ像を通じて、はっきりと前者のほうに賛同することだ。小説の読後、ラムネは賛辞を呈しながらも、「しかし、私はあなたの主人公とはちょっと考えが異なります」と述べ、「要は人々をばらばらに面倒見るべきであり、残りの人々については、我々自身の行為の及ばない運命的あるいは摂理的な力のなすままに完全にゆだねるしかない」という見方に異議を唱える。社会的キリスト教の名の下に、司祭は小説家のキリスト教観に不賛同の思いを表明したことになる。

ラムネに関するサント＝ブーヴの言説の変遷が我々にとって重要なのは、そこに彼の司祭観が読み取れるからだ。『信者の言葉』の時期には、ラムネにおいては内的キリスト教と社会的キリスト教は、前者が後者の根拠であって、不可分のものとサント＝ブーヴは信じていた。ラムネがカトリック信者であり司祭であり続けている限りは、「断絶」は問題ではなかった。「確執は、二次的で人間的次元のことだった。信仰は深淵の上にかかった橋だった。失墜の危機は足元にあったが、ラバロム[23]は常に天に輝いていた。この機微はラムネ神父にあっては、見事だった。私たちが当時知っており愛していたのは、こうした彼だった」。「アルノーやサボナローラと似たこの役どころはなお多くの部分で継続的であり、司祭の不屈の性質とも矛盾していなかった。信仰があったのだ」[24]。つまり、サント＝ブーヴによれば、一八三六年出版の『ローマの事々』の出版の時点で、ラムネにおける信仰の喪失が明らかとなった。かつてのラムネは、ポール・ロワイヤルへの迫害の時代を果敢に生きた神学者や、教皇アレクサンデル六世に敢然と異を唱えたフィレンツェの有名な修道士に比肩される。サント＝ブーヴの考えでは、『信者の言葉』の時期まではラムネもまた「神の人」にふさわしい役割を担っていたのだ。

『信者の言葉』の著者は、教皇勅書「シングラーリ・ノス」によってやがて断罪されることになるローマへの抗議の言説にもかかわらず、その時期にはまだ教会の一員であり続けていた。サント＝ブーヴは『信者の言葉』の印刷過程で、教皇に関する一節を削除したとしている。司祭が書いたものとしては不都合があると判断し、勝手に消去したというのだ[25]。この越権行為の意図は明らかである。彼はラムネの立場がカトリック信者としての抗議の枠を出るべきではないと考えたのであり、あるいはそのように望んだのだ。

サント＝ブーヴはラムネが「古来からの伝統に則りつつ新しい希望を担う司祭[26]」に留まらなかったことに遺憾の念を覚える。それまで確固たる教皇権至上主義者であって、聖パウロの後継者を熱烈に支持し続けた彼が、こと司祭にあっては終生誓願の一つである服従をかくも敢然と拒絶したことに納得がいかず、反逆の前に死んでほしかったとさえ思うのだ[27]。手記が示すとおり、ラムネの教会との断絶を目の当たりにしたサント＝ブーヴの失望の念は非常に激しかった。自分の共鳴者たちをかくもひどいやり方で見捨てた霊的指導者に対する、自分の羊たちをこのようにほったらかした牧者に対する無念があったことも否めない。だが、ローマとの断絶を決断するにあたって、ラムネに理がないわけではない。教皇庁の主《あるじ》の諸決定の裏には、オーストリア宰相メッテルニヒやロシア皇帝ニコライ一世といった世俗権力の意図が働き、それらとの協調があったことは疑いえない。カトリックの民をないがしろにして世俗の諸権力との関係を優先した教皇。ミシュレの言葉を借りれば、ラムネの教会との断交は「神のうるわしい正義[28]」への従順を意味しようが、それは本質的には「人間」の正義と同義である。

それではサント＝ブーヴは、ラムネが聖座に無条件に服従することを願ったのか。『ポール・ロワイヤル』(*Port-Royal*)に、ヤンセニウスの『アウグスティヌス』に含まれる五つの命題を糾弾するイノセント十世の勅書が到着した(一六五三年)際のくだりがある。ここでサント＝ブーヴはサン＝シランの不在(一六四三年に死去)をひどく嘆いているのが印象的だ。指導者たちの中には一人としてサン＝シランに取って代わることのできる者はおらず、ポール・ロワイヤルは「霊に忠実な一人の指導者」のもとで「堅固な抵抗」を「実質的な服従」と調和させることができなかった[29]。サント＝ブーヴにとってジャンセニスムの真の精神を体現するこの十七世紀の宗教者は、教皇庁と教会を明確に区別していた。前者に抗議するあまり後者を見放すことは、サン＝シランにとっては問題外だったろう。服従しつつ抵抗する。非常に難しい態度であるが、真の司祭には可能であるはずだと、『ポール・ロワイヤル』の著者は考える。彼は司祭の何たるかを、サン＝シランから学んだ。「司祭なるものについての彼（サン＝シラン）の観念は、司祭が神の名において神になり代わり地上で行う聖餐とその他の秘蹟への信仰と釣り合うものだった[30]」。

一八三四年三月二十九日のラムネの手紙には次の一節が見える。「結局、私は内面のすべての力を込めて抗議することで、自らの良心と名誉を何としても救おうと決心しました。よって、『信者の言葉』を印刷してください。何が起ころうと、私にはどうでもいい。自らの得心がすべてに優先します[31]」。

「シングラーリ・ノス」によって断罪された神父の不服従は、結果として、『信者の言葉』をして、永久的に反逆の書としてしまった。サント＝ブーヴはそこに隠された動機を読み取る。ジョルジュ・サンド宛の一八三五年四月二十四日付の手紙で、彼は次のように書く。「あなたが行動したのは愛を求めてのことです。（…）彼（ラムネ）の場合も同様で、愛や慈悲、人間たちの融合を求めたのです。さらにぶちまけて言ってしまえば、それらに隠れて彼自身は気づかなかったでしょうが、栄光や行動、拡張、影響力、無限を必要としていたのです」。五ヶ月後、ヴィクトル・パヴィ宛の書簡（九月二十六日）で、再びサンドとラムネの比較が現れる。「ああ、煽動者、悲劇役者、剣闘士、何と呼ぼうとかまわないが、私はこういった役柄が大嫌いだ。彼女（サンド）は歌姫で、歌を歌う、それはよい。しかし、司祭であるあなたは、賢人であるあなたはいったいどうなったのだ。実際のところ、あなたは司祭でも賢人でもなかったのだ！」。彼の深い憤りは、別の人物宛の手紙の中で、突然ラムネに向けられた「あなた」という呼びかけが現れることからもうかがわれる。一八三五年から一八三六年にかけての『緑の手記』（*Le Cahier vert*）には、かつての霊的導師に対する糾弾が散見する。ラムネにおける宗教的人間の消滅を彼は嘆く。司祭服を投げ捨てた後のラムネは、「それはもう一介の作家に過ぎない。人々は彼のことをまずもって司祭だと思い込んでいた[32]」。この感想はレカミエ夫人のサロンでまず表明されたものだが、一八三六年にラムネに関する最初の論文を『現代の肖像』（*Portraits contemporains*）に再録する際につけた注の中でも繰り返される。「ラムネ氏は、権威と信仰の独特な性格によって、今世紀の人々の中で異彩を放っていた人物ではもはやなくなった。彼は我々が信じていたよりもずっと世俗的で、ずっと作家、詩人であって、おおよそ司祭ではない」[33]。サント＝ブーヴは、司祭職の唯一性を崩壊させたこの過激な「断絶」、この「背教」を容認できなかった。ラムネは「陽気なウォルスキ人たち」[34]、すなわち「世紀の雰囲気」に染まった作家や思想家たちの頭に祀り上げられたコリオラヌスに成り果てた。サント＝ブーヴが「時代精神」を表象する一人として、サンドやリストと共に念頭においているベランジェは、シャトーブリアンやラムネとも親交があった。敵陣に寝返ったこのコリオラヌスの逆上をたしなめる者は誰一人なかった。ラムネの転向をサント＝ブーヴは裏切りと感じる。「人々を信仰へと誘導しておきながら、出し抜けにそこいらに放置して立ち去る、どうですか、これよりひどいことがあるでしょうか。（…）巡礼の頭陀袋に入れてあなたがかかえ運んだ希望に満ちた魂たちは、袋が地面に投げ捨てられた後に道端の溝に沿って横たわっていたのです！（…）この叫びが不平不満と聞こえようとも、私はこの忘却を告発する！」[35]。彼は自らをも、この忘却の犠牲者としているのだろうか。論文の途中で突然登場する呼びかけは、無念の横溢ではないとしても、キリスト教の刷新運動に期待した彼の憤慨の表明ではある。「この忘却」は司祭、魂の牧者の義務の忘却である。ラムネが世俗の人であれば、彼の試み、彼の〝変節〟は『ポール・ロワイヤル』の著者にそれほど衝撃を与えなかったであろう。

後になって、サント＝ブーヴはラムネの決断を動機付けた「自尊心と傲慢」を指摘するが、その思いはすでに一八三五年の手記にある。司祭が『イミタチオ・クリスティ』の解説の中で絶えず傲慢の罪について触れていることに注目し、「まるで自分自身について懸念しているかのように」という一文がある。[36]「つまずきをもたらす者は不幸である」（マタイ一八－七）。七つの大罪の一つである傲慢の罪によって、自分を頼る信仰の民を見放す司祭は不幸である、ということになろうか。トラピスト修道会の創設者であるランセのローマへの旅と一八三二年のラムネのそれを対比して、サント＝ブーヴは最後まで従順の原則を貫き通したランセを評価する。なぜなら、教会のヒエラルキーの中での上長への従順や服従は、カトリック信者にとっては盲従を意味するのでなく、謙譲の態度であるからだ。ラムネの信念を示す「断絶しても、服従はしない」(Je romps, mais je ne plie pas.)は、人間的視点からは劇的でみごとだ。しかし、魂の乳母である司祭の場合であれば、宗教的精神に反する。とはいうものの、当時のポーランドの状況が示すように、カトリック信徒の不遇を顧みず侵略国ロシアへの忠誠を説く教皇にさえ、服従をすべきなのか。ラムネの答えはもちろん「否」だった。

一八三六年の記事の中で、サント＝ブーヴは『ローマの事々』に表明されたラムネの立場を「人道的ソッツィーニ主義[37]」と形容する。ラムネはキリストの神性を否定するにいたるが、そのことは確かに、彼のうちにおけるカトリック信仰の消滅を意味する。批評家の目から見ると、〝ラムネのケース〟は真理に対する大きな打撃となった。ラムネが絶対の真理として唱え続けていたものは、実は〝絶対〟ではなかった。彼はその事実を、その衝撃的な豹変によって明らかにした。サント＝ブーヴは、ラムネの死後に出版された書簡を手にしつつ、聖職が彼にとっては苦悩に満ちた犠牲であったこと、自分の意思に反して聖職を選んだことへの悔悟をそこに読み取る。一八六八年のラムネに関する最後の記事では、かつての共鳴者の興ざめがはっきり見て取れる。サント＝ブーヴは、ミサの執行数に一喜一憂するラムネの拝金主義的態度さえ暴露するにいたる。

3　アモーリー「内なるキリスト教」の祭司

これまで見てきたように、ラムネに対するサント＝ブーヴの評価は時を追うにしたがってますます厳しいものとなった。しかし、『信者の言葉』の出版のために尽力していた時期である一八三四年、すでにラムネとのあいだに潜在的な思想対立が実はあった。当時の批評家たちの中には、『愛欲』を時代の潮流に対して反動的な作品とし、社会問題への関心の放棄を指摘する者もいた[38]。確かに、情念にさいなまれ、それがきっかけとなり神学校に入る主人公にとって、政治的運動への関心は二次的なものでしかない。日刊紙『未来』の創設者と近しい関係にありながら、『愛欲』の作者はラムネの関心事を完全に共有してはいなかった。司教となったアモーリは、カトリック教会のヒエラルキーの中で重職を担うが、政治的影響力をふるおうとはしない。「衆目を集めるリーダーたちの謙遜を欠く誇示」に、彼は懐疑の目を向ける。よりよい未来を招来するだろう「普遍的で継続的な動向」を否定しはしないが、その動向がどのような法則に則っているのかは人間には把握不可能である。したがって、彼はその動きとは一線を画する。

『愛欲』の中で、サント＝ブーヴはカロン神父[39]を愛徳と慈悲のモデルとして描いている。神父の逸話は、おそらくラムネから聞いたものであろう。ラムネは一八一五年から一八一九年までフィアンティヌの共同体で生活していて、カロン神父の指導下にあった。サント＝ブーヴによれば、このレンヌ出身の司祭は「人から愛されるという賜物」を神から授かった人物であり、彼を頼ってきた多くの人々を信仰へと導いた。アモーリは、カロン神父が病者と貧者の群れを率い、決して見捨てない姿を幻想の中に見る。彼は確かにリーダーではあるが、苦しむ者たちを慰め、一人一人救っていく。

アモーリにとって、キリスト教は「新しい倫理が作り出されて、何らかの追加が行われる」ことがありうるような宗教ではない。キリスト教倫理のすべては「自らを内的に癒す」よう努めること、言い換えれば「内面の浄化と透明化」に勤しむことにある。そしてこの努力はそれ自体、愛徳の行為であるのだ（「他の人々への真の愛徳はそこから出発し、そこへ帰する」）。アモーリにとって、「他者に向けての愛徳」は、個人の倫理性、すなわち「自らに向けての浄化の営み」を根源とする。このような人間共同体のとらえ方においては、社会的・政治的運動はほとんど価値を持たない。アモーリは、次のように「内的キリスト教」を定義する。

愛すること。愛する人々のために祈ること。今は亡き不在者たちのために、愛しい死者たちの魂のために、彼らの彼方での慰めのために地上で善行をなすこと。一度は憎んだ人々のために、哀悼歌（死者への祈り *De profundis*

詩篇一二九）を心より唱えること。何事においても、親兄弟のごとくに人に対すること。罪を過酷に断じることなく、しかし悪を直ちに退けること。天上からの恩寵と人のうちなる自由を信じること。これこそが内なるキリスト教である。

「アウグスティヌスの書を繰り返し読みなさい。これは私たちすべての者の物語です。彼は激動の時代を生き、一世界の崩壊、過去から未来を分断する裂け目の時代に立ち会いました。彼は社会におけるのと同様に、この裂け目を自らのうちに感じ、体験したのです。なぜなら人もまた一つの世界なのですから」。一八三一年五月二十七日の書簡の中でラムネが与えたこの忠告に、サント＝ブーヴは忠実に従ったのではなかったか。小説の中で第一帝政期の歴史的出来事は付帯的なものでしかないが、主人公はその時代を自分なりに生き、自らの視点から語る。クーアエン夫人ゆえに、その夫クーアエン伯爵と離れられず、アモーリも反ナポレオンのテロに関わらざるをえない。しかし、敗者の側から眺められたとき、特にあらゆる政治的栄光よりも愛が関心事である者にとっては、これらの騒乱は時代錯誤的な空虚と映る。官能の躁乱に絶えず苛まれる主人公は――まさに聖アウグスティヌスのように（「蒸気が、私の肉体のどろどろした色欲から、私の思春期のたぎりから発散していた。それは私の心を曇らせ、鈍らせた」[40]）――この執拗な責め苦を通して、真の愛と肉欲の情念を明確に区別する。愛欲はその有害性（習慣化すればそれは単なる悪徳でしかなく、その他の下等な情熱へと誘う）にもかかわらず、そのとりことなっている者に、「理想的な愛」の確信を与える。アモーリのケースでは、愛欲は霊肉のある種の傾向であって「夢見がちな、柔らいだ、気力喪失の一種の物憂さ」とされる。それは、彼の気質によるもので、愛は理想化され、官能は鋭敏となる。官能に悩まされ、意思によって克服できず、主人公は屈辱を味わう。愛欲は傲慢と奇妙な平衡関係にある。人間にとって主要な悪徳であるこれらは、一方が「無気力で、秘密で、無為で、ひそかで、味わい深く、神秘的」であるのに対し、一方は「外的で、活動的で、野心に満ち、誇り高く、騒々しい」。愛欲に突き動かされる者は内省的傾向が強く、内面性に刻印されている。そして傲慢な者よりも宗教的感受性にすぐれる。クーアエン夫人の死の翌日、司祭アモーリは、クーアエン氏に向かって野心を放棄し、政権への憎しみを捨て去るよう説く。「高貴なシカンブルよ、（…）頭《こうべ》を垂れよ！」[41]。聖レミギウスがクロヴィスの洗礼の際に発した言葉を、彼は誇り高い伯爵の前で口にする。このときアモーリ像を通して、「旧き人」からの離脱を通して、ついに昇華された愛欲の是認がなされたとも考えられる。

アモーリの真の先達は、時の隔たりを超えて「我が友人」と呼ばれるポール・ロワイヤルの隠者の一人、アモン氏（Jean Hamon 一六一八－一六八七）[42]であろう。アモン氏の文書に触れることで、「社会的発見」や「絶えざる知識獲得」に血道を上げる人々の渇望を免れえたと、アモーリは述べる。この隠者は何よりもまず、謙譲の人であった。パリ大学の医学博士号を有するアモン氏は、医学者としての将来を放棄してポール・ロワイヤルに隠棲する。医術の実践の再開は、上長の命に従った結果であった。書くことを受け入れたのも、上長への服従の行為としてである。しかし、構成や文体に念を入れることをよしとしなかった。すぐれた文章を書こうとするなら、それは自己満足や傲慢の心を引き起こす危険が常にあるからだ。

アモーリはこの隠者の中に自らと通じる人間性を見る。パリの街を歩きながら、あるいは立ち寄った教会で跪いて祈る際にも、彼に襲いかかる「たちの悪い思い」について、アモン氏が記しているくだりがある。アモーリは、隠者が決して打ち明けることのなかった何らかの情念の誘惑、あるいは愛の傷跡を疑う。「アモン氏はおそらく非常に現実的な情念や誘惑と戦っていたのだと思う。その隠された傷が何かわかったなら、彼のあらゆる改悛を得心のいくものとしてくれるか、あるいは明快に説明してくれただろう」。主人公が隠者に共感を寄せる理由は明らかだが、彼らの類似はそこにとどまらない。両者は共に、感受性の人である。アモーリは隠者から改悛へといたる道で導きとなる貴重な規範を学ぶ。どのように外面の誘惑から逃れたらよいか。たとえば、あまりにも壮麗な教会で祈る際には、隠者は目を閉じることを勧める。内面性だけが重要なのであり、外見やそこに由来するものはすべて障害となる。他者を観察し評価することを好む主人公は、「他の人々について話したり、評価したり、他の人々のことであれこれと思い煩うことにひどく悩み、すっかり倦んだ」

この隠者の言葉を自らの糧とする。

一六六四年の迫害の時期、司祭たちから遠ざけられ、聖餐にあずかれず、告解もできず、臨終の秘蹟も終油も受けられない捕囚の身の修道女たちのそばにあって、彼女たちを慰めるために、アモン氏はにわか神学者に変身し、やむをえず彼女たちの霊的導師を勤めることとなる。一度はカルトゥジオ会修道士になろうとしたこの人は、サント＝ブーヴによれば、中世の僧院が育んだ「孤独な神秘主義者たちの生き残りの一人」である。アモン氏の執筆した信仰書からの引用を見ると、彼の〝神学〟が、修道女たちを苦悩から解放しようとするあまり、――平時であれば不可欠な――外的な諸事を信仰からいかにそぎ落とそうとしているかが了解される。聖体拝領をはじめとするあらゆる秘蹟を欠いているこの敬虔な女性たちを前にして、他にしようがあったろうか。「イエス・キリストは普通に入ってくるときより、閉じられた扉から入ってくるときのほうが私たちの信仰を鍛えてくれます。（…）イエス・キリストの御手から直に受け取る聖体から、誰が私たちを引き離せるでしょう」。このにわか神学者は、恩寵についても語ることを迫られる。サント＝ブーヴはアモン氏の言葉を「恩寵の有機体」「恩寵の生気論」と形容する。医師の家系であるサント＝ブーヴは、この元医師の宗教者の思想に、恩寵論のダイナミズムを見る。この自己流神学は、捕囚の身の不幸な女性たち一人一人の心を癒すためだけに書かれたものだ。

この素人による神学は至高の自己犠牲と反逆精神の放棄を説く。「神をないがしろにして自分たちの修道院を愛する人々がいる。もし神の利益を考えるなら、自分たちの修道院をないがしろにしても、神を愛し神に仕えるべきではなかろうか」。サント＝ブーヴはそれに続けて言う。「私は先ほど、この悲しむべき年月のあいだ、ポール・ロワイヤルには精彩がなかったと述べた。しかし、前言を取り消そう。アモン氏のおかげで、打ちのめされ、押しつぶされ、いたるところ剝き出しとなったポール・ロワイヤルは、闇夜のカルヴァリオの丘で嵐の予兆である青白い雷光に照らされる犠牲者のように、不遇の岩山の上に晒された〝正義の人〟として、突然我々の前に顕現した」[43]。サント＝ブーヴは、迫害を忍ぶポール・ロワイヤルを、十字架上のキリストと重ね合わせる。それは彼がアモン氏の中に真のキリスト教精神を見るからである。自らを「感じやすい魂」「二流の魂」と定義するアモーリは改悛の道程にあって、「聖人たちの侍者」であることを望む。貧しい病者たちを訪れるために、編み物をしながらロバの背に揺られていくこの隠者こそが、彼の霊性のモデルであり、真の師である。

『信者の言葉』出版を受けて書かれた記事で、サント＝ブーヴはアモン氏の名は出さないものの、ラムネをこのポール・ロワイヤルの隠者に比較している。この対照は、彼ら二人の著作それぞれにある木のイメージを出発点として展開する。『ポール・ロワイヤル』には再び両者の比較が登場し、そこでは著者は二つの考えを明らかに対立するものとして描写する。『信者の言葉』にあっては、この世の権力の象徴である大きなブナの木が、その足元にある、抑圧された民衆の象徴であるカシの木の生育を妨げる。サント＝ブーヴのコメントはこうだ。「彼（ラムネ）は、地上的な問題にのみかかずらわっている。勢力者たち、すなわち打ち倒すべきブナの木に対しての糾弾に余念がない。アモン氏は有害な大木の蔭から出られるよう神に頼み、そこから抜け出られたことで神に感謝するのみだ」。『信者の言葉』に対しての記事の賞賛の調子は疑いえない。一時期サン＝シモンの思想に賛同していたサント＝ブーヴは、社会変革の動向に関心を持っていたし、『信者の言葉』を貫く「預言者的発想」が、多くの同時代人の共有するものであることを認めていた。しかし、ローマに対する反逆と司祭職の放棄によって、ラムネは完全な自己否定にいたったと、批評家は考える。「今日非常に有名な人物が、かつて聴衆の前で『司祭とは何たるか示して見せよう！』と豪語したことがあった。その後の出来事を見ると、当時でさえ彼がそれについてまったく無知だったことがはっきりわかる」[44]。サント＝ブーヴによれば、司祭とは、一方ですべてを神の御手、人間を超える者の手にゆだねる謙譲を有し、もう一方で「一つの魂の中に一つの世界」を見る者である。「たった一人の魂が十分に一人の司祭の関心事になりうる。一つの魂、一人の人間は、救済の道と業《わざ》において、それぞれ大いなる世界のごときものだ」。この真理をサン＝シランから学んだ者は、ラムネを容認できない。まして彼は自らを「二流の魂」と感じ、ラムネの世間を騒がせた豹変に深く傷つけられたからだ。

おぼろげな精神主義、分析、内観、告白の強烈な必要性が『愛欲』を構成する。ややずらしはあるものの、アモーリは著者の分身である。ここで描かれた司祭のイメージは、内面に向けられた照明の中に浮かび上がる。このイメージは、やがてサント＝ブーヴが執筆する壮大な『ポール・ロワイヤル』の主人公たち、観想の領域の特権的な象徴であるポール・ロワイヤルの隠者や修道女たちの記憶と調和するものである。司祭職へと導かれたアモーリの長い霊的遍歴は、臨終の秘蹟を授け一つの魂を永遠へと送り出すという、司祭としての至高の瞬間にいたる。霊性はその絶頂に達し、また詩的光輝を放つ。

とはいえ、一八三四年の小説におけるサント＝ブーヴの試みには、曖昧さが残る。まったく私的な思い出を、司祭像を通して聖化すること。これによって、聖職はナルシスト的な一種の悦楽の象徴となってしまってはいないか。

十九世紀を通じて、多くの作家たちがキリスト教を解釈し直そうとした。それは世紀を貫く一つの動向であったと言えよう。やがて『ポール・ロワイヤル』を執筆することになるサント＝ブーヴは、『愛欲』の司祭像を通してこの潮流の一画に位置している。彼は霊性の師たちに惹きつけられたが、解釈という行為には、変質のリスクがともなうことを、この小説は示唆する。

第三部　「絶対」の人、過去の人

「死刑執行人の仕事を裁判官が見に来る。九十三年の恐怖政治がフランス高等法院とスペインの異端審問から学んだ慣習である」。ユゴーの『九十三年』のこの一節は、主人公シムールダンをスペイン異端審問を表象するトルケマダと結びつける。ミシュレは『フランス革命史』序文において、異端審問と恐怖政治に同時に言及しつつも、この二つについて、時空間的規模・犠牲者数・残虐性において前者が後者をはるかに凌駕することを強調する。

大革命の担い手の一人であるシムールダンは、未来に託した希望によって「新しき人」たらんとしつつ、司祭的心性ゆえに「旧き人」に留まらざるをえない。ドミニコ会修道士と革命派司祭、この二人の「神の人」に通底するものは何か。第三部第一章では、『九十三年』の主人公の自家撞着的人物像を、戯曲『トルケマダ』を参照しつつ分析する。

第二章で論じるエルネスト・ルナンにおける司祭は、「絶対」の探求者である。ルナンによる司祭は、自他を生身の存在としてではなく、「絶対」にのみ価値を見出す「抽象的存在」ととらえる。ルナンは自らをも「絶対」の探求者とするが、司祭は固定化し古びた教義が示す「絶対」を信じるがゆえに、過去の人たらざるをえない。『思い出』に描かれた司祭像からも推察されるように、この「絶対」の変容は、大革命による時代の変化と深く関わっている。

第一章　ヴィクトル・ユゴー――異端審問から大革命へ

1　異端審問と恐怖政治

ルナンの『思い出』に「システム老人」と題された章がある。このあだ名を持つ人物はかつてのジャコバン党員で、彼の正体を暗示するのは「青・白・赤のリボンで束ねられた萎びたブーケ」であり、それはこの老人が一七九四年五月七日の「最高存在の祭典」の際に手にしていたものだ。そして、この章の結びにはユゴーの戯曲『トルケマダ』（*Torquemada*）に関する記述がある。ルナンは恐怖政治の宗教性に着目して、異端審問と通底するものをそこに見た。革命の理念を奉ずる者たちは、彼らの「血に染まった陶酔の譫妄状態」によって、中世の修道士たちに似る。しかし、彼らは「システム老人」の例が示すとおり、しばしば善意の人であり、慈悲深い性格の持ち主でありさえした。ルナンによれば、ユゴーの作品はこの驚愕に値するコントラストのみごとな例証である。「巨匠ヴィクトル・ユゴー氏によるトルケマダは、どのようにして人間が、感受性のゆえに、隣人愛のゆえに、他者たちを焼き殺すにいたるかを示してくれるだろう」。この一節には、強烈な皮肉が読み取れる。ルナンは理性の制御のきかない「感受性」や「隣人愛」を鋭く告発する。

『トルケマダ』における異端審問、『九十三年』(*Quatrevingt-Treize*)における恐怖政治は共に、自らが奉じる信条の名において他者を死にいたらしめる行為の正当性を疑問視する視点から描かれる。魂の救済に夢中になり、異端審問官は死刑をためらわない。それは革命側に身を置く司祭が、ヴァンデ戦争[1]で危機に瀕した共和国の救済のために行ったことでもある。二つのまったく異なった、むしろ対立さえする救い。一方は宗教教義の保持のための、他方は世俗の体制の確立を目指す行動である。今日の我々にとってと同様、死刑廃止を主張し続けたユゴーにとっても、こういった至上命令は、いかなる状況下にあろうと正当化されえないものであった。

ユゴーの読者であるルナンにとって、『トルケマダ』における隣人愛は怪物的なものである。「神の人」である修道士がやっきになって人々を火刑に処するのは、彼らへの「愛」ゆえなのだ。

火刑の火を燃え上がらせよう! どこまでも高く、陽気に、生き生きと、天上に届くまで。人類よ、お前たちを愛する!

それに対し、『九十三年』の主人公である司祭シムールダンの叫び「お前たちを愛する」については、どのように考えるべきだろうか。ヴァンデの反逆者たちに向かって発せられた革命派司祭の言葉は、ドミニコ会修道士のそれと同じ次元のものであろうか。

確かに、トルケマダとシムールダンを二つの狂信の事例として比較すること自体に、問題があるかもしれない[2]。二人が共にいわゆる「神の人」であるといったような表面的な共通点にもかかわらず、二人の相違は明らかだからだ。しかし、ユゴーがシムールダンをトルケマダと重ね合わせるくだりがあるのも事実である。この章では、ルナンの『思い出』におけるる指摘を手がかりに、二人の人物像を検討することで、ユゴーにおける司祭像の一端を示したい。

2　二人の大審問官

『トルケマダ』の主人公は、魂の救済の渇望に取り憑かれている。「神よ！　それでは誰が憐み深いのか？　私だ！　私は人を救いにやって来た。そうだ、人に神の赦しを与える。これこそが私に取り憑いた思い」。大審問官は、罪人の肉体を火刑台につけるが、それはあくまで魂を救うためである。端緒においては、それこそが異端審問の目指したところであった。ところが現実には、強大な権力を有した聖職者審判の目的は、信仰と教会にとって非常な脅威であった異端者と背教者の排除であったことも否めない。正統派は、異端者たちを葬り去ることが社会の安寧にとって不可欠と信じた。ユゴーの登場人物の執念は異端審問の当初の目的に合致しており、その残虐性のうちに本来の理念を宿しているのだ。

C・ジュイオによれば、トルケマダの性格には革命家マラー（Jean-Paul Marat 一七四三－一七九三）と共通点がある。[3]「人民の友」[4]と呼ばれたマラーの人格について、ミシュレ『フランス革命史』（*Histoire de la Révolution française*）に次のような記述がある。「権利意識、義憤、弾圧される人々への憐みが、暴力的な、残虐ささえともなう情熱と化してしまうことがあるのを、私は多くの例によって知っている。（…）マラーは、複数の人々が考えていた通りに、感受性に突き動かされてあれほど激烈な行動に出たのではないか？」[5]。ジュイオは、このミシュレの問いに答えるようなかたちで、トルケマダの人物造形がされているとする。トルケマダの人物像に革命家マラーの反映を看取するのは容易である。一方、歴史上の人物である大審問官トマス・デ・トルケマダ（Tomas de Torquemada 一四二〇－一四九八）からもその特徴を借り受けていることは言うまでもない。「老いて、謙譲の徳に富み、貧しく」、金にも女にも名誉にも無関心であるがゆえにこそ、トルケマダは王の意思に反する行動も辞さない。ユダヤ人たちが国外追放を免れようと差し出した金に惑わされる王。トルケマダは激しい言葉で王を叱責する。劇中のトルケマダは、女たらしで強欲な王、堕落した修道士たち、快楽主義者で無神論者の教皇[6]の傍らにあって、清廉潔白と非妥協性が強調された人物である。トルケマダは隠者パオラのフランチェスコをも激烈に非難する。「ああ、あなたは自己救済にやっきだ。だが、兄弟である人間たちに対しては何をなすのか？」」。トルケマダを突き動かすのは、常に他者の救いである。

修道士は孤独な瞑想の中で、火刑の意義を暗示する一節を「新約聖書」に発見する。「聖パウロは、『信仰は隣人愛によって燃え上がる』と言った」。この極度に自由な解釈は、もちろん聖書の曲解に過ぎない。聖パウロが火刑を奨励したと考えることには無理がある。『トルケマダ』創作のためにユゴーが残した手書きメモによると、「ガラテア人への手紙」五章六節が該当箇所であり、ウルガータ聖書の《…fides, quae per charitatem operatur》にあたる。動詞 operor を brûler（「燃え上がる」）と訳すのは例がないわけではないが、かなりの意訳である。ユゴーはこの意訳が異端審問の火刑に根拠を与えたのではないかと疑う[7]。ちなみに『新共同訳聖書』では「愛の実践をともなう信仰」と訳されている[8]。ユゴーのトルケマダは「燃え上がる」を「焚殺する」と同時に、抽象的な意味では「命を蘇らせる」と解釈する。すなわち、火刑によって死ぬことで永遠の命に蘇るのだ。登場人物の信念は、聖パウロの意図に反する意味のずらしの上に成立している。マラーの暴力行使にはゆるぎない根拠がないことにミシュレは気づいたが[9]、『トルケマダ』においては、異端審問を正当化する教義そのものに根本的な脆弱さが露呈している。

個人の心理のレベルを超えて、ここで問題となるのは、ある集団、ある共同体を捉える危機の極限状態である。情熱や、極度な緊張の雰囲気が、行動指針にぶれを生じさせ、価値基準をゆがめることがしばしばある。人間が自らの使命と信じるものとその信念を実現するときにとられる行為とのあいだにずれが生じる。トルケマダにおけるように、また恐怖政治の当事者たちにおけるように。

トルケマダは自らが不謬の正義を体現すると信じる。なぜなら、それは神の正義だからだ。生き埋め状態から救出してくれたドン・サンチェとドーナ・ローズへの感謝の思いから、愛し合う二人を王フェルナンドの奸計から救い出し結婚させようとしていたトルケマダだが、二人が犯した「聖性冒瀆」を知るや、たちどころに彼らの死刑を決定する。二人の罪とは、トルケマダを地下から救い出すために地面を掘り起こすのに、墓地にあった十字架を用いたことだ。トルケマダの決定は、異端審問官の義務意識によるものなのか。それはむしろ一種の論理、狭量で形骸化した論理によるものではないか。偏狭な聖書解釈に立脚した聖なる三段論法によって、彼は判断する。その判決は、心を持たない機械の自動性を想わせる。彼は二人の無垢な若者を、この世の堕落から救ったとはたして言えるであろうか。[10]

作品の中で異端審問の大審問官に喩えられる革命家シムールダンも、類似した論理に引きずられている。「シムールダンはすばらしかった。彼がすばらしいのは、その孤独によって、その峻厳さによって、その人を寄せ付けない潔白さによってだった。それはまた、破局の危機と隣り合わせであるからだった。高山はこのような不気味な処女性を有しているものだ」。このシムールダンに関する言説は、『言行録』(*Actes et Paroles*)のある一節を想起させる。そこでユゴーは、「人間の正義」を「この諸徳のユングフラウ、この魂の頂点、この処女…」[11]と形容しているが、それは「人間の正義」がその本質において常に一種の絶対性と関わっているからだ。正義は麗しく高邁な原理であるはずだが、シムールダンが体現する正義は、非常に単純化された理屈に還元される危険性を秘めている。ラントナックの逮捕の瞬間、シムールダンの手が老伯爵の襟首を鷲づかみにする。この手は、死の床にあるファンティヌを前に、警視ジャベールがジャン・ヴァルジャンの襟首をつかむシーンを想起させる。シムールダンもジャベールも、相手の慈悲に満ちた崇高な行為に感動することはない。なぜなら、彼らにとって、法はその本質において仮借のないものであり、いかなる情状酌量の余地も存在しないからだ。

極限的な正義に突き動かされる二人の人物、トルケマダとシムールダン。

トルケマダが拷問される者たちを前に苦悩を味わうのは確かであろう(「おお！　灼熱の万力に、白熱の鉄に締め上げられ！　拷問室で、叫び、泣き、身をよじるお前たちを見て、私はどんなに苦しんだことか」)。しかしそこに「拷問者の愉楽」[12]が混在しているのを否定できるだろうか。拷問は浄化の過程であり、彼らの魂が救いに近づいていると信じる大審問官は、大いなる喜びを味わう。「拷問者の愉楽」は、魂の救済という至高の目的によって正当化されている。ルナンが述べているように、ユゴーのトルケマダが人々の運命に対する感受性を有していることは間違いない。しかし、固定観念が彼の感受性をゆがめる。人間を知り、人間を愛する者と自認する大審問官。その巨大な愛は人類すべてに及ぶ。彼は創造主のごとく、「人知を超える聖なる父性」を自らのうちに自覚する。ユゴーのトルケマダは、幼い者たち、年寄りや女たち、すべての人間のために心を痛める。彼がいなければ、地獄の業火に永遠に焼かれ続けるであろう人々だ。

一方、眼前で拷問の苦痛に身もだえし、泣き叫ぶこれらの人々は、彼にとっては実は一人ひとりの人間ではなく、個々の名前を持たない集団に過ぎないのではないだろうか。ドストエフスキー『カラマーゾフの兄弟』の中で、イヴァンは隣人を愛することの困難さを指摘する。顔を持たず識別できない存在として人々が遠くにあるときにのみ、我々にとって愛することが可能になる。したがって、一人ひとりを知り一人ひとりを愛したキリストの愛は、人間の次元を超えたものだ。イヴァンはキリストの愛を思いつつ、幼い無垢な者たちの苦しみを代価に実現するような人類の救済を断固として拒否する[13]。

『諸世紀の伝説』(*La Légende des Siècles*)で、ベタニアの地においてイエスは、ラザロの死のみならず、自らの死にも直面する。これから起きる奇跡によって、自らが死に就かねばならないことを承知したうえで、自らを犠牲にして、彼は友を復活させる。

石の中を流れる小川のほとりに
棺があった。
そしてイエスは泣いた[14]。

ドストエフスキーのイエスは、一方で人間性を有しながらも、人間的次元を超えた存在である。ユゴーによるイエスには超越の側面はない。しかし、イエスにおけるこの徹底した人間性は、ユゴーによるもう一人の人物像トルケマダの不気味さをより鮮明にする。本来、キリストにならうべき「神の人」を、そのモデルから遠ざけるのは彼らの孤独である。修道士は、孤独の中で怪物と化す。その「奇形の魂」[15]の中で、慈愛は不気味な変質を遂げ、悲劇的なカリカチュアとなる。シムールダンについて、ユゴーは次のように語る。「彼は人類と結婚した。この巨大な総体は、実のところ中身は虚無でしかなかった」。二人の聖職者像を通して、観念的な存在を対象とする愛の問題が浮かび上がる。人間を血肉を持った個人としてではなく、抽象的な実体として愛することには根源的な危険が潜んでいる。

ただし、トルケマダとシムールダンを比較すると、明らかな差異もある。革命派司祭に焦点を当てて、さらに考察してみよう。

3　革命派司祭

司祭シムールダン

シムールダンは、常に司祭として登場する。彼自身が自己をそのように規定し、土地の人々も彼をそう呼ぶ。語り手も同様である。

シムールダンの生涯はおよそ次のようである。その齢は一七九三年には五十四歳くらいと推定できる。また、同年にゴーヴァンは三十歳なので、このシムールダンの愛弟子は一七六三年に生まれたということになる。ゴーヴァンの生まれた年にシムールダンはすでに司祭職にあった。つまり、ブルターニュ地方の貧しい農家に生まれた彼は、二十四歳になる以前に叙階されたことになる。教区における職務を免除されてトゥールグの館で家庭教師の職に就いているが、一七八一年に成年に達した十八歳のゴーヴァンが館を離れると共に、シムールダンはブルターニュ地方の農村に主任司祭として赴任する。その後わずかな遺産を手にした彼は、バスティーユ攻撃の年に主任司祭の職を辞し、自由身分となった。十九世紀においては、財産があり生活の資を持つ者の叙階は減る一方、地位と安定した収入を得るため農民階級から司祭職を目指すケースが増加した。その場合は、教会内部での職務に就くことが義務であったが、シムールダンのように叙階された後に遺産を手にするなどして個人財産を持った場合は、教区での職務から解放されることも稀ではなかった[16]。

小説の始まりにおいて、シムールダンは教会職務を一切放棄した人物として登場する。一方、小説の登場人物たちは、彼を常に司祭とみなしている。ゴーヴァンの軍に合流するためポントルソン[17]に立ち寄った際、共和派の旅籠の主人は、その服装にもかかわらず、シムールダンが司祭ではないかとの疑念を四度にわたって繰り返す。「この男は司祭のような雰囲気だ」「おれが話しているのは、たぶん司祭だ」「ラテン語を話すぞ、まったくもってこれは司祭だ」「しかし、この市民はどうみても司祭の印象がある」。確かに、ユゴーが「司祭の反乱」と形容するヴァンデ戦争の真っ最中であるから、かつての教区付司祭でありながら革命の賛同者であるシムールダンのような存在は猜疑心を呼び覚ますに十分であり、宿屋の主がこのような独白をするのも、自然ではある。ここには、シムールダンのアイデンティティを宗教者として定義づけようとする作者の意図も見透かされよう。

ブルターニュ地方の農民たちは、彼がかつてパリニェ村の主任司祭であったことを知っていて、相変わらず司祭とみなしている。彼らにとっては「シムールダン神父」のままなのである。叙階は秘蹟であり、すべての秘蹟は解消されえないものであるから、終生誓願をした者は、生涯にわたり「神の人」であり続ける。本人が自らの誓願を否定しようが、聖職を離れようが、それは変わることがない。バルベイ・ドールヴィイの『妻帯司祭』(*Le Prêtre marié*)の中で、主人公ソンブルヴァルが棄教したにもかかわらず、土地の人々にとっては神父であり続けるのと同様である。教会組織での職能はないものの、宗教的には司祭は一生涯司祭のままである。

ところで、ユゴーは別の観点から次のように述べる。「司祭職はシムールダンのうちに闇を生んだ。司祭であった者は、ずっと司祭のままだ」。ミシュレと同様、ユゴーは聖職者の独身を問題視する。「この男は絶えず学問した。それによって貞潔を守り抜くことができた。しかし、このような抑圧ほど危険極まりないものはない」。しかし、ユゴーの登場人物は貞潔の誓願の遵守によってミシュレやゾラが描くイエズス会士のごとき腹黒い策士になったわけではない。それに、歴史的には、大革命期において聖職を離れ、カトリック信仰からも教義からも自由になった元司祭には結婚も考えられたはずである。職務に就いている聖職者たちさえ、一七九二年末頃から結婚しはじめ、大革命期に妻帯した司祭は推定で七千人を超えるとされる[18]。ユゴーはシムールダンが独身を貫いた理由を彼の年齢のせいにするが、一方では司祭をアキレウスの師であるケンタウロスのケイロンに喩える。「司祭とケンタウロスの神秘的な関係。なぜなら司祭は体半分しか人間ではないのだ」。ユゴーによれば、司祭を他の人間から遠ざける理由は貞潔のみではない。シムールダンにおける「夜」が象徴するのは、おそらく「絶対」の意識であろう(「彼の中には絶対があった」[19])。

シムールダンは『妻帯司祭』の主人公同様に信仰を失い(「科学が彼の信仰を崩壊させてしまった。教義は彼のうちで消滅した」)、遺産相続を契機に教会組織を離脱した。しかし、彼はソンブルヴァルと同じようなかたちで「脱落」したのではない。マラー、ダントン、ロベスピエールとの会談の折、彼は次のように発言する。

「ラントナックは残虐だ。私もそうなろう。この男とは死を賭しての戦いになる。最後には共和国を解放するのだ、それが神の御心であるなら」

彼は立ち止まって、再び言葉を継いだ。

「私は司祭だ。それはともかく、私は神を信じる」

彼は歴史の出来事の中に、人間の認識を超える「目に見えないもの」の刻印を見る。「革命の中にあるのは、神だ」と彼は敵に向かって断言する。「神の出来事」への確信がシムールダンを突き動かし、司祭という霊的アイデンティティが、彼をして「絶対の人」となす。ルナンは、「『主は私の分け前』と一度口にした者は、もはや他の人間と同じではありえない」[20]と記したが、これは第二バチカン公会議以前、司祭職への前段階にあたる下級品級を受ける際に発せられた言葉であり、「詩篇」十六章の五－一にある。元神学生が意味するのは秘蹟の効用ではあるまい。むしろ、人間を超えたものとの接触の意識であろう。

シムールダン―司教館の常連、さらに公安委員会代表

マラー、ダントン、ロベスピエールとの会談は、一七九三年六月二十八日の設定である。この日付は歴史的に見ると二重の意味を持つ。まず、ジロンド党員たちの逮捕によって引き起こされた危機的状況と対応していること。[21]次に、ナポレオンがフランスの運命はこの戦いによって決まったと述懐したナントの戦闘（六月二十七、二十八、二十九日の三日にわたって繰り広げられた）の二日目に当たっていることだ。[22]問題の日、革命の三人の巨人たちはこの重要な戦いの勝敗の行方を知らないわけで、そうした劇的な状況の中で、シムールダンをヴァンデにおける公安委員会の代表に任命する。

ジロンド党員たちの逮捕は、ルイ十六世の処刑に始まった恐怖政治の進展にいっそうの拍車をかける出来事だった。一七九三年五月二十五日、ジャック＝ルネ・エベールの逮捕に抗議したパリのセクションに対して、ジロンド党員であり国民公会議長であったイスナールは「パリ市民たちよ、用心するがいい。あなた方の都は跡形もなくなるだろう。パリはいずこにあったかと探す日がやってくるだろう」という脅迫の言葉を投げかけた。この出来事を受け、パリのセクションは五月二十九日に司教館[23]に集合し、「司教館委員会」の名の下に蜂起委員会を組織する。この蜂起委員会は三十一日には革命中央委員会へと拡大するが、シムールダンはこの組織の一員である。ミシュレによれば、ジロンド党の失墜に関して、ロベスピエール率いるジャコバン党員たちより、司教館委員会の動向が大きく影響したという。ルイ・ブランは、ジロンド党の排除はその他の革命勢力も望んでいたことだったがゆえに、司教館委員会は多大な力を持ったのだとする。[24]マラーさえ恐れたというこの組織への所属によって、シムールダンの人物造形が規定される。この革命派司祭にまつわる諸々のエピソードは、彼が王政に強く反対していたことを示す。国民公会議員であったなら、当然王の処刑に賛成投票したであ

ろうと読者は想像するだろう。裁判での罪状によれば、ジロンド党は中央政権に対して地方を抵抗させる先陣に立とうとしたとされる。[25] シムールダンが彼らの排除を目指して蜂起に加わっていたことは、言うまでもない。一方、見識と徳を備えた人物として、司教館の他のメンバーは彼に畏敬の念を抱いている。ユゴーが参照したとされるルイ・ブランの『フランス革命史』には、司教館の人々について、次のような興味深い記述がある。「しかしながら、彼らは極度な暴力に訴えるのを躊躇していた。そのことを示すかのように、討議の行われる部屋のベンチには当時の状況下では不釣合いに思える『教育と良俗だけが人を平等にしうる』という標語が書かれた横断幕が張られていた」[26]。

六月二十八日のマラー、ダントン、ロベスピエールとの会談において、シムールダンは第四の勢力を表象する。意見対立があるとはいえ仲間同士とみなされ、地獄の三対の審判者に喩えられる三人組とは異なり、シムールダンは彼らのあいだにあって「異邦人」である。ヴァンデの前線で戦う司令官ゴーヴァンの寛容を糾弾するシムールダンは、その非妥協的な姿勢によって、マラーと一致する。が一方、彼はマラーに反対し、大同団結を説く。小説は、この架空の人物に恐怖政治下の潜在的不安を仮託する。

自家撞着的人物像

『レ・ミゼラブル』には、ミリエル司教がギロチン台まで死刑囚に付き添っていくシーンがある。「ギロチンは法の実現である。それは«vindicte»(「社会的報復」)と呼ばれる。それは中立ではない。それを前にして誰も中立でいることはできない」[27]。vindicte は「処罰」と同時に「報復」を意味する。[28]『死刑囚最後の日』(*Le Dernier jour d'un condamné*)の前書きによれば、社会は報復も処罰もしてはならない。なぜなら、報復は個人のことであるし、処罰は神に属するからだ。[29]「神の創造物たる聖なる個人」という考えを敷衍するなら、いかなる状況下であろうと人間共同体がその一員を死刑に処することは許されない。『レ・ミゼラブル』では、一人の司教がユゴーの信念の代弁者となる。この選択は、司祭が死刑囚に付き添うという慣例のゆえだけではない。ユゴーにとって、十字架は死刑のあらゆる残虐性の至高の象徴であるからだ。『エヴェヌマン』紙[30]の裁判に際して、彼は作家として、議員として「血に血で報いる法」と戦う宣言をする。「私はそれを誓います。二千年前に人々の永遠の教訓となったこの処刑台、人間の掟が神の掟を磔にしたこの処刑台の前で！」[31]。「神の人」たる司祭は、ミリエル司教のように福音書に忠実であるなら、どんなことがあっても死刑台を許容してはならないはずだ。

シムールダンはどうなのであろうか。ラントナック伯爵を逃がしたゴーヴァンとのあいだで交わされた会話を、「剣と斧の会話」とユゴーは形容する。このメタファーは、『アイスランドのハン』（*Han d'Islande*）におけるオルドネールとハンの戦いを想起させる。さらに『笑う男』（*L'Homme qui rit*）の中でグウィンプレンが上院で発した悲劇的な演説には、「剣で武装した王たちの連隊が斧で武装したクロムウェルに行く手を阻まれた」[32]という表現が見える。斧は野蛮と反逆を表象する。しかし、斧が表象する民衆の暴力は、抑圧的な旧世界が必然的に招来したものである。またそれは死刑執行人の道具であると同時にギロチンの刃にも似て、情け容赦ない正義を象徴する。下層階級から抜け出させようとしてわが子に司祭職への道を歩ませた両親の意向に反し、シムールダンは自らの意思で自らの原点へ戻っていく。下層の民衆の歯止めのきかない暴力性と、彼は親和的関係にある。しかし、学問を積み司祭職を経て指導的立場に立った後に、自ら革命に身を投じた人物の行動は、危機の時代の大衆の暴力をそのまま投影するものではない。

ルイ十六世の裁判中にシムールダンがどのような態度をとっていたかは明らかにされていないが、ヴァンドーム広場で王たちの像の破壊を先導したエピソードは、彼の王権に対する絶対的な非妥協性を示す。「どうしてサン・マルク・ル・ブランの修道女たちを釈放したのか」「どうしてルーヴィニェで逮捕された狂信的な老司祭たちの一団を革命裁判所に送るのを拒否したのか」、矢継ぎ早にゴーヴァンに投げかけられた質問から、シムールダンの峻厳な姿勢が読み取れる。ゴーヴァンとは反対に、彼であれば誰一人容赦しなかったであろうと、読者は想像する。

しかし、シムールダンの過酷さを証明する具体的な挿話はない。彼は自らが命じた処刑に立ち会う裁判官の「習慣」を持っていたとされる（「彼はグランヴィルにおけるルキニオ、ボルドーにおけるタリアン、リヨンにおけるシャリエ、ストラスブールにおけるサン＝ジュストのように、自ら処刑に立ち会うという模範的な慣習に従っていた」）が、その「習慣」の一端を描いたシーンはまったくない。ゴーヴァンのもとに派遣されて以来、彼らの対立は「潜在的」だが「深刻」だったとされている。革命政府の代表が現地の軍の指揮官の意に反して、自分の厳格な決定を実行させたことがあるとは考えにくい。シムールダンという人物はきわめて自家撞着的だ。パリ市病院で、腫瘍のために喉がつまった男から、口移しに膿を吸い出し命を助けたエピソードはまさに聖人伝のそれである。彼は陰鬱であると同時に優しく、獰猛だが友好的であり、武装しているが武器は使わない。「彼は負傷者に包帯を巻き、病人を看護し、裸足の子供たちに心を痛めた。何一つ所有せず、すべてを貧者に与えた。戦いの場へ出向いて、連隊の先頭に立った。しかし、武装していなかった。なぜなら、一度も剣を抜いたこともピストルに触れたこともなかったからだ。敵の攻撃を受けながら、応戦しなかった」。彼の「残虐な」様子が描写されるのは、ラントナックの逮捕とそれに続く自分の愛弟子の処刑決定のシーンだけである。

信仰を捨て共和主義者となったものの、すべてを絶対の視点から見る精神を彼は免れえない。革命軍を象徴する「青」を身に纏ったはずが、なお神の奉仕者であることを示す「黒」の人に留まる。二人のブルジョワの次の会話が象徴するように。「二人のブルジョワが付け加えた。『チュルモーとシムールダンだ。白い司祭と青い司祭だ』。『二人とも黒だ』ともう一人のブルジョワが言った」。

シムールダンは自ら決したゴーヴァンの処刑が行われ、愛するかつての教え子の首が切断された瞬間、自ら命を絶つ。しかし、当時の状況を考えるとき、反革命勢力の首領ラントナックを逃したゴーヴァンに対する罰は、死刑以外には考えにくい。

大審問官に喩えられたシムールダンの自殺は、その教義の全面否定を意味する。彼が掲げてきた信条が、実は「神の正義」ではなかったことに、彼は気がついた。シムールダンは自殺によって自らを罰すると同時に、人間の法の絶対性を否定する。人間が勝手に神の意思の表現と思い込んでいる法の絶対性をだ。その法ゆえに、彼はこの世でかけがえのない存在の命を自ら絶たねばならなかった。そして彼の自己破壊は、司祭という存在を過去のものとして葬り去る行為でもあった。

ゴンクールは一八六二年六月二十九日の『日記』に次のように記している。

最近、ミシュレは友人の一人に出会った（ミシュレは、次のように語ったということだ）。「ああ、私も随分と年を取った。今年、私を打ちのめす出来事が二つあった。一つは息子の死。それについで、ユゴーの小説だ！　何たること！　評価に値する神父を登場させ、興味深い修道院を描いたのだ！　ヴォルテールのようでなければだめだ。それはあなたの思想、あなたの原則の敵なのだ。いつも乞食坊主、ろくでなし、男色家として描かなくてはだめだ！[33]」

『レ・ミゼラブル』に対して仮借ない評価を下したミシュレは、『九十三年』が出版されたときにはすでに亡き人であったから[34]、ユゴーの最後の小説に関してのミシュレのコメントは知りようもない。しかし、聖職者に対して一切容赦しないヴォルテール流の反教権主義を満足させられたとは思えない。

ユゴーも一八五一年の亡命以来、反教権主義感情を強めていった。それにはいくつかのもっともな理由がある。第二帝政下、政権と友好的関係にあったカトリック教会は栄華を極めた。ユゴーにとってかけがえのない民衆の都市パリは、新たに建設された多くの教会と大幅に増えた司祭をかかえて、さながら宗教都市の様相を呈した[35]。彼の死刑廃止に向けての戦いは、しばしば聖職者たちや保守主義者の反対によって行く手を阻まれた[36]。しかし、ユゴーは反教権主義のプロパガンダのために、登場人物の司祭を利用することはしなかった。

C・レタは、『言行録』の最初の前書きを引き合いに出しつつ、ゴーヴァンとシムールダンの一対は権利と法を表象していると指摘する[37]。この考察を参照して読むと、ユゴーがパリ・コミューンの参加者たちを弁護する一節には大変興味深いものがある。作家は、自らの追放を覚悟で、パリ・コミューンの残党を政治亡命者と認めないベルギー政府の決定に対して次のように抗議する。


　庇護を拒否するのは誤りだ。

　法はこの拒否を認めるが、権利はそれを禁じる。

　この文章を書いている私には一つの主義がある。それは Pro jure contra legem（法に反して権利を擁護する）だ。[38]

　この引用からは、敗者の非人道的扱いを許すいかなる法にも反対するユゴーの立ち位置がはっきり見て取れる。ゴーヴァンを死に追いやった恐怖政治の法を、小説家が拒否するのは言うまでもない。しかし、法を適用した当事者シムールダンは、決戦の始まる前に次のように敵に向かって叫んだ。「私はお前たちを愛する。私はお前たちの兄弟だ。農民の息子に生まれ、農民信徒たちの中で長いこと田舎司祭だった私は、皆の日々の苦しみを知っている。革命の支持者になったのは、彼らのような惨めな者たちの救いのためではなかったか」。彼は追い詰められた反革命の徒たちに向かって降伏を呼びかける。「すべての意識――お前たちの意識さえもが――ついに理解するとき、すべての狂信さえもが――ついに消滅するときを待つあいだ、この大いなる光明が実現するときを待つあいだ、誰一人お前たちの無明を哀れまないということがあろうか。お前たちを救うために、私は身を捧げたい」。この呼びかけが示すように、シムールダンは反革命派と革命派の立場を超越的な視点から分析する。法は勝者が定めたものであり、それは時代に左右されるがゆえに過渡的性格を帯びる。そのことを自覚しながらも、ゴーヴァンの裁判にあっては、彼は法の絶対性に従い、「福音書」の原理を放棄する。

　ユゴーは、「絶対」とのある種の関係性を非神聖化しようとした。なぜならそれはすでに旧弊なものでしかないからだ。司祭は神性についての偏狭で時代遅れな観念に固執しているゆえに、ユゴーにとっては未来のない存在の一つの表象である。彼によれば、キリストを十字架にかけたのは、これらの硬直した観念なのだ。『九十三年』の中で、過去の人である司祭は、シムールダンが自らそうあると信じる未来の人の中に生き続ける。そして、革命家もまた一種の狂信に屈する。シムールダンとトルケマダのドラマが投げかける問いは、個人の心理を越えるものである。強力な思想の支配とその思想が引き起こす自己喪失の状態は、最も高貴な意図さえも変質させてしまう。かくして人間は自らを見誤ることになる。あるシステム、あるイデオロギーの奴隷となり、自らが奉じる諸価値の真の意味を分析できなくなる。ルナンは、システム老人の無害な例を引き合いに出しつつ、思想の専制的な力を描いた。システム老人にあってはたわいないものが、他の人々を「血に染まった陶酔の譫妄状態」へといたらしめる。人は情熱のさなかにあってしか偉大ではないとしても、しかし情熱は狂信の恒常的な危機に人をさらす。この両義性の原理は、ユゴーにおいてはドラマを作りあげる強力な推進力であり、歴史の底にうごめく得体の知れない怪物のような存在として把握される。

第二章　エルネスト・ルナン──「抽象を本質とする人々」の隠喩《メタファー》

一八四三年のクリスマス、サン＝シュルピス神学校の礼拝堂でルナンは剃髪式に臨んだ。一九六三年の第二バチカン公会議以前において、剃髪式は世俗状態の終わりを意味した。さらに六ヶ月後、守門、朗読奉仕者、祓魔師、教会奉仕者の四つからなる下級品級を受けることになる。[1] しかし一八四五年に彼は、当時は上級品級に含まれていた副助祭になることを拒絶する。「……副助祭に進むよう言われたけれど、今年はそれを拒否してしまった。姉さんもたぶん知っているように、それは後戻りできない一歩とされているから」[2]。この一八四五年三月十一日付の姉アンリエット宛の手紙が示すのは、上級品級に属する副助祭を受けることが終生誓願になると、ルナンが強く意識していたという事実である。同年ルナンは神学校を出て、教会の外で生きる道を選択する。つまり彼は剃髪式に臨み下級品級を受けたものの、司祭としての終生誓願を行うことなく、二十二歳で聖職への道を放棄したのだ。したがって、彼は司祭の叙階は受けておらず、「司祭職離脱者の長」(défroqué en chef) というペギーの表現は、[3] 厳密には当てはまらない。

「私は職業上は司祭ではなかったが、精神的には司祭だった。私のすべての欠点はそのことと関わりがある。それは司祭の欠点である」。サン＝シュルピス神学校と決別して四十年後、ルナンは『思い出』(*Souvenirs d'enfance et de jeunesse*) にこう書き記す。自らのうちになお残る宗教教育の痕跡は、「欠点」という語によって、否定的に意識されているように見える。世俗に戻ったルナンにおける司祭的なものとは、神学校によって植え付けられたさまざまなかたちの習慣の残存と解釈され、ユイスマンスの言を借りれば「脳みそをこねくりまわす」特殊な教育の欠点が還俗後も維持されているというわけである。[4] このルナンの「欠点」をめぐって、ペギーの興味深い観察が示すように、ある種の誤解が生じた。[5] それは、ペギーの記すところでは、多様な転換を受け入れうる精神の柔軟性に関連する。一方、『思い出』の著者自身は、自らの特殊性を次のように説明する。「師たちは、世俗の者への軽蔑を私に教え、高貴な使命を持たない人間は、神の被造物として取るに足らぬ者だという考えを私の中に深く植え付けた」。言い換えるなら、それは絶対の意識であり、崇高なもの、人間を超えたものへの志向である。

ミシュレやゾラといった作家たちが聖職なるものを外側から眺めるに留まるのに対し、司祭はルナンにとって、二つの意味で内的観察の対象である。それは一方では、元神学生として聖職者の世界に実際に生きたからである。他方、彼はある意味で、自らを「精神の司祭」、「なりそこないの司祭」と意識していた。これらの表現にはユーモアが感じられないわけではないが、一縷の真実があるのも確かである。

1 「抽象を本質とする人々」

神学校を出てまもないルナンは、後に十九世紀フランスを代表する著名な化学者となるマルセラン・ベルトロ（Marcelin Berthelot 一八二七－一九〇七）と知り合う。ベルトロとの議論、手紙の交換を通じてルナンは、教会の外での人生のヴィジョンを序々に構築していく。生涯にわたって続いたベルトロとの友情について語りながら、自己定義を行っている『思い出』の一節が、まず我々の目を惹く。青年時代からの親友である二人は、自分たちの交流を、神を求めて生涯を生きる修道者のごとく、科学の探求に身を投じる者どうしの高い次元からのみ認識する。

私たちがそうであったところの類のない友人の一対を表現しようとするとき、私は手を取り合っている白衣の二人の司祭を思い描く。この衣装は高尚な事柄について話す妨げにはならないが、このような服装で、一緒に葉巻をくゆらせたり、下らないことを言ったり、あるいは身体の当然な欲求を、それがいかに自然なものでも、認めるという考えは起こらないだろう。

「同じ対象を見つめる両眼の関係」に喩えられるほどの親密な友情に、若者同士の、あるいは長い年月がもたらすごく自然な「なれなれしさ」が欠如していることを、ルナンがその特徴として強調していることは特筆に値する。人はその日常の中で、さまざまな個人的・社会的規準によって、他者との関係を構築する。本能的な感情、社会的利害、さまざまなレベルでの慣習などが、交友関係を支配する。ルナンはベルトロとの関係をそれとは別なものと認識し、その唯一性を強調する。そして、この独特な友情を「白衣の二人の司祭」のイメージによって表象する。この二つのイメージ（「同じ対象を見つめる両眼」と「手を取り合っている白衣の二人の司祭」）の結合が興味深い。同じ対象を見つめる二つの目は、科学の出発点である経験のイメージである。白衣を着た二人の司祭は、別次元の、聖化の象徴である。ルナンにとってこの聖性は、人が「神に触れる」ことを可能にするあらゆる理念、特に科学に移し変えられている。かくして〝抽象〟は、彼にとって「神における生」の隠喩となる。司祭は、「神」すなわち「人間を超えたもの」への奉仕者という役割によって定義される。ルナン独自の移し替えによって、司祭はここでは、「理念に生きる人」とされる。『思い出』の著者は生涯の友との関係をより明確にするために、さらにこの表象を敷衍し次のように述べる。

亡くなったフロベールはサント＝ブーヴが『ポール・ロワイヤル』の中で語っていること、すなわちポール・ロワイヤルの隠者たちが生涯にわたって同じ家に住みながら、死ぬまで「ムッシュー」と呼び合っていたことを、ついに

マルセラン・ベルトロ

理解できなかった。それはフロベールが抽象を本質とする人々について、まったく見当がつかなかったからだ。

ポール・ロワイヤルの隠者たちも属しているとされる「抽象を本質とする人々」（*natures abstraites*）のカテゴリーの中に、ルナンとベルトロも含まれる。では、フロベールにはどうしてそれが理解不可能だったのか。一八六二年末のサント＝ブーヴ宛の手紙で『サランボー』の著者は、カルタゴを舞台とした自分の歴史小説を引き合いに出しながら、『ポール・ロワイヤル』の主人公たちに対する違和感を明言する。「一緒に共同生活を送っていながら、死ぬまで『ムッシュー』と呼び合っている人々は、入れ墨をしている野蛮人たちに比べても、反人間的で、風変わりで、珍妙で、稀な人種だと私には思えます。彼らが私からあまりに遠い存在であるからこそ、私にも彼らを理解させてくれるあなたの才能に感嘆します。つまり、ポール・ロワイヤルの存在を信じはしますが、まったくのところカルタゴに生きるほうがはるかにましです」[6]。フロベールにとって、ポール・ロワイヤルの隠者たちのあいだのよそよそしさは非人間的で、彼らは人間の普通の在り方からはずれた人々である。それに対し、ルナンは彼らを「自らが善と信じるものの観念に取り憑かれた強い魂[7]」と呼び、それゆえに「抽象を本質とする人々」とする。ポール・ロワイヤルの人々は、人間の全体性から、彼らによれば人間の本質をなす〝神の礼拝に生きる本性〟、別の言葉で言えば「神の中の生」のみを抽象し、互いに互いをそうしたものとして認識しようとする。いいかえれば、それは〝神の礼拝に生きる本性〟以外を捨象することでもある。こうした認識は、社会的存在の日常性の中で生まれる親密さの根拠を失わせる。つまり「ムッシュー」という呼びかけは、この抽象によって互いを認識しようとする努力を示している。ポール・ロワイヤルの隠者たちは、神の視線の中でのみ、「絶対他者」（Tout-Autre）の展望からのみ、他の人間との近親性を生きる。

ルナン、ベルトロは生涯 vous で呼び合い、決して tu を使わなかった。これはポール・ロワイヤルの隠者たちに敬意を払ってはいるものの、その宗教的な「ムッシュー」の使用を想起させる。ただし、ルナンはポール・ロワイヤルにおける「ムッシュー」の使用を想起させる。ただし、ルナンは彼らを強い魂の持ち主たちととらえ、彼らの文章の美しさにも表れる内的高貴に賛嘆する。しかし、彼らは過去に属する人々である。その崇高な霊性のイメージによってのみ、彼らは生き続ける。だが、科学の人である十九世紀の二人が十七世紀の信仰者たちと共に「抽象を本質とする人々」のカテゴリーに入る理由を、我々はスピノザ没後二〇〇年を記念して一八七七年にハーグで行われたルナンの講演の中に見出すことができる。「理性に支配された魂、哲学的魂は、すでにこの世において神に生きており、死を免れています」[8]。ルナンの言う魂や神がキリスト教による定義と異なっていることは指摘するまでもなかろう。ルナンには宇宙に関する高次の思索が、神の礼拝に通じるという意識がある。これは同じくスピノザ論の中で、アヴィラの聖テレジアと『エチカ』の著者が並列して論じられていることにもうかがわれる。つまり今一度確認するなら、ポール・ロワイヤルの隠者たちとルナン、ベルトロが共有するのは、抽象による人間の把握であり、相手の中に宇宙の考察に生きる存在、あるいは絶えざる神の瞑想に生きる存在しか認めないことにある。典礼用の白衣（スルプリ）を纏った司祭は、神の諸事に捧げられた人である。ただし、ルナンにとっての神は、『哲学的対話』（*Dialogues et fragments philosophiques*）の第三部で表現されているとおり、世界の最終目的として定義される。

2 『思い出』に登場する司祭たち

『思い出』には実に多くの司祭が登場する。その中には母親の思い出話に出てくる司祭たちもいる。彼らは、ルナン自身の思い出というより、むしろ母親の思い出に属している。神学校でルナンが直接知遇を得た師たちと比して、彼らは年代的にもより過去の人であり、二重に記憶のフィルターを通っている。

一つの例はルナンの祖母と母両人の体験として示される。大革命の激動の中、宣誓拒否司祭を自宅にかくまったルナンの母方の祖母ラスブレーズ夫人の物語は、劇的な後日談をともなう。宣誓拒否司祭の逃亡幇助のかどでギロチン刑に処された女友達とは異なり、運よく処刑を免れたラスブレーズ夫人は政教条約締結によって状況が変化した後に、娘をともない、かつてかくまった司祭の一人に会いに出かける。遠路の果てに彼女たちが見出したのは凍りつくように冷たい応対だった。「司祭は彼女に一杯の水さえ差し出さなかった」。「一杯の水」を与えることは隣人愛の証であると共に、キリストの教えの受容を意味する（「マタイ」一〇‐四二、「マルコ」九‐四一）。さらには天国の扉を開く鍵でもある（「マタイ」二五‐三一～四〇）。それは最低限の行為でありながら、同時にキリスト教の愛の究極を象徴する。つまり、このエピソードにおける司祭の拒絶は、絶対的なものとして描かれている。この「一杯の水」のイメージは、当の司祭が最も基本的な愛他行為を怠り、単なる思いやりさえ欠いていたことを示していないだろうか。その後、ルナンは次のように解説する。

司祭は「女よ、あなたと私のあいだに何の共通するものがあるか」（Femme, y a-t-il de commun entre vous et moi ?）と出し抜けに言ったかのようで、かつて受けた善意に対して感謝しなければならないと、認めようとしなかった。祖母はおそらくこの司祭の深い叡知を、ついには理解したことであろう。女性にはこれほどまでの段階に達した抽象を認めることは難しい。目的をもって共になす行為は、彼女たちにとっては常にある人のうちに人格化されており、互いに知り合いもせず、愛し合うこともなく、並んで戦ったなどということを当然とはとても思えないのだ。

《Femme, y a-t-il de commun entre vous et moi ?》は、十九世紀に広く流布していた、ポール・ロワイヤルの司祭ルメートル・ド・サシー訳聖書の表現である。これはカナの婚礼の場でイエスによって母マリアに向かって発せられた言葉(「ヨハネ」二−四)であるから、司祭の言動がイエスの言葉によって説明されていることになる。司祭と女性は大革命の只中にあっては、信者たちに聖体すなわちキリストをもたらすという共通の理念、崇高な目的において一致していた。しかし、いったん革命の嵐が終息するや、死を覚悟で苦労を共にした者同士の自然な愛着や連帯感が拒否され、日常的なつながりに基づいた一切の親しさが拒絶される。

この司祭の態度は、哲学劇『ネミの司祭』(*Le Prêtre de Némi*)の主人公アンティスティウスを想起させる。古代ローマの神ネミに仕える司祭アンティスティウスは巫女カルメンタのうちに、巫女としての役割しか認めない。カルメンタという存在の中から、「神を崇める、巫女として本性」のみを抽象して、これを真のカルメンタとするのである。自分に恋する女性の存在を否定し、同じ目的に身を捧げる者としてのつながりにおいてしか、彼女の存在を容認しない。『思い出』における宣誓拒否司祭の言動は明らかにアンティスティウス的認識と通底している。しかし、このような他者の受容の在り方は、相手を手段としてしかとらえない冷酷性とも解されうるのではないか。

宣誓拒否司祭の言動は、さらに「抽象」という語によって説明される。しかし、この司祭が到達した「抽象の段階」は、フロベールの語を借りれば、「風変わり」で、「反人間的」である。彼の態度は例外ではなく、聖職者に共通する冷厳さとして示される。

『思い出』には、母が語る挿話としてもう一人の司祭が登場する。それは「麻ほぐし」と題された章であるが、「麻ほぐし」というあだ名の人物ケルメルは革命で落ちぶれた田舎貴族で、革命後もその土地の名士であったとされる。その一人娘が教区の助任司祭に恋する。

おお！　もし助任司祭から避けられたり、厳しく扱われたりしたのであれば、それは彼女にとって勝利だったでしょうし、助任司祭の心をとらえた証拠であったでしょう。ところが、相変わらずのこの礼儀正しさ、最も明らかな恋のしるしさえ見ようとしないこの決然たる態度は、何か恐るべきものでした。（…）助任司祭は、彼女を抽象的存在としてしか認めないという、断固たる決心から一歩も出ることはなかったのです。

娘の気持ちに断固として抗することは司祭として当然であるにしても、彼は禁じられた恋に苦しむ女性の心に配慮しないばかりか、その後の展開の中でも、彼女を狂気にまでいたらしめる屈辱感、さらに非常に誇り高い父親の「麻ほぐし」が、娘ゆえに被らねばならなかった不名誉についても、一切意に介さない言動をとる。この無感覚は、教育と職能によって人間存在を絶対との関係のみで眺めるように仕向けられた宗教者に固有のものとされる。

この司祭の態度は極限的なケースであるが、しかし例外ではない。女性を抽象的存在として扱うということは、つまり相手に対しても、自分が神の僕としての職能に完全に捧げられた存在であると容認させることである。アンティスティウスとカルメンタの例を再び引けば、アンティスティウスは、カルメンタを巫女という役割を持つ抽象的存在としてしか認めないと同時に、自分が司祭であり続けることを宣言して、彼女に自分の中に司祭しか認識しないことを強要する。恋に狂う女性にとっては、それは明らかに不可能な要求であり、ケルメルの娘のケースでは、痛ましい結果をもたらす。ただし、カルメンタは、アンティスティウスの意思を引き継ぎ、彼の復讐を果たすから、その点では同様ではない。

娘の一件の後、正統王朝派であった「麻ほぐし」は、一八三〇年の七月革命に続くブルボン王朝の終焉にも立ち会ってから、まもなく世を去る。「麻ほぐし」の死は地上でのすべての望みを失った者の死として描かれているが、その臨終の枕辺に例の助任司祭が付き添う。「『麻ほぐし』はそれから間もなく亡くなりました。臨終には助任司祭が付き添い、死者の祈禱の際に読むあの美しい一節を、彼に解釈して読み聞かせました。『希望を持たぬ異教徒のごとくなるなかれ』」。彼は死に行く者に臨終の秘蹟を授け、司祭としての義務を履行する。永遠の視点によってのみ、全存在は象徴として一瞬のうちに把握される。そしてそれは全的な肯定の瞬間でもあるのだ。

「麻ほぐし」とその娘が社会的屈辱を受けないよう気遣うことをせず、そのことによって「麻ほぐし」から生きる希望を奪ったのは、この同じ司祭である。この挿話の語り手であるルナンの母は、人々の自然な感情＝良識を代表しており、彼女の語りからは、司祭が父と娘の心理に少しでも配慮して行動していれば、前者の絶望、後者の狂気という破局を回避できたであろうという含みが感じられる。

ルナンはここで、極限的ケースの悲劇を語っていると言えよう。なぜなら、当時の司祭たちは霊的指導の訓練を受けており、一般的には人間の感受性や脆弱さをないがしろにしていたとは思えないからだ。この「麻ほぐし」の挿話を通して、ルナンは愛と宗教の難解な関係を暗示する。助任司祭像を通して示されるのは、〝抽象による人間存在の把握〟の徳性というよりも、むしろ危険性である。ルナンによれば、〝抽象による人間存在の把握〟は、その意味を変えるときが来ている。

3　先駆者としてのラムネとル・イール氏

さらに、「抽象」(abstraction)という言葉を手がかりに、ルナンが一八五七年に書いたラムネ論を取り上げてみよう。ルナンは『思い出』の中でもラムネに触れており、青年期の草稿の中で、ラムネ、パスカルと自分自身を並列させて考察していることからも、ルナンにとって大変気になる存在であったことがわかる。[9]「神によって触れられた者は、常に例外的な存在であり続けるだろう。何をしようと、他の人々のあいだにあって場違いな存在であり、ちょっとしたことでそれとわかってしまう。彼には同時代の人々の中に仲間が一人もいなかったし、彼に対して、若い娘たちはまるで微笑むことがない」。私たちの注意を引くのは、この「ラムネ氏」からの引用が、一八四八－一八四九年に執筆された『科学の未来』（*L'Avenir de la science*）にあるルナンの自己描写と、一字一句同じである点だ。「ラムネ氏」からの一節を続けて見てみよう。

ラムネはあまりに心底から司祭であったので、決してその特徴を失うことがなかったのだ。（…）彼の豊かで実直な本性は、一度に人生の二つの極みに達することを願ったように思われる。しかし、抽象的在り方へとあらがい難く引きつけられたことで、彼と素朴な生（la naïveté）のあいだには際限のない深淵がうがたれた。この巨大な空虚が彼の責め苦であったが、同時にまた彼の高貴さをなしていた。彼は運命によって幸福な生の諸条件から徹底的に遠ざけられた。しかし、おそらくそれなしには、私たちにとってラムネがこれほど高邁に、これほど純粋に映りはしなかったであろう[10]。

司祭職を放棄したという点において、ルナンはラムネと自らの類似性を意識していた。それは、『科学の未来』の末尾から明らかである。「私は教会によって育てられた。教会のおかげで、今私はこのようにしてある。そのことを決して忘れはすまい。私を世俗から隔ててくれたことに感謝しよう。神によって触れられた者は、常に例外的な存在であり続けるだろう。何をしようと、他の人々のあいだにあって場違いな存在であり、ちょっとしたことでそれとわかってしまう。若者たちから陽気な誘いを受けることもなく、若い娘たちはまるで微笑みかけてくれない」[11]。教会の外に自らの新たな進路を模索していた著者の自己分析の表現が、ラムネ論の中にほぼそっくりそのまま移し替えられている。彼らは共に「神に触れられた者」である。

この一節から浮かび上がってくるのは、孤独な人としてのラムネ像であり、この孤独は司祭であったこと、教会を離れた後も司祭であり続けたことに由来する。司祭であることによって、素朴な生、すなわち「普通の人間的な生」を送ることが不可能になる。それゆえに、彼は生涯にわたって民衆のために戦い続けたのだが、真に彼らと一体化することができなかった。ラムネは、死後も民衆と運命を共有するため、共同墓地に葬られることを望んだ。意味深長なのは、ルナンがその墓を「ある老いた司祭の墓」と称することだ。「抽象的在り方にあらがい難く惹きつけられた」者は、他者をありのままに受け入れることがなく、そのことによって人間的な幸福からも遠ざけられる。ルナンによれば、ラムネの運命は、まさに司祭の運命である。しかし、一方でラムネの偉大さはそこに起因する。

確かに、教会との決別という点でラムネはルナンの先駆者と言えようが、その動機はまったく異なったものであり、教会を離れた後の彼らの人生もまた、まったく別の方向を辿った。ルナンによれば、民衆との連帯は、ある種の宗教者たちの特徴的な行動パターンであり、歴史に先例がある。有名な例が十三世紀のフランチェスコ派修道会の人々である。「彼らの見解を支持してくれるかぎりは教皇庁に加担し、その庇護が取り消されるや、教皇庁の宿敵と同盟した果敢なフランチェスコ派会士たち」に、ラムネは比較される[12]。つまり、ラムネの行動は世界の全面的変革を目指した「永遠の福音書」の運動と関連付けられる[13]。この視点からは、未来の熱烈な共和主義者ラムネは、かつての聖職者の予見可能な後の姿だったことになる。

だが一方でルナンは、ラムネが「放棄した信仰のすべてを否定し、あまりに絶対的に変節した[14]」ことに対し、強い遺憾の意を表明する。確かに一八四一年に出版された『宗教と哲学に関する考証的議論と諸所見』(*Discussions critiques et pensées diverses sur la religion et la philosophie*) には、教会との対立姿勢のみならず、教義に関しても激烈な弾劾が見られる。ラムネにおけるカトリシスムの絶対的否定は、ルナンの目には矛盾と映る。「真実も魅力もないものをかつて信じ、愛したと認めることは、自分自身への嘲りに等しい[15]」。ルナンはこの考えを変えることはなかった。「アクロポリスの丘での祈り」(『思い出』)からも、そのことがうかがわれる。

ラムネは「派を変えた」。つまり、かつての「派」、すなわち教会を完全否定し、民主主義という別派に鞍替えした。

「陰鬱で狂信的な司祭が、民主主義者の中に再現し」[16]、彼は「変容することなく、変節した」のだ。変容することなく、彼は絶対の人として留まる。すなわち生涯にわたって真理の絶対を捜し求める、過去の人として[17]。

『思い出』の著者によれば、ラムネの反逆の根底には、本人の性格、その非妥協性がある。それと同時に、教義に関するある種の無知とそこから帰結された信仰絶対主義がある。神学者たち、とりわけサン＝シュルピスの神学者たちは、彼の信仰絶対主義を厳しく批判した。

ジャンセニスムが消滅して以来、サン＝シュルピスが感じた唯一の憤りはラムネに対するものだった。この狂信者が理性ではなく、信仰によって緒に就くべきだと主張したからだ。それでは、理性以外で何によって信仰の問題について最終的に判断するのか。

ラムネは伝統的神学全体の土台である理性を過小評価し、また、同時代の科学の寄与を重要視しなかった。それに対しルナンは、サン＝シュルピス神学校から足を踏み出したときすでに、卓越した師ル・イール氏のおかげで聖書研究に関する十全の科学的知識を得ていた。ル・イール氏の指導で、彼はヘブライ語とシリア語を学び、神学校でのヘブライ語初級クラスの担当をさせてもらった。聖典の文献考証学へと、この師によって導かれた。司祭職への道を放棄し、サン＝シュルピスを去った後も、ル・イール氏との学問的つながりは途絶えず、しばらくは彼の霊的導師でもあった[18]。コレージュ・ド・フランスのヘブライ語学者たちにルナンを推薦し、サン＝シュルピスでのヘブライ語授業の準備ノートを出版するよう勧めたのもかつての師であった。そのノートは『セム語全般、とくにヘブライ語に関する史的・理論的試論』と題されて出版された論文の核となり、学士院が授ける言語学の最高賞ヴォルネイ賞を得る。「学者としての私のすべては、ル・イール氏に負っている」。

文献考証学を専門とする師は、教会の教義が最新の学問研究の成果と矛盾することを明確に知っていた。「彼（アントワーヌ・ガルニエ師。サン＝シュルピス所属の神学者）の栄光は、彼の巨大な知の後継者であり、それに加え最近の研究のもたらした学識を有したル・イール氏を育てたことだ。ル・イール氏は、彼の深い信仰から来る真摯さをもって、傷口の大きさを一切隠そうとはしなかった」。この「傷口」とは、最新の研究によって伝統的な神学体系に生じた裂け目のことである。科学的探求方法による成果によって異議を唱えられた聖典の真理は、弟子のルナンには懐疑を生じさせたが、師にはこのような信仰の弱体化はいっさい起きなかった。ブルターニュ出身のル・イール氏とのあいだの相違を、彼は次のように記す。

　ある防御壁があって、最新の見解が彼の心の特権的聖域にわずかでも侵入するのを防いでいた。石油の横で、超絶的な優しい信心の小さなランプが消えることなく灯っていた。私の精神にはこの類の防御壁がなかったので、ル・イール氏においては内的な深い平和を生み出した二つの相反する要素の接近が、私の中では奇妙な爆発にいたった。

ル・イール氏のケースでは、信じようとする意思が、「消えることのない小さなランプ」に表象される心の信仰を保護する。これは、教会内にあって聖別されたホスチアを内に収めた聖体保存箱を昼夜を問わず照らし続けるランプのイメージである。この石油とランプの隠喩によって、ルナンはル・イール氏における対極的要素の驚くべきかつ調和に満ちた共存を表現する。可燃物の代表である石油は科学を象徴する。それは信仰にとって危険であり、内的存在を粉砕してしまう可能性がある。しかし、ル・イール氏の絶対的な信仰は、彼の存在を統一し平和を維持する。それに対して、「この類の防御壁」を持たない弟子にあっては、火と鉱油の接触は爆発を誘発する。それは彼の中で、サント＝ブーヴが「老朽化した建物」に喩えた教義を粉砕してしまう。ルナンの霊的道程が示すように、その結果は深刻なものであった。

イエズス会とサン＝シュルピス修道会の結合を、「死と空虚の結婚」と言ったミシュレを引いて、ルナンは次のように続ける。「おそらくそうだろう。しかし、ミシュレは、ここでは空虚はそのままで愛されていることを、よくわかっていない」。「空虚そのものを愛する」という表現によってルナンが言わんとするのは、キリスト者の至高の徳のひとつである謙譲（humilité）、すなわち自らの存在を打ち消そうとし、人より秀でることを嫌う精神である。それによって司祭像は非常に感動的なものとなる。この「空虚」は、それ自体で一種の十全、欠けたもののない豊かさであるのだ。それはミシュレがカリカチュアライズした聖職者像とはまったく異なる。しかし、自分にとってのカトリシスムは神学者のそれであると自覚するルナンの立場からすれば、サン＝シュルピスの師たちは、神学の死と共に過去の人とならざるをえない。教義は彼の目には「空虚」であって、未来がない。

またルナンの目には、ラムネのかつての弟子たちによって引き継がれた「自由主義的」カトリシスムは矛盾を孕んでおり、デュパンルーに代表される「社交界的」カトリシスムはゆがんだ在り方と映る。方向性は異なれ、共に宗教の再調整・再適応の試みであるが、革命後の社会においてその存続を確保することはできないであろうと、ルナンは考える。『思い出』の作者にとって、真実のカトリシスムは生地トレギエの師たちのそれである。彼らは新たな時代の兆候に無関心なままに留まり、あるいは抗おうとする。いずれにせよ、これら「神の人」は、革命後の世界において時代遅れな存在である。これらのノスタルジーに満ちた人物たちは、時代の進展からずれているからこそ、魅力ある存在でもある。しかし、永久に過去に属する。

ルナンにおいて司祭像は、絶えず生成する時と常に関連して提示される。ネミの司祭はこの司祭像の特徴を象徴している。理念の人として、彼は未来における純化された宗教の誕生を予告する。同時に彼は、自らの意思とは別に、司祭としての役割によって、伝統、すなわち過去とのつながりを体現している。ルナンはアンティスティウスという人物を「彼の時代より進んでいると同時に遅れている」と定義する。[19] ルナン自身が、犠牲を拒否する供犠者、司祭という身分の限界を超える司祭として、自己定義しているように思える。だが、アンティスティウスはすでに乗り越えられた次元に属する人物であり、彼に死を与える古来の伝統に分かちがたく結びつけられている。

ラムネは民主主義の理念を掲げての教会との断絶により、ル・イール氏はその広範な知によって、当時のフランスの聖職者たちから際立った、卓越した例外的な存在であった。しかし彼らでさえ、「神の人」としての運命を払拭はできなかった。ルナンにおいては、絶対（科学を通じての礼拝の対象であり、ルナンによれば最も崇高な瞑想の形態である）との関係が、彼らの師たちにとっての神との関係に取って代わったのは確かだ。つまり「抽象」はその意味を変えたのだが、なおも完璧な生の土台であり続けたことを見逃してはならないだろう。

ルナンは時としてあまりに峻厳な司祭像を提示する。たとえば、『ネミの司祭』におけるアンティスティウスのように英雄的な象徴の像において。また実話でありながらも一種の内緒話として語られる「麻ほぐし」の娘のエピソードにおいて。彼にとって司祭は何よりもまず、ある別の秩序の証人であり、ある「絶対」の証人である。この「絶対」は、理念、科学、義務や瞑想といった次元にさまざまに移し替えられるにしても、その本質は変化しない。この見地から、ルナンは司祭を他者から切り離された者として提示する。しかし、たとえ司祭がまず第一に超越の証人であり、神に向かって開かれた存在であるにしても、同時にまたそれゆえにこそ、他者に向かって開かれた存在でもあるはずだ。少なくとも、人間一人一人への限りない愛ゆえに神が人となったという教義を核心とする受肉の宗教キリスト教においては、その奉仕者である司祭は、そうあらねばならないはずだ。

ルナンは自らの信条を司祭像に託す。だが他者に向かって開かれた存在としての司祭の一面が、彼の司祭像にあっては捨象されてしまっていることは否定できないであろう。

第四部　反自然としての司祭像

十九世紀は反教権主義の時代である。告解や霊的指導を通じて女性信徒を操る「黒服の男たち」のテーマは、文学の中に定着する。『赤と黒』でジュリアンの悲劇を招いたレナール夫人の告解師、ゴンクール兄弟『ジェルヴェゼ夫人』のローマの司祭たちなど、危険な「魂の牧者」としての聖職者像が登場する。第三部第一章で取り上げるミシュレの『イエズス会士論』および『司祭・女性・家族について』は、まさにこの類の告発の理論書的な側面を持つ。彼らは霊的権力の主として、ときには政治権力と協働しつつ、社会で、さらに家庭でその影響力を行使していく危険な存在である。「清貧・貞潔・従順」の修道誓願に基づく宗教者としての彼らの在り方そのものが、問題視された。たとえばジョルジュ・サンドの『ラ・カンティニ嬢』に登場する司祭もその一例であろう。ミシュレの論証は文学者たちによって共有され、反教権のテーマを有する作品が多く生み出された。

しかし、反教権主義は、かならずしも反キリスト教の主張と軌を一にしているわけではない。レオン・ブロワのように「福音書の過激主義」を標榜して、聖職者たちへの批判を展開する場合も存在する。しかし、ミシュレとゾラのケースでは、聖職者批判は宗教そのものへの抗議とその乗り越えの試みへと発展する。ミシュレとゾラの共通点は、彼らの批判がキリスト教の根源的在り方に関わる徹底したものであること、さらにキリスト教批判が彼らの思想の核となっていることである。

第一章　ジュール・ミシュレ──司祭と女性

1　『イエズス会士論』

一八四三年、『イエズス会士論』(*Des Jésuites*) が世に出た。ミシュレはこの著書でイエズス会批判を展開するが、実のところその矛先は聖職者全体に向けられていたと見ることができよう。『イエズス会神話──ベランジェからミシュレまで──』の著者M・ルロワによれば、イエズス会攻撃は、反教権主義の「婉曲で緩和された、すなわち巧みな一形態」である[1]。

『イエズス会士論』の執筆の経緯は、七月革命にまで遡る。

一八三〇年に発布された憲章(La Charte constitutionnelle)の第六十九条は、教育の自由の漸進的構築を謳っていた。しかし、現実には全フランス教員団の優越は揺るがず、学校開設には全フランス教員団の許可を得ねばならなかった。教壇に立つには全フランス教員団が管轄する中等教育教員免許が必要だった。一八三六年に当時の文部大臣フランソワ・ギゾーが提出した法案以降、いくつかの法案が出されたが不成立となり、カトリック陣営の要求は実を結ばなかった。そうした中、一八四三年に『宗教と法を破壊する全フランス教員団の独占』と題された冊子が発表され、大きな反響を呼び起こした。著者はイエズス会士デシャン神父であったが、実名を伏せての出版だった。著者はイエズス会を擁護する一方、全フランス教員団のメンバーを「反キリスト者」と呼んで非難した。コレージュ・ド・フランスの教授エドガー・キネとミシュレは、ことに激しい攻撃の的となった。二人は、イエズス会の影響力の増大を危惧し、一八四三年後期の授業を共同してデシャン神父の冊子への論駁に費やした。一週間交代で行われたこのリレー講義は、終了後ただちに印刷されて出回り、学年終了時に『イエズス会士論』と題されてまとめられ、出版された[2]。

この著書におけるミシュレの反論には三つの柱がある。第一に、イエズス会は中世の霊性の対極にあり、真のキリスト教を体現していないということ。『宗教と法を破壊する全フランス教員団の独占』の著者は、ミシュレの『中世史』の一節を聖性冒瀆と非難した。以下が問題の一節だ。「キリスト自身が懐疑の懊悩を味わった。頭上にただ一つの星も輝かぬあの魂の闇を知ったのだ。それこそが受難の究極であり、十字架の頂点であり、それこそがこのドラマの悲惨、耐え難さなのだ」[3]。デシャン神父に対し、ミシュレは以下のように反論する。「大革命の申し子であり自由を信条とする私だが、にもかかわらず中世に対する思いは測り知れない、限りない愛しさを抱いているのだ。私たちの年老いた母なる教会について、最上の愛をもって語ったのは、おそらく私だ」[4]。

ミシュレは中世の魂を知っているという自負を持っていた。彼にとって中世は「永遠のキリスト」の時代である。キリストは、民衆の根源的な思いを仮託された歴史上のさまざまな人物たちのうちに顕現する。無名の民衆たちの切望によって創造され、この無名性のうえに打ち立てられた途切れることない受肉の時代としての中世。この意味において中世は真にキリスト教的であり、ミシュレにとってはこの意味においてのみ価値を持つ[5]。

『イエズス会士論』の第二の告発は、会士たちによる女性の操縦に関連する。それは霊的指導や告解を通じて行われる。妻であり母である女性の家庭内における影響力は看過できず、彼女たちを操作することで、その影響力は社会的存在である男性にまで及ぶ。

『イエズス会士論』の第三のポイントは、イエズス会が在俗聖職者にとって弊害となっているという主張である。ミシュレは在俗聖職者の擁護者をもって任ずる。「一昨日、とある新聞が、私が聖職者を攻撃していると書いたが、それは間違っている。『聖職者を蹂躙する者』であるイエズス会士たちを告発することは、その他の聖職者にとって大いなる寄与であり、彼らの解放を手助けすることだ」[6]。しかし一方、この主張は、二枚舌の疑念を免れないのも事実だ。ミシュレは講義の中では、教会のヒエラルキーと司祭の妻帯禁止に批判的に言及しているからだ。こうした糾弾は、教会という組織の根幹に関わる問題である。

2 『司祭、女性、家族について』[7]における聖フランソワ・ド・サル

一八四五年に出版された『司祭、女性、家族について』(*Du prêtre, de la femme, de la famille*) は、「十七世紀における霊的指導について」、「霊的指導全般、十九世紀を中心に」、「家族について」の三部構成である。前年の講義をもとに執筆されたが、第一部では、フランソワ・ド・サル、ボシュエ、フェヌロンといった十七世紀を代表する宗教者が論じられ、最も多くのページがフランソワ・ド・サルに割かれている。この聖人についての記述は、一八五七年から一八六二年にかけて刊行された『十七世紀史』(*Histoire de France au 17e siècle*) にも見られる。二つの著作の出版時期を比べると十年以上の歳月が流れており、この間にミシュレのフランソワ観が大きく変遷したことがわかる。これは彼の反教権主義の尖鋭化と無関係ではない。

まず『十七世紀史』における描写を確認しておきたい。歴史家にとっては、時代の考察なくして人間の分析は不可能である。時代の負の側面は、人間像にも影を落とす。絶対主義と古典主義の十七世紀は、「民衆」の歴史家であるミシュレにとっては、二重性を特徴とする分析の困難な時代である。宗教史の観点から見ると、それは魔術・女子修道院・

決疑論《カジュイスティク》が象徴する「不毛・不妊の時代」とされる。サバトに参加した人々は、そこで魔女たちから中絶の方法を教わる。決疑論は中絶がもはや罪とはならないよう弁を弄する。一方、ウルスラ会や聖母訪問会などの女子修道院の創設は、「不毛・不妊の時代」のもう一つの側面である。

ミシュレにとってフランソワ・ド・サルは、「ヤヌス的」十七世紀を代表する人物である。古代ローマの神ヤヌスは頭の前後に反対向きの顔をもつ双面神であり、光と陰、正と負の両面を有する在り方を表象する。十七世紀は絶対王政の最盛期にあたる華々しい時代であるが、民衆史家ミシュレの眼差しはもう一方の側面に注がれる。聖人の負の側面は、次の四つの点から分析される。第一にイエズス会との関わりがある。フランソワ・ド・サルはイエズス会のクレルモン学院で学んだ後、十三世紀初頭に創設されたイタリアのパドヴァ大学ではイエズス会士のアントニオ・ポセヴィノを一時期霊的導師と仰いだ。また彼の書簡からは多くのイエズス会士たちとの交流がうかがわれる。第二に、一六〇二年から一六二二年までジュネーヴ司教であったフランソワは、郷里のサヴォワ地方で、プロテスタント信者のカトリックへの改宗に尽力する。アントニオ・ポセヴィノの指揮のもとヴァルドー派の人々が強制的に改宗させられたピエモンテ地方と異なり、サヴォワ地方とジュネーヴ近郊における改宗には暴力がともなっていない。しかし、ミシュレにとって、フランソワ・ド・サルの功績はカトリック教会の反宗教改革の一環をなすもので、一六八五年のナント勅令廃止への流れの中に位置づけられる。第三に『信仰生活入門』(*Introduction à la vie dévote*)における信仰の在り方が問題視される。神との融合を目指す信仰生活はその実践が機械的なものになるなら、信者の受動性と惰性を助長し、自由意志を損ない人間性の衰退につながる。フランソワ・ド・サルは静寂主義《キエティスム》の信奉者ではないが、信仰における受動的な在り方を流行させ、静寂主義の進展に寄与したがゆえに、「死のシステム」の先駆者であるのだ。第四に、フランソワ・ド・サルはジャンヌ・ド・シャンタルと共に聖母訪問会を創設した。後にこの修道会に属する一人の修道女マルグリット＝マリー・アラコック（一六四七－一六九〇）が、ミシュレが「最もショッキングで、最も肉欲的で官能的な信仰」と呼ぶ聖心信仰の飛躍的発展の出発点となったことを考えると、ミシュレのフランソワ嫌悪は得心できよう。十九世紀の王政復古期において上流社会の女性たちの愛読書だったフランソワ・ド・サルの説教や著作を、ミシュレは「霊的アストレ」、「聖職者風牧人恋愛歌《ベルジュリー》」と呼び、本人を「狡猾な小男のサヴォワ人」とこき下ろす。

十年遡って、『司祭、女性、家族について』に目を移そう。

天のすべての恩寵が彼の上に降り注いだ、と思わざるをえまい。なぜなら、この悪しき時代、この悪しき風潮、この悪しき取り巻きにもかかわらず、彼を利用する巧妙で虚偽に満ちた上流社会にあって、彼は聖フランソワ・ド・サルであり続けたのだから。

注目すべきは、霊的指導者としてのフランソワ分析は、ジャンヌ・ド・シャンタルに宛てられた書簡に全面的に依拠している点だ。霊的指導を受けた女性はジャンヌ・ド・シャンタルだけではないにもかかわらず、彼女宛の手紙に焦点をあてる理由について、一八四〇年に出版された『ポール・ロワイヤル』第一巻においてサント＝ブーヴがフランソワについて詳細な記述をしているので、重複は避けた(8)とミシュレは述べている。その言葉通り、『司祭、女性、家族について』では、ポール・ロワイヤル女子修道院の改革者ジャックリーヌ・アルノー（マザー・アンジェリク）に対する霊的指導が捨象され、霊的助言を求める一女性に宛てられた書簡で構成されている『信仰生活入門』にも、一切言及されていない。したがって、悪しき時代が消し去りえなかった聖人の〝光〟の部分は、ジャンヌ・ド・シャンタルとの関係の中にのみ集約される。明らかに、意図的な選択が働いていると言えよう。

ミシュレは二人のあいだの二元的対立を強調する。聖人は十六世紀に衰退した貴族階級の出自であるのに対し、ジャンヌは聖バルテルミーの大虐殺の年（一五七二年）に司法官の家庭に生まれ、大ブルジョワジー階級に属する。峻厳なキリスト教と俗気に満ちたキリスト教の絶対的対立を生きた彼女は、妥協や中途半端をまったく受け入れることのできない性格であった。確かに、二十歳の頃に激しい精神の危機を味わった以外は、霊的不毛や不安に長く苦しむことのなかったフランソワに対し、シャンタル夫人は神の沈黙の懊悩をしばしば鋭く感じたことがあったようだ。それは彼女の列福審査で聖ヴァンサン・ド・ポールの証言したところでもある。[9]「あなたは誘惑に敏感すぎる。（…）信仰の純粋を願うあまり、すべてが脅威に感じられるのです。風をやり過ごしなさい。木の葉のざわめきを武器の物音と思ってはなりません」[10]というフランソワ・ド・サルの書簡の一節からも、その信仰の在り方がうかがわれる。

ミシュレの意図は、次の一節に暗示される。

彼が「親愛な妹、親愛な娘」と呼ぶジャンヌ・ド・シャンタルとの出会い当時の書簡は生き生きとして魅力があり、その読書には大きな喜びがともなう。これほど清らかで、これほど純潔なものがあろうか。しかし、どうして言わずにいられよう、これほど情熱的なものが他にあろうかと。

ある聖人伝によれば、ディジョンでの四旬節の説教の際、フランソワ・ド・サルは並み居る女性たちの中にジャンヌ・ド・シャンタルを認め、壇上から降りるなり「神の言葉にあれほど熱心に聴きいる、あの若い寡婦は誰か?」と尋ねたという。この記述をミシュレはありえない小説仕立てと非難するのだが、彼自身、二人の年齢を記し、その馴れ初めをまるで、秘められた情念の波乱に満ちた始まりのように描く。四人の子供の母であり、夫の死後には義父の世話をつとめる寡婦と司教の出会いの場面である。

そのとき（一六〇四年）、彼女は三十二歳で、聖フランソワは三十七歳だった。（…）彼女は生まれながらに峻厳であると同時に、情熱的で激しいところがあった。

霊的指導の分析にあたり、ミシュレはまず告解師と霊的導師の違いを強調する。告解師の役割は神に代わっての罪の赦しである。贖罪のための勤行などを課すことがしばしばあっても、人生指南のような細かい指示や忠告を与えることは本来的役割ではない。それに対し、霊的指導（direction spirituelle あるいは direction de conscience）は、信者の生の仔細にわたって助言し、方向性を与えることもありうる。相手を深く知ることなくしては適切な指導はできないから、おのずと対話は長くなり教会外でも行われ、文通の内容は詳細となっていく。フランソワ・ド・サルのジャンヌに対する指導は主として文通によってなされ、二人が会うことは稀であった。

真の勝者である彼はもう一人（告解師）と違って何も恐れるものがない。自分にのみ従ってほしい告解師の方は不安で、つらい思いをし、嫉妬している。彼の方はというと何一つ強制せず、自由にさせたままだ。キリスト教的友愛の義務以外は、いかなる義務も課されない。その絆は、聖パウロが完徳の絆と呼んだものだ。それ以外の絆は、服従の絆でさえ束の間のものに過ぎない。それに対し愛徳《シャリテ》の絆は時と共に強まり、死の刃を免れるのだ。「愛《ディレクション》は死のように強い」と「雅歌」は言う[11]。

ミシュレによれば、愛徳は霊的なものであるがゆえに永遠であるが、しかし完全に時間性を免れていない。それは時と共に強まるから、時の寄与は否定できない。限定し切断する時である死は、「雅歌」の参照によって、死を越えて生き残る愛《ディレクション》と同様に強力なものとされる。このくだりで、ミシュレは時間的なものと永遠のあいだの絶対的対立を消滅させ、それによってキリスト教的愛と単なる愛との対立をも消滅させようとしているように思われる。

さらに『司祭、女性、家族について』は、ミサの最も荘厳な瞬間、すなわち聖餐の際に、フランソワがジャンヌを聖別に参与させていることを記す。「彼は子を父なる神に捧げるとき、彼女を共に捧げる」。この一節は、聖祭を行う司祭が犠《いけ》牲《にえ》として神にイエスを捧げる際、同時にジャンヌをも犠牲《いけにえ》として捧げると読める。子であるイエスは、神が贖罪のために人類に与えた至高の賜物である。ジャンヌはフランソワ自身の奉献物であり、文法構造上、イエスとジャンヌは同位置に置かれている。亡き母の葬送ミサについて、フランソワはジャンヌに次のように書き送る。「母の占めていた場所をあなたに与えました。私の心の中であなたの存在はけっして揺らがず、誰一人取って代わる者はなく、結局、最初と最後の場所をともに占めてしまったのです」。「これほど荘厳な日に語られたこれほど強い言葉を私は他に知らない」と、ミシュレはコメントする。

しかし、神に仕える司祭にとって、愛は愛徳《シャリテ》以外ではありえない。ただしシャンタル夫人にとっては、彼らのキリスト教的友愛を同じように生きることは不可能であり、霊的導師の無頓着ぶりにミシュレは驚嘆する。

その後、彼女が「あなたの死後に生き残ることのないよう、神にお祈りください」と書いてきたからといって、どうして驚くことがあろう。絶えず傷つけ、傷つけるためにしか癒さないことに彼は気づいていないのだろうか。

歴史家ミシュレは、「この類稀な人」の精神の繊細さと非凡な感受性を認めてはいる。しかし、司祭という職能が他者の人間的感情の理解を妨げ、司祭の無感動、平静はあるときには無情さ、残酷さの域にまで達する。シャンタル夫人のうちには人間的で悲痛な感情があり、一方で司祭の心は静謐を保ったままである。

他の箇所で、ジャンヌは次のような暗い言葉を口にする。「私の中には決して満たされたことのない何かが存在します」と。聖人の対応は観察に値する。他ではあれほど繊細なこの人物は、ここでは半分しか理解しようとしない。

修道生活を切望するジャンヌに対して、フランソワ・ド・サルは子供と義父への義務を果たすことを勧めてきた。しかし、常に懐疑の不安に苛まれ、その苦悩を免れるため再婚かカルメル会修道会への入会を望むジャンヌに、フランソワは別の人生を与えることを決める。再婚には賛成せず、またカルメル修道会の厳しい規則を懸念したのだ。「聖母訪問会」

の輪郭が見えたのは、一六〇七年のことだ。聖人の死後のエピソードに触れつつ、ミシュレは二人の関係について、少なくともジャンヌの感情について、次のように結論づける。

多くの人々はつまらぬ遠慮から、この尊敬すべき感情の真の名を口にするのをためらい、肉親愛、友愛などと呼ぶ。我々は、聖なるものと確信する単純な名でそれを呼ぼう。単に愛（amour）とのみ、呼ぼう。

サント＝ブーヴは『司祭、女性、家族について』を評価せず、「ミシュレ氏は、党利党略の人となってしまった」と嘆いた[12]。一八五三年の『月曜閑話』には次の一節がある。「聖人である司教とこの徳高い気丈な女性の関係に冷ややかでくだらない嘲笑を浴びせかけた者たちは、シャンタル夫人書簡集の十二番目の手紙を、おそらく読んだことがないのである」[13]。問題の書簡は、シャンタル夫人が亡き導師の生涯と徳について、彼の友人で伝記作者である一人物に宛てた短い覚書である[14]。

『司祭、女性、家族について』の著者による聖フランソワ像が、策略的な意図のもとに構想されていることは明らかである。しかし、『司祭、女性、家族について』での聖人像は、『フランス史』における負の面のみが強調された人物像とは異なる。ミシュレはすべてを凌駕する霊性の力を知らないわけではないからだ。そのことが、次のようなくだりに反映される。

もし霊的支配が真に霊的なものであるなら、もし思考の統制が思考によってのみなされ、性格と精神の優位に基づくなら、それは受け入れねばなるまい。あきらめるしかないだろう。家族はおそらく異議を唱えるだろうが、異議を唱えても無駄だ。

一方、家族に対する聖職者の抑圧的な侵害のリスクを告発することが、『司祭、女性、家族について』の究極の目的である。ミシュレは、霊的導師とその指導を受ける女性のあいだに「霊的結婚」が成立していくことを懸念する。指導の過程で女性の中でしだいに意思が消滅し、自由と人格が失われ、操作可能な自動人形と化す。この霊的指導の回避しがたい危険は、次のように表現される。

彼（＝司祭）は忍耐強く狡猾で、日ごとにあなた（＝女性）から、少しずつあなたを奪っていき、少しずつ自分で置き換わる。あなたを弱め、自分が取って代わるのだ。女性の本性は柔軟で抵抗力がなく、子供の場合と同じように流動的で、しごく簡単に融合を許してしまう。（…）ある偉大な神秘が生成する。一人の人間が、知らないうちに実体ごと変化を遂げてゆき、まったく別の人間性に変わる。ダンテが「人性変化」（transhumanation）と名づけたものだ。[15]

司祭の介在によって家族のうちで隠微な破壊が起きることを、ミシュレは告発する。霊的指導によって感性が過敏になり病的になった女性は、夫の存在を矮小化し、子供の教育も荒廃するというわけだ。ミシュレにおいて、この確信はややもすると強迫観念的な色彩を帯びる。カトリック的霊性は、本質的に「霊的不倫」の一形態とさえされる。一八五八年に発表された『愛』（*L'Amour*）においては、愛の至高の理想は結婚における相互的貞節とされる。夫は「世俗の司祭職」を司り、霊肉の両面から妻の面倒を看ることで、司祭に取って代わる。結婚そのものが絶えざる「告解」とみなされる。[16]バルベイ・ドールヴィイは『愛』の書評の中で、皮肉を込めてミシュレを「新種のフランソワ・ド・サル」と呼んだ。[17]

3　自然の名による告発――『魔女』

反教権主義と反キリスト教主義はかならずしも完全には一致しない。キリスト者による教会権力批判も存在する。福音書の過激主義を標榜したレオン・ブロワの聖職者批判は、その一例と言えるだろう。本来の意味での反教権主義者たちにおいても、その批判は宗教そのものに向けられているわけでは必ずしもなく、教会組織が標的になっていることが多い。宗教そのものがその対象となるとしても、R・レモンが指摘するとおり、そのスタンスは「反宗教」(contre-religion) であって、「非宗教」(non-religion) ではない[18]。

この考察は、ミシュレの場合にも当てはまるだろう。『司祭、女性、家族について』では、制度化された教会とその構成員が糾弾されていたものの、「福音書」の倫理は否定されていない。ところが、一八四七年の『フランス革命史』はその前書きが一種の反キリスト教宣言であり、「福音書」は「諦念、権力者への従属と服従の書」と定義される[19]。この思想的立場は、その後いっそう鮮明になっていく。一八六二年出版の『魔女』(*La Sorcière*) の第一部ではキリスト教中世が弾劾され、宗教者たちの堕落が異端審問をテーマとして描かれる。この書の中で、ミシュレは教会とその構成員を見限り、魔女の側に立って悪魔礼拝を宣言する。「おそらく悪魔は神の一側面であるのかもしれない」。この一節はP・ヴィアラネクスによれば、かつて彼が「私たちの哀れな母」と呼んだカトリック教会との決別の最終段階を画する[20]。

『魔女』は、民衆の視点から全面的に書き直された、いわば裏の中世史と言える。公の『中世史』においては「永遠のキリスト」が時代を表象していたが、ここでは魔女がその役割を担う。魔女は、悪魔崇拝を世にもたらす。しかし、この悪魔は一つの原理でも、人間やその歴史から独立した存在でもない。ましてや否定的な超越者あるいは絶対者ではない。それは歴史から生まれたものだ。公の歴史の中で捨象されてきた人間の悲惨の根底を表象するもの、すなわち中世の女性、農奴の妻から生まれたものである。「魔女」自体がその本来の意味において歴史の産物であり、ミシュレによれば反逆する犠牲者なのだ。この悲惨のゆえの反逆は、その真底において自然の反逆である。苦しみを贖罪とし、やむをえないものとして認め、ひたすら諦念と忍耐を説く教会に対し、中世の魔女は苦しみを和らげ、癒そうと努める。憐れみの力として常にたち顕れる魔女は、苦しみにあえぐ人々に、健康を、さらには喜びと平安をもたらそうとする。痛みを治癒、少なくとも緩和することで知られる「ソラネ（茄子科）」と呼ばれる植物に関する一節で、ミシュレは魔女の自然との親密さ、薬草の効能に関する経験知を次のように表現する。

> 魔女たちの医術について私たちが最もよく知っていることは、彼女たちが、さまざまな類の植物を効用もよくわからず非常に危険なものであったのに、鎮静剤としてまた刺激剤として、実にさまざまな用途にさかんに使っていたことだ。ところが、それらは多大な効果を発揮して、「慰藉の植物」（茄子科植物《ソラネ》）という適切な名で呼ばれた。

植物、とりわけソラネは、魔女を表象するものである。植物と女性は慰藉という次元において一致する。ミシュレは中世の女性を「野菜と果物だけを食し、乳と植物だけで生活することで、これらの無垢な族（＝植物）の純潔を保っている」存在とする。ミシュレによれば、女性は、植物のように自然の発現なのである。自然のさまざまな位相のあいだで、アナロジカルな同一実体性が成り立っている。

魔女は植物の身体治癒力だけでなく、心理に働きかけ幸福感を生み出す薬効を利用する。「夢想させる」ように努め、麻酔薬と暗示の技術によって若い寡婦の苦しみを鎮める。十三、十四世紀にあっては、魔女は真に力を持ち恐れられており、教会に対する真正の反逆者であった。彼女たちはメディアやプロセルピナ[21]に喩えられる。教会は死者を劫罰に処し、生者を罪に定める。地獄での永遠の責め苦に定められた死者を示し、この地獄の光景によって生者を恐怖させる。生者はかつて愛した者たちが味わうであろう業苦を思い心を引き裂かれる。それに対して、教会によれば地獄の片割である魔女は、教会がこの世とあの世のあいだに打ち立てた壁を破壊しようとする。ミシュレの見地によれば、愛である神は司祭とキリスト教の側ではなく、魔女の側、悪魔の側にいる。

ああ、何と多くの苦しむ者たちが魔女たちを頼ったことか！　八十歳の高齢で足元もおぼつかない祖母さえが、亡き孫に会うことを望むのだ。至高の努力を払い、死が近づいた今、罪を犯すことを悔いないわけではないが、足を引きずってやってくる。アララギやイバラの殺伐とした荒野、冷徹な様子のプロセルピナの黒々として荒削りな美貌は、彼女を動揺させずにはおかない。ひれ伏し、うち震えながら、哀れな老婆は涙して懇願する。何の答えもない。しかし、おずおずとわずかに顔をあげてみると、彼女は地獄が泣いているのを見るのだ。

ミシュレは罪と罰の教義が教会の冷酷さを生み出すと考える。それに対し、魔女は善意の存在である。「おお、善行をなす魔女よ！……地下の霊よ、祝福されてあれ！」魔女は女性であり、民衆である。学んだことはなく、その知識は経験的で断片的なものだが、ことに女性特有の病気に関しては、観察に基づいている。これは聖職者たちの知の在り方の対極にある。一方、有毒であるがゆえに効果的な植物の使用は、医学の揺籃期の在り方である。だが、自ら実験しようとする意思により、魔女は一種の発明者となり、少なくとも知の先駆者的存在となる。彼女は、天の脅迫に屈しない「近代のプロメテウス」である。皆の笑いものとなり、「そよ風が情け容赦なくあちこちと揺らし、思いのままにし、打ち倒す荒野の哀れな根無し草」にも似ているが、魔女は自ら充足し、自ら掟となり、自ら根となる。精神の完全な独立の姿であるがゆえに、魔女は来るべき科学への先導者であり、ミシュレにとって自由な精神の、知への接近の誇張されたイメージとなる。「反逆でなかった科学があるなら、その名を言ってみたまえ」。中世の医学は、優勢の純潔な存在（すなわち男）のみを対象とする。自分なりのやり方で医者、とくに女性の医者であった魔女は、この「男だけのちっぽけな世界」に対して〝非公式な〟世界を作り上げる。

教会では、男だけが司祭になることができ、男だけが祭壇で神を生み出せるのだ。ミシュレはただ一人〝神を作り〟、

〝神を与える〟独占的な権能に、抗議する。「医者である悪魔」の章で、ミシュレは「サルコンステマ」（肉体である植物）と呼ばれる植物に言及する。五千年のあいだ「アジアのホスチア」と称され、五億の人々に「彼らの神を食するという幸福」を与えたとされるものだ。自然の直接的な表現であり、滋養をあたえる植物は、真の聖餐《ホスチア》とされる。

自然によって女性は聖化され、女性によって自然は聖化される。「原初、女性がすべてであった」。ミシュレは、劣等で不純な被造物として軽蔑されないがしろにされてきた女性の名において、中世の反自然的性格を告発する。祈りと秘蹟によって魂を浄化して肉体を回復させようとした司祭に対し、魔女は肉体を癒すことで魂を癒した。本能を警戒し、異教神の起源である自然を嫌悪した司祭に対し、魔女は、人間と科学の近代的な概念の先駆者的存在である。「過去の悪魔のわきで、彼女のうちに未来の悪魔が出現するのが見える」。

パリ歴史図書館に保管されている資料「宗教史ノート」には、次の断片がある。

> ユダヤ教徒の女が救世主を創り出し、キリスト教徒の女が聖人たちを創り出した。
> これは司祭の創作物ではない。（…）
>
> 彼女のために、彼女の魂の救済のために死にたもうた若い「神」の高貴で感動的な人柄。
> 地域の伝説にある愛すべき魅力的な、しかしあまり有名でない聖人。これは自らの霊感で、自らの愛の対象として、自らのイメージに似せて、女性が生み出したものでもある。
> キリストは（…）この聖人の中におり、聖人はこの司祭の中に体現する。(22)

女性は単に司祭の犠牲者なのではなく、司祭を聖化することで権能を付与するのは女性であり、その心理現象と関わっている。この断片が示すミシュレの考えはやがて『人類の聖書』(*Bible de l'humanité*)で明確に示されることになる。聖人を、さらにキリストを体現する司祭の存在は、個人の神格化を意味し、キリスト教の根源的構造と関わる。ミシュレは、何一つ疎外せず、いかなる特権も許容せず、魂と肉体を分離しない自然の名において、人格神の崇拝に抗議する。そして、神の名において、キリスト教の神を告発するにいたる。

私たちは死などではなく、生、健康、美や喜びといった心地よいことのみを欲しているのだ。神が私たちに拒否する「神の諸事」をだ。(『魔女』)

4　女をめぐる相剋

確かに、中世の民衆の表象であり、その反逆の担い手である魔女は、権力者である司祭に対峙される。この意味において魔女は称揚され、未来を切り開く存在となる。魔女の未来への貢献は、悪魔を生み出すという母性の役割によって果たされる。

一方、ミシュレが同時代の女性に向けた眼差しについては、別途に考察を要する。司祭を家族の破壊者として告発することは、婚姻関係の再考につながった。ミシュレは自らの著作『愛』に関連して、日記に次のように記している。「この著作の独創性は以下のことを示したことにある。女がつねに浸透される存在、すなわち男に同化される存在であるから、男の幸福はその肉体的・精神的存在のうちにますます浸透していき、自らも浸透されることだ」[23]。この相互的な同化の努力は、肉体的および霊的不倫を不可能にする。〝浸透される存在〟である女という概念——現在から見れば驚くべき誤謬であるが――は、プロスペール・リュカスの生理学的浸透理論に基づいている。この理論は、寡婦が産んだ子は新しい夫とのあいだにできた子でも、しばしば最初の夫に似ているという現象があると、ミシュレに信じさせた。また、一夫一妻制は称揚すべきものとなる。つまり、この女性に対する思索は、一方では「黒服の人」の強迫観念によって生じ、一方では当時の科学理論に依拠していた。

ミシュレは結婚の目的が、キリスト教中世が夫婦の結合の唯一の目的とした生殖にあるとは考えない。「愛の中に、女は単に愛を、恋人を、夫を見る。子供はいずれ生まれるだろう。種族の存続を気にかけるのはむしろ男のほうだ。(…)いかなる先入観念もなしに、厳粛に思いをいたしたとき、これこそが女の考えだ。結婚の目的は子供でしかないとし、母は母である前に妻であり男の伴侶であることを忘れた中世の考えは間違っている。深い深い無知だ。女は、子供がない女でさえ、さまざまな在り方で生殖能力があることを、人々は知らなかったのだ」。ところで「結婚の目的は結婚であって、子供は二次的なものでしかない」という〝女の考え〟を、ミシュレは『キリスト教の見地から見た結婚』の著者ガスパラン夫人の中に発見した。夫人はその根拠として、母親にとって子供は第二の自己であり、母は子供のうちに自らを見出し、自らを愛するのだとしている[24]。この母と子のあいだの深い同一性の考えは、単為生殖理論と共に、『魔女』や『人類の聖書』におけるきわめてミシュレ的な母性概念を喚起したように思われる。

ミシュレは肉体と魂の不可分性を確信していた。人体解剖に興味を持ったのは、肉体が魂に関する貴重な情報を含んでいると考えていたからだ。女性は、自然のサイクルの強い影響を受ける存在である。月経周期のせいで、月のうち長期間不調が続く。したがって女は恒常的に虚弱で、病気なのだ。ミシュレの二人目の妻であるアテナイスの状態が関わっているのだろうか。神経質でヒステリー症状を示す妻は生きた見本であって、夫ミシュレに女の脆弱な体質を確信させた[25]。つまり女には、いつも彼女の状態を気にかける献身的な医者役の夫が必要というわけだ。ところで、このような理解による医学は、告解あるいは霊的指導と似通ってくる。女の肉体的・精神的状態を詳しく聴取することから始める必要があるからだ。ミシュレはキリスト教の告解を拒絶する一方、夫に妻の告解師となるよう忠告し、この「告解」の有用性を強調する。結婚そのものが、一種の長期にわたる告解とされる。この意味のずらし（キリスト教的意味における告解は、人間が神に向かってなす罪の告白であり、司祭は仲介者に過ぎない）、すなわち宗教用語の世俗化によって、「医者である夫」はキリスト教の司祭に取って代わる。ミシュレは『人類の聖書』の中で、夫の支配を「家庭での大祭司職」（pontificat domestique）と称する。

次章で取り上げるゾラは『愛』の読書によってプロスペール・リュカスの遺伝概念を知り、それは『ルーゴン＝マッカール叢書』の理論的根拠となった。ゾラの初期小説は、精神的次元に置き換えられたリュカスの生理学的浸透理論が見受けられ、これはミシュレの影響だという。(26)『パスカル博士』の一節に興味深いシーンがある。パスカルが、一族の系譜図を眺めながら、クポーとジェルヴェーズの娘アンナが、母親の最初の愛人であったランチエに似ていることを想起する場面だ。ミシュレほど大々的にではないにしても（当時すでに大きく信頼が揺らいでいた理論であったせいもあろう）、ゾラはプーシェの自然発生理論にも言及している。(27)当時の諸科学の発見が彼の創作に方向性を与えたことがうかがえる。

現代の目から見れば明らかに誤った生物学の知識に基づいて、女性観が構築されていたことがわかる。十八世紀の『百科全書』の「女」の項目では、参照されているのは大部分が哲学者であって、医者は解剖の許可を持っていた王担当医一名だけだった。それに対し、十九世紀の『ラルース百科事典』の「女」の項目には多くの医者が名をつらね、解剖学の成果に基づいて女性が分析されるようになる。(28)その分析は母性を本能に還元し、女性を母性に封じ込める方向に向かった。ミシュレもゾラも、女を「黒服の人」から奪い返そうとしたが、女は一つの隷属から解放されて、別の隷属に服することになる。

第二章　エミール・ゾラ ―ジェズイット神話と「例外的な存在」としての司祭

　P・ウヴラールがその著書『ゾラと司祭』[1]の巻末に掲げた作中人物リストに待つまでもなく、ゾラの小説には数多くの聖職者が登場する。『ルーゴン＝マッカール叢書』を構想するなかで、すでに一八六八年には、社会を構成する一要素として、司祭を取り上げる計画が生まれていた。[2]十九世紀フランス社会のさまざまな階層、身分、職業に属する人間を扱おうしたゾラの作品に司祭像が描き出されるのは、当然のことであろう。

　ゾラの小説中で主人公となっている司祭が三人いる。『プラサンの征服』(*La Conquête de Plassans*)のオヴィド・フォージャ、『ムーレ神父のあやまち』(*La Faute de l'abbé Mouret*)のセルジュ・ムーレ、『三都市物語』(『ルルド』(*Lourdes*)、『ローマ』(*Rome*)、『パリ』(*Paris*))のピエール・フロマンである。先の二者はゾラの聖職者観をそれぞれに表象している。第三の司祭フロマンは作者の代弁者的役割を担っているとされる。ゾラにおける司祭の全体像についてはウヴラールがすでに概観しているので、ここではこの三様の主人公たちの分析を通して、ゾラ的司祭の在り方とその聖職者批判について検証する。

　ゾラにとって、聖職者は教会権力を背景に社会を脅かす危険分子である。また妻帯を禁じられた存在そのものが、人間性の否定とみなされる。このような提示には、十九世紀反教権主義の普遍的テーゼとの一致が見られる。しかし一方、ゾラ独自の視点が存在する。まずは、オヴィド・フォージャとセルジュ・ムーレ像を見ていこう。

1　ジェズイット神話の誇張《イペルボル》

ミシュレの『イエズス会士論』および『司祭、女性、家族について』が示すように、聖職者は、彼らの二つの権力をめぐって批判を浴びてきた。一つは、教会組織を背景に世俗社会に介入する政治的権力である。二つ目は、ミサでの説教、告解、霊的指導を通じて信徒、ことに女性信徒に与える精神的影響力、つまり霊的権力である。『プラサンの征服』の主人公フォージャ神父は、二つの権力を共に悪用する、〝力の表象〟と形容できるような人物である。

小説は、第二帝政下の一八六三年、プラサン市における国政選挙をめぐって展開する。フォージャ神父が下宿人としてムーレ夫妻[3]の家にやって来た一八五七年頃には、プラサン市は正統王朝派《レジティミスト》とオルレアン派が優勢となっており、政府が推す候補を退けて正統王朝派の候補が当選していた。六三年の選挙では、フォージャ神父がパリからの指令を受けてさまざまの術策を弄し、帝政寄りの候補を勝利に導く。「プラサンの征服」とは第一義的には司祭の政治的成功を意味している。

フォージャ神父の行動の動機はなによりも個人的野心である。聖サチュルナン教会の助任司祭である彼は主任司祭のポストを要求して、司教ルスロの部屋に乗り込むが、ついに本音を口にする。「では、私についてひどい悪口が囁かれているのを、穴のあいた法衣を着てプラサンにやって来たことを、お忘れですか！　失墜した男が危険な役目のために送り込まれてきた時には、勝利の日までは否定されたままなのです。成功するようお助けください。私にはパリに友人がいるのがいずれおわかりになるでしょう」[4]。この引用が暗示するように、フォージャ神父はコングレガシオン神話を背景に持つ、きわめてジェズイット的な人物として描かれている。ミシュレが『イエズス会士論』で批判したのは、彼らの目的が教会の栄光という会創設の主旨からずれて、自分たちの会の繁栄が主眼となってしまっていることだった。それは全体の利益より、個の野望を優先させる立場であり、このことはフォージャ神父像にそのままあてはまる。『ローマ』の中で、ボッカネラ枢機卿の秘書ヴィジリオは、イエズス会の強迫観念にかられ、あらゆる聖職者のなかに、ジェズイットを見る。個人の野望を根底に権謀術数に走るが、それをたくみに他者からはわからないように暗々裏に実行するのが、まさにジェズイット的なのである。貧困層の少女たちを世話する施設の発足を市の支配階級の女性たちに働きかけることで、神父は王党派側と政府側の接近をはかるが、そのときも自分は前面に出ず、下宿先の夫人であるマルト・ムーレに主導権をとらせる。その夫フランソワ・ムーレをチュレットの精神病院に送る決断のときも積極的に参加せず、そうなるようにしむける。結局ムーレ氏は軒を貸して母家を取られた結果となる。[5]

ムーレ家に予告もなく母と共に姿を見せた司祭は次のように描写される。「それは背が高くたくましい男だった。角張って幅の広い顔で、肌は土気色だった。(…)神父の丈の高い黒い姿は、石灰で白く塗られた壁の陽気さのうえに、喪の影を投げかけた」。権力欲のみにつき動かされるこの神父にとっては、金銭さえ眼中にない。また彼の部屋には、ほとんど家具らしいものがない。この点では、『トゥールの司祭』のトゥルベールを想起させる。フォージャは聖職者のあるべき姿からはほど遠い人物だが、権力を手中にするために、金銭欲、物欲、性欲を厳格に封印する。こうした克己が野心の達成の秘訣とされる。ウジェーヌ・シュー『さまよえるユダヤ人』(*Le Juif errant*)などでも、貞潔の誓いの遵守がジェズイットの力の秘密とされているのは、注目に値する。[6]

小説には、もう一人の助任司祭ブーレットがムーレ夫妻の息子セルジュに貸与する『中国における宣教』という本の挿話が出てくる。極東での宣教と言えば、誰もがまずイエズス会の名を連想するだろう。フォージャ神父はイエズス会士とされてはいない。だが、聖職者の世界全体がジェズイティスムに特徴づけられており、フォージャはそれを表象する人物なのだ。選挙で政府側の候補が勝利を得、司教総代理にまで上り詰めたとき、彼は変身する。いままでのように人々に取り入る必要がなくなると、身なりの清潔さも愛想のよさもかなぐり捨ててしまう。

しなやかな司祭から、暗く、専制的で、すべての意志を自分に従わせようとする姿が、立ち現れた。再び土気色となったその顔には、鷲の眼差しがあった。その無骨な手が、脅しと劫罰に満ちて振り上げられた。プラサン市の人々は自分たちが選んだ主《あるじ》が、不潔な法衣を纏い、きつい臭いを放ち、悪魔の毛並みをさかだてて、かくも並外れて大きくなるのに、実際におぞけをふるった。女たちの無言の恐怖が、彼の権力をさらに確固たるものにした。彼は告解する女性たちに対して残酷だったが、誰一人彼から離れようとしなかった。彼女たちは震えあがりながらやって来て、その興奮を堪能していた。

さらにオヴィド・フォージャとマルト・ムーレの関係が、もう一つの「征服」の意味を表しており、先に述べた、プラサン市の征服、ムーレ家の乗っ取りとあわせて、三つの「征服」が緊密に連結されている。

複数の研究者が、マルト像についてゴンクール兄弟の『ジェルヴェゼ夫人』(*Madame Gervaisais*) との類似を指摘している。二人の女性が宗教にのめり込んでいくときの年齢が共に三十七歳であること、信心への傾斜のなかで子供に無関心になっていくこと、結核に罹っていることなど、いくつかの類似点が挙げられる[7]。ゴンクール兄弟の考えでは、女性の宗教感情は年齢と神経作用とに密接に結びついている。「信仰への最初の接近がもたらした無気力化によって、彼女はこうした霊的な誘惑に身をゆだねるようになった。その作用は人生の折り返し点に立った女性の肉体に強く働きかけた[8]」。このくだりはマルトにもそっくりあてはまる。ゴンクール兄弟の作品のドラマ性は、知的な女性であるジェルヴェゼ夫人が、カトリック信仰の熱狂が支配するローマの独特な雰囲気のなかで精神を崩壊させていくところにある。一方、ピエール・ルーゴンの娘であるマルト・ムーレは、チュレットの精神病院に収容されている祖母アデナイド・プーケの血筋にあたり、もともと精神を病む脅威にさらされた人物として構想されている。このような素因の上にフォージャ神父の存在が作用し、宗教的没頭が引き起こされる。『ゾラと司祭』に指摘があるように、ミシュレを愛読していたゾラは、司祭が女性におよぼす危険に関して、ことに『愛』の読書を通して影響を受けた[9]。

マルトの宗教的恍惚状態は、彼女自身が思わず洩らすように、「純粋に肉体的な充足感」であって、その事実に彼女自身が動揺する。イエスとの霊的一致を目指すものの、それは訪れない。もともとマルトが熱望しているのは、神父によって神に与えられることではなく、神父に所有されることである。フォージャ自身が彼女の神であり、恍惚の祈りのなかで、完全に神と司祭は混同される。一方、神父にとってマルトは、プラサンの征服のために利用できる「単なる機械」であり、「彼のモノ」でしかない。フォージャはマルトを「汚れた獣」のようにみなす。

しかし一方で、二人のあいだには暗黙の共犯関係が成り立っている。「彼女のすすり泣きがはじまったので、涙の発作を恐れる夫のような様子で、彼（フォージャ）は肩をすくめながら立ち去った」。神父はマルトからの愛の告白を恐れ、そのような機会を回避し続けてきたが、彼女はついにその瞬間をとらえる。彼女は司祭を突然その名で呼んで愛を告げる。つまり、マルトは、完全に自分の宗教幻想にあざむかれたままでいるわけではない。マルトは司祭のなすがままに操られる哀れな犠牲者のようでありながら、この告白によって、彼女が本能的に欲望の遂行を目指して行為していたことが示唆される。「共謀者間の隠然たる怒りにかられて、二人は一瞬沈黙のうちに見つめ合った」。ここには司祭と女性の壮絶な戦い、純潔の誓いと欲望の陶酔とのせめぎあいがある。司祭は、「『十字架に向かって懇願するのはやめなさい』と、激高が頂点に達して叫ぶ。『イエスは純潔に生きたからこそ、死を受け入れられたのだから』」。この言葉から、フォージャが純潔を精神力の源泉と考えていることが確認できる。しかし、彼の場合はマルトの欲望を拒否したことで、彼女が放火して燃え上がったムーレ宅で焼き殺される。マルトの復讐心が司祭の野望遂行を阻み、プラサンの征服は完遂されずに終わる。

この聖職者の描写については、彼の意識が、つまり彼の心のうちの動きがほとんど語られていない。これはジッドが指摘したことでもある。[10] まさに彼は、ミシュレが言う「戦う機械」（une machine de guerre）という表現があてはまる人物である。この小説では主人公として登場するが、彼はルーゴン＝マッカール家の系譜に属するムーレ夫妻の生涯に介入して、彼らの狂気を誘発する環境を形成する、いわば悪魔的現実となっている。そしてそこに、ジェズイット神話の一類型を読みとることが可能である。

2 「例外的な存在」としての司祭

『パスカル博士』(*Le Docteur Pascal*)の主人公パスカル・ルーゴンは、ルーゴン＝マッカール家の家系樹を作成する。それは、ディドおばさんと呼ばれるアデナイド・プーケに端を発するが、彼女はフランソワ・ムーレが収容されるチュレットの精神病院にずっと前から収容されており、言葉を発することなく、白痴状態で虚空を見つめたままである。『ムーレ神父のあやまち』の主人公、セルジュ・ムーレは両親であるフランソワ・ムーレとマルト・ムーレ同様、この〝呪われた〟系譜に属する。[11] パスカルはこのセルジュを「神秘主義の甥」と呼ぶが、この言い方は「アルコール中毒の叔父」や「白痴の姪」[12]同様、この家系の悪を形容している。つまりセルジュの神秘主義は彼独特の「ひび割れ」なのである。[13] ゾラにとっては、あらゆる神秘主義は、病気であり、異常なのだ。

ムーレ夫妻の息子はすでに『プラサンの征服』において、「宗教的心性を持ち、やさしく、重々しい子供」として登場する。彼はフォージャ神父によって、神学校に送られる。彼を主人公とした小説の冒頭では二十六歳で、レ・アルトー村の神父となっている。彼はきわめて女性化した青年だが、それは神学校での教育のせいでもある。

神学校を出ると、彼は他の男たちと、自分が異なっているのがわかって喜んだ。歩き方も、姿勢も、動作も、言葉も、感情も彼らとはもう違っていた。彼は自分が女性的になっていて、天使に近くなり、男の性や臭いが抜けてしまったのを感じた。人間という種族にもはや属さず、神のために育てられ、行き届いた教育によって人間の臭いからすっかり清められたのを、ほとんど誇りにさえ思った。

神学校教育のせいで他の男性たちと異なってしまった「例外的な存在」としての司祭のイメージを、ゾラは強く持っていた。そうした印象は彼だけのものではない。ルナンは『科学の未来』の最後で、自分について次のように記している。

神によって触れられた者は、常に例外的な存在であり続けるだろう。何をしようと、人々のあいだにあって場違いな存在であり、ちょっとしたことでそれとわかってしまう。(14)

ユイスマンスも司祭の異質性について次のように語る。「脳味噌をこねまわし、存在を徹底的に変容させてしまう、この神学校生活を若くして経験すると、将来人生の激動を経て信仰を否定し、剃髪部が消え髭を生やすようになっても、会話の節々に、身ぶりによって、声のちょっとした調子で、かつての神学校生だったことがわかるものだ」(15)。

ゾラの小説中で、女性化した司祭像は一典型をなす。『プラサンの征服』に登場する、司教ルスロの秘書シュラン神父もそうで、「女性のように白くて細い手首」を持っていて、令嬢たちと爪上げをしていて転び、完全に気を失ってしまう。「シュラン神父の目をとじた顔は、長い金髪に囲まれて青白く、聖画のなかで恍惚としている感じのよい殉教者たちの一人に似ていた」。

セルジュはフォージャとは対極的といえる司祭像だが、その特異性は共に貞潔の誓願による禁欲と無関係ではない。ゾラにとっては、司祭職と本質的に自然の営みである愛とは、まったく相容れない。『夢』(*Le Rêve*) には、熱烈な恋愛によって結ばれた妻が息子を残して死んだ後、聖職者となった司教オトクールが登場するが、この登場人物のようにかつての妻帯者が司祭職につくことは、昔も今もそう珍しくない。しかし、オトクールは、妻の思い出に苛まれ、「女を娶ってしまった者は、教会と結婚することはできない」と感じる(16)。『ルルド』で、ピエール・フロマンとマリー・ド・ゲルサンの関係において、性愛的な描写はまったくない。その理由として『三都市物語』の問題小説的性格が挙げられるにせよ、ゾラが司祭をどう捉えていたかがうかがわれる。司祭は、ゾラの定義する意味で〝愛する〟ことが不可能になってしまった存在なのだ。また、いったん愛を知った者は、司祭にはなれない。『ルルド』、『ローマ』に続く『パリ』において、主人公ピエールは司祭職を離れ、妻帯する。しかし、構想段階でゾラはピエールを結婚させるかどうか迷っていた。その理由は、司祭職が与える決定的で継続的な影響を考えてのことだった。

セルジュは夜を徹した祈りの果て、「おお、マリアよ、選ばれし聖杯よ、私のなかで人間性を去勢し、私を宦官にしてください。恐れることなくあなたの処女性を私にゆだねてくださるために！」という叫びと共に、祭壇の前の石畳の上に気を失って倒れる。

この作品を牽引するのは、自然と宗教の対立というテーマである。気絶したセルジュは危機的な状態に陥り、生死の境をさまよう。彼の死を危惧した叔父のパスカル博士は、パラドゥーと称される場所に住むアルビーヌという娘に彼の看護を託す。パラドゥーはかつてある貴族の所有であった広大な庭だが、今は荒れ放題で自然状態に帰り、むしろ鬱蒼とした森という形状になっている。孤児のアルビーヌは、この森の娘、大自然の娘である。セルジュを自然性、自然の一部である人間性へと誘う先導者として、また、自然という奥義への手ほどきをする者として描かれる。

司祭が純潔誓願をやぶって女性と関わるというストーリーは、十九世紀小説において珍しいものではない。たとえば、一八八四年に出版されたルイ・デプレーズの『鐘楼の周りで』(*Autour d'un clocher*)は性欲に抗しきれず女性に関係を強いて、ついには教区を立ち去るはめになる司祭が主人公だ。献本を受けて真っ先に謝辞と批評を書き送ったのはゾラだった。[17]この若手作家による小説と比較すると、ムーレ神父のケースがかなり風変わりなものであることがわかる。セルジュとアルビーヌの物語が特異なのは、それが社会からまったく隔絶され、二人しか存在しない、自然を象徴する広大なある庭の中で起こること。そして、髪が伸び、髭がはえたセルジュは完全に聖職者の風貌を失い、病ゆえに聖職者としての自覚も損なわれていることだ。アルビーヌと結ばれるまでの過程において、司祭としての苦悩、司祭という身分ゆえの躊躇に関する記述はほとんどない。つまり、複数の研究者が指摘するように、パラドゥーでの出来事は、若い男女の、いわばアダムとイヴの自然の懐における性的なイニシエーションなのである。Ｐ・ウヴラールは、この小説における罪とセクシュアリティの混同を指摘する。[18] 確かに、パラドゥーという隔絶された空間において、セルジュは聖職から切り離されており、ここでの彼を司祭ととらえることは難しい。その意味でセルジュがアルビーヌと結ばれることはなんら罪ではない。それは「あやまち」ではないのだ。つまり、セルジュの「あやまち」は、その他の司祭小説のそれとは性質をまったく異にする。

パラドゥーから連れ戻されたセルジュは、アルビーヌを拒絶して、司祭職に留まる。アルビーヌは子を宿したまま、花々に埋もれてその香で窒息死する。彼女はその死の場面でも自然と一体化した、自然の表象として描かれている。セルジュの「あやまち」は、自然を、生命を拒否し、死の宗教であるキリスト教に留まることにある。「このとき、彼はもはや肉体を持たないように感じられた。体毛はみじめに抜けてしまい、彼の精力は、性別を打ち消してしまうこの女性的な法衣の下で、乾ききってしまった」。死は彼の目には「愛の偉大な飛躍」と映る。アルビーヌの死にもかかわらず、自然の勝利はセルジュの「ひび割れ」の彼方に予告される。「生命の樹木は天空を突き破ってしまった。それは星々を越えていった。（…）教会は打ち負かされた。神にはもはや家がないのだ」。

3　ゾラのキリスト教批判

ある作家の聖職者観を知ろうとするとき、そのキリスト教観、カトリシスムに対する立場を把握する必要がある。ゾラは、ミシュレやルナンとは異なって、神（Dieu）の名や概念を掲げることは決してなかった。『三都市物語』になると「新しい宗教」に対する思索が出現するが、それはあくまでも世俗主義の貫徹と一体化しており、そこには超越も、神秘も、絶対も存在しない。『真実』(*Vérité*)(『四福音書』)が示す強烈な反教権主義は、ゾラのドレフュス事件との深い関わりを抜きには理解できないが、それ以前からすでに彼は徹底した反教権主義者であった。

小説家ゾラが本格的に反教権主義の主張を柱とした作品を書くのは、『ルーゴン＝マッカール叢書』完成後、『ルルド』(一八九四年)以降である。ゾラの反教権主義はどのような時代背景を持っているのか。

ゾラの生涯は二人の教皇の時代と重なっている。一人は教皇ピウス九世(在位一八四六－一八七八)、もう一人はレオ十三世(在位一八七八－一九〇三)である。前者の時代、諸分野での科学の発展の著しい時代状況のなか、教会は人々の信仰をつなぎとめるために、奇跡と超自然現象を喧伝した。フロベールのような知識人の目にはそのように映った。[19] 確かに教会の態度は、民衆の奇跡信仰、呪術信仰を助長する方向を向いていた。[20] マリア出現の承認もその一例と言えよう。一八四六年にはフランス南西部の村ラ・サレットにマリアが出現し、以降巡礼地となる。さらに、ルルドにおいて「マリア・インマクラータ」(無原罪のマリア)と自ら名乗る聖母が羊飼いの少女ベルナデットの前に初めて現れたのは、一八五八年のことであった。[21] これらマリアの顕現は、ピウス九世を長とするローマ教会によって承認され、十九世紀後半、病気を癒す奇跡の泉を持つルルドは多くの病者の訪れるところとなり、それは二〇世紀以降も続いていく。

ピウス九世の死後、レオ十三世が後を継ぐと、教会の方針に変化が見られた。レオ十三世は、「共和制支持」(ralliement)を推進して、フランスの信者たちに第三共和制を容認するよう促した。さらに、一八九一年に出された教皇回勅「レルム・ノヴァールム」は、労働者の生活環境をテーマとし、社会の諸問題に向き合おうとする教会の新たな姿勢を打ち出すと共に、カトリシスムをキリスト教民主主義の方向へ導こうと意図した。[22]

ゾラは『ルルド』においてピウス九世のもとで広まった奇跡信仰を批判し、さらに『ローマ』(一八九六年)においてレオ十三世の新機軸政策の裏面を暴くことで、自分の生きた時代のローマカトリック教会を徹底的に糾弾したと言えるだろう。さらに『パリ』において、主人公フロマンに司祭職を放棄させることで、そのカトリシスム批判は新たな展開をみせる。

奇跡信仰の否定（『ルルド』）

『ルルド』はパリを発って巡礼地に向かう列車の旅から記述が始まる。鉄道の発達により大量の巡礼者が生まれたことで、ルルドの奇跡信仰はひとつの社会現象とまでなった。パストゥールやクロード・ベルナールなどに代表される医学の発展のさなか、マリア出現という超自然的な出来事に端を発して、奇跡による病気の治癒が単発の事例としてではなく一ケ所で複数例として発生し、「ルルド現象」が出来している。このルルドの巡礼地としての成功は、ローマ教会の積極的な承認に多くを負っており、これをきっかけにヴォルテール型の反教権主義が激しさを増した[23]。

ゾラの立場はこのヴォルテール型の反教権主義の一例と考えてよい。理性に基づく科学主義の立場を貫く小説家にとって、ルルドは「虚偽」と「幻想」の産物以外の何ものでもない。聖母の出現、ローマ教会の認定と奇跡の泉の喧伝、病者の殺到、商業地としての巡礼地の形成という一連のルルド現象は、「野蛮なフェティシズム」、「苦悩にみちた迷信」、「勝ち誇る聖物売買」と称される。

二十六才の司祭ピエール・フロマンは一八九二年八月、原因のはっきりしない病気で寝たきりの幼なじみの女性マリー・ド・ゲルサンに付き添ってルルドに向かう。ルルド行きには二つの希望が託されている。すなわち、司祭でありながら信仰を喪失してしまったピエールの信仰回復と、マリーの奇跡的治癒である。しかし、三人称小説ではあるものの、ピエールが明らかに小説家の代弁者として設定されている以上、これらの希望もまた「幻想」でしかないことが、あらかじめ結論づけられている。聖母マリアと出会った羊飼いの少女ベルナデットは「非恒常的なヒステリー患者」（une irrégulière de l'hystérie）[24]に過ぎない。irrégulière という語は、ある意味で婉曲表現であり、マリーの病状がヒステリーの典型例であるのに対し、歴史的人物であるベルナデットは単純な症例に還元されてはいない。だがいずれにせよ、医学の視点がその記述を支配しているのは明らかである。

信仰深いマリーは自分の奇跡的治癒を疑わない。足が萎えて横たわった姿でルルドに来た彼女が、滞在の最終日に、

「癒された！」と叫びながら立ち上がるシーンは、作品のクライマックスである。現実のモデルがあるにせよ、「ヨハネ福音書」五章のベテスダの池の病者が意識されていることは間違いない。「福音書」の病者が不要となった自らの床を担いで歩き出すように、マリーは自分が長年横たわっていた樋《とい》状の手押し車（「移動する棺桶」）を引いて、彼女の奇跡に興奮する群衆の先頭に立つ。だが、その〝奇跡〟がどのように起きるかは、医師ボークレールによって「雷に打たれたように存在全体が目覚め、高揚する一方、若い娘を打ちのめしていた痛み、この悪魔的な辛い錘は、最終的にこみ上げてきて、まるで口から飛び出すかのように抜けるだろう」とあらかじめ詳細に予言されている。マリーの症状はゾラがはっきり規定しているように「ヒステリー性神経衰弱[25]」であって、これを了解している医師はむしろルルド行きを積極的に奨励する。医学の言説がメタレベルから小説の筋を支配しているのであり、医師の予言を聞いているフロマン神父は、信仰を回復するどころか、逆にルルド現象の核心を知ることで信仰の虚偽を決定的に認識する。

　つまり、ゾラによるルルド検証は、あらかじめ定まった答えがあっての確認に過ぎない。その意味では小説の語りは直線的に進むはずなのであるが、実際の作品においてはそうではなく、いたるところ紆余と反復に満ちている。誰もが感じるこの「行ったり来たり」は何に由来するのか。それは、ルルド信仰は「幻想」なのだが、「慰めに満ちた」ものであり、「嘘」だとしても「必要な」ものであるという認識による。奇跡信仰は愚かさ以外の何ものでもないが、かといって、信じる者を嘲笑して終わりにすることはできないというジレンマが、小説の構造を規定する。

　病める肉体の快癒の希求、「死の不公正」への反発、幸福願望、肉親への愛が、「苦しむ人類」を奇跡の土地へと導く。これは人間の普遍的欲求であるが、これをゾラは「宗教的欲求」と呼んでいる。なぜなら、たとえ虚偽でしかないにせよ、今までこれらの欲求に対応してきたのは宗教だけだからだ。逆に言うなら、宗教を存在せしめてきたのは、この欲求に他ならない。そして、人類のこのやむをえない願望を逆手にとって、ペテン的なやり方で人々を操っているのが教会組織であるとゾラは考える。『ルルド』を支配している宗教観はこのように要約できるだろう。

　マリーを手押し車に乗せ、泉の洞窟に連れていこうとするピエールの前に、信心する者たちの群れが立ちふさがる。

「ピエールはかつて一度も群衆に対してこのような不安の感情を抱いたことはなかった。威嚇的ではなく、家畜の群れのように無害で受動的だったが、そこには不安な戦慄、特殊な息づかいがあって、彼を動揺させた。彼の下層民への愛にもかかわらず、彼らの面貌の醜さ、似かよった汗まみれの顔、腐った息、貧困の臭いを放つ古着は、嘔吐をもよおすほどに彼を苦しめた」。彼らは巧みな羊飼いの言いなりになる愚かな群れであり、理性を持たない人々である。それが彼らの「醜さ」の所以である。ゾラの描写には、そうした意味あいがはっきりと込められている。しかし一方で、信心へと駆り立てるのが人間の本性に基づく普遍的欲求であるなら、この「醜さ」を誰も逃れえないのではないか。

私たちはこの問いに対するゾラの答えを、コマンドゥール（le Commandeur）と呼ばれる人物の中に見いだす。この人物は永遠の眠りとしての無、死を希求してやまない。死の間際にルルドの聖水を飲まされそうになるや、信じてはいないものの万が一蘇りがもたらされるのではと恐れて、それを必死に拒否しようとする。彼を見ながら、ピエールはイエスによって復活させられたラザロが悪態をつくシーンを想像する。「主よ、どうして私をこのおぞましい生へと再び呼び覚ましたのですか。（…）私はあらゆる悲惨を、あらゆる苦痛を、裏切りを、誤った希望を、失敗を、病気を体験しましたのです。（…）再び生きるですって！　肉体において自分が毎日少しずつ死んでいくのを感じ、疑うためにしか知性を理由も知らず生まれて、生き方もわからず生きて、私は生きる者の負う、苦しみに対する恐るべき債務をやっと払い終えたのです。持たず、不可能を味わうためだけにしか意志を持たず、苦悩に涙するためにしか優しさを持たないとは！（…）主よ、私がやっと手にした眠りを返してください。あなたの無の逸楽のうちに再び眠らせてください」。

この老人はゾラの小説世界の多様性に貢献するためだけに付け足された人物ではない。ある意味で作者の人間観を表象する人物である。この男にとって人生は悪しきものである。しかし、彼に見られるストイックな諦念と死の受容を容認し、彼のように考えることのできない人々の「宗教的欲求」を顧みないでしまうなら、それは「苦しむ人類」を切り捨てることになる。死にかけた病気の子供ローズを抱く貧しいヴァンサン夫人を、ピエールは悪臭放つ不潔な待合所に置いて去る。少女が死にかけているのを感じていながら、ピエールは涙を堪えてその髪に口づけした後、立ち去る。信仰を失っているとはいえ、司祭職にある者のこの行動は腑に落ちない。さらに、次のシーンでは、ローズの屍骸を腕に抱き続けるヴァンサン夫人を降りしきる豪雨のとばりの向こうに見失ってしまう。このエピソードは象徴的である。ピエールはこの哀れな女性を「導き、救助しよう」として後を追う。しかし、彼はどのように彼女を〝救う〟ことができたのか。この未婚の母とその子を押しつぶすのは、貧困であり、孤独であり、病気である。ルルドの虚偽をいくら暴いてみても、この「十字架にかけられた母」を救うことはできない。ピエールにとってこの「惨めさ」は隔絶されたもの、手の届かないものなのだ。『ルルド』は、奇跡信仰の裏面を徹底的に暴くという構造を持っているが、暴露の作業だけで能事終われりとするなら、それでは責任の半ばしか果たしていないことになる。「永生」の観念を葬り、民衆を強力に支配する奇跡信仰を否定した以上、それに代わる別の解答を示唆しなければならない。すべての人々にコマンドゥールの人生観を求めることはできない。そのうえ、この人物の人生観そのものが、『ルーゴン＝マッカール叢書』の最終巻にあたる『パスカル博士』に示された「生への信仰」と一致しないことも指摘しておく必要がある。ルルド現象が投げかけた問いへの答えの模索は、ピエールの「新たな宗教」の夢想として表現され、『ローマ』へと継承される。

ローマ教会の否定（『ローマ』から『パリ』へ）

『ローマ』の執筆が始まったのは、一八九五年のことであった。その当時のカトリック教会の動向を示す最も大きな出来事と言えば、先にも触れた一八九一年のレオ十三世の勅書「レルム・ノヴァールム」の発布であろう。この勅書は労働者の生活条件に関するものであり、後にレオ十三世は「労働者たちの教皇」とさえ呼ばれることになる。『ローマ』はまさに、この〝「レルム・ノヴァールム」の教皇〟を攻撃の的とする。

第二インターナショナルがパリで結成されたのは一八八九年である。「レルム・ノヴァールム」は勃興する社会主義の糾弾も含んでいるが、それに対抗するような社会問題の具体的解決案が示されているとは到底言えない(26)。この文書の新機軸は個々の提言にあるのではない。教会が初めて労働者階級の諸問題を、教会にとっての重要な懸案事項として取り上げたという事実自体が、大きな方向転換を示しているのである。教会は施しの対象としての「貧者」を考慮することはあっても、現実社会の貧困層の生活条件を、給与や労働時間等の視点から取り上げたことは一度もなかったからだ。ゾラは小説の中で、この勅書を次のように紹介する。

教皇はそこ（「レルム・ノヴァールム」）において、働く者たちの不当な窮乏、長すぎる労働時間、極端な低賃金を問題にしている。すべての人は生きる権利を持っているのであるから、飢えた者たちに強要される契約は、不公正であるとする。別のページでは、最大多数の人々の貧窮を少数者たちの富に変えるような搾取に、自己防御できない労働者たちをゆだねてはならないと述べている。だが、社会組織の問題に関しては曖昧な態度をとらざるをえないまま、国家の保護のもとに置かれる同業組合結成を促すに留まる。そして世俗権威の観念を回復させた後、神をすべてのものの上に置く。特に、道徳的な措置、家族と所有の昔も今も変わらぬ尊重が救いをもたらすとしている。それにしても、下層の人々、貧しい者たちに差し伸べられた、キリストの助任司祭である教皇のこの崇高な救いの手こそ、神との新たな契約の確かな印ではあるまいか。イエスの新たな地上統治の知らせではあるまいか。以来、民衆は自分たちが見捨てられていないと知ったのだ。

「レルム・ノヴァールム」の推進者のひとりが、カトリック社会主義、現在の用語で言えば、社会派カトリシスムを主張したアルベール・ド・マン侯爵であった。この人物は『ローマ』のなかで、フィリベール・ド・ラシュー子爵の名で登場する。

レオ十三世の登場によって、教会は本当に変容したのか。カトリック社会主義は未来を開くものであるのか。ゾラにとって答えはあらかじめ否であるものの、『ローマ』の主題はこの問いの検証にある。さらに、教会の最高権威であるバチカンの内部レポートという形式をとって、教会組織の腐敗を徹底的に糾弾し、制度化された教会全体を否定することが意図されている。

ピエールは信仰が打ち砕かれ、「魂は死に果て、心は血を流し、もはや灰しか残っていない」状態でルルドから戻ってくる。ほどなくサンタントワーヌ街にある聖マルグリット教会の助任司祭ローズ神父と出会い、通りで拾ってきた捨て子たちの世話を献身的に行うこの聖職者を助けることで、彼の生活は一変する。「そうして、貧窮、最悪のおぞましい貧窮をピエールは体験し、そのうちに生き、それと共に二年間を過ごした」。彼はカトリック社会主義に興味を持ちはじめ、カトリック労働者たちの集会に足を運ぶうちに、フィリベール・ド・ラシュー子爵と知り合う。この二つの出会いによって、彼は押し止めがたい民主主義の流れに添い、貧困層を救済する行動を起こすことで、教会がまだ善を行う余地のあることを確信する。そして、レオ十三世を冠するバチカンから民衆の救いが生み出されるとの信念を述べた、『新しいローマ』と題する著書を出版するにいたる。ところが教皇庁の図書検閲聖庁によって、この書が禁書処分とされる手続きが始まる。それを聞き知ったピエールは自らの著作の弁護のためにローマに赴く決意をする。このくだりは、自らの主張を直接教皇に説明するため、一八三一年にシャルル・ド・モンタランベールらと共にローマへの途についたラムネを想起させる。フィリベール・ド・ラシューはピエールのローマ滞在中、自分と血縁関係にあるボッカネラ枢機卿の館に留まれるよう手配して、彼を送り出す。このような状況設定で小説は始まる(27)。

この作品は実に大胆な反教権主義文学であると言ってよい。ほとんどゾラにとっては接触のない世界であるので、彼らの現実を知らないまま、ほぼ想像によって次々とローマ教皇庁に働く聖職者たちを作りだし、さらにレオ十三世を実際に登場させてピエールと長々と対話させている。

まず、聖職者は二つの視点から弾劾される。一つはピエールが滞在する館の主ボッカネラ枢機卿像が示す「過去の人」としての姿。ピエールの「貧者への愛の宗教」を批判し、「唯一信じる幸福のためにだけ信じる」ことが信仰だとするこの聖職者は、滅びゆくカトリシスムの、「死への渇望でしかない宗教」の表象的人物像である。もう一つが図書検閲聖庁の長官サンギネッティ枢機卿に代表される権力欲の権化としての姿。女性を排除した特殊な場所としてのバチカンに生きる彼らの大部分は、権謀術数が渦巻く中で、自分の栄達のみを考えている。しかも彼らの言動には表と裏があり、ピエールは翻弄され続ける。例えば、高齢のレオ十三世の体調不良が伝わると、次の教皇の座をねらうサンギネッティ枢機卿は、配下の神父に毒入りのいちじくを贈らせて、宿敵ボッカネラ枢機卿の暗殺を企てる。ゾラにとっては、イエズス会に属していようといまいと、聖職者はすべからくジェズイット的人物なのだ。しかし一方で、『ローマ』の作者は、「ジェズイット伝説」をも、作品の中で保持する。ボッカネラ枢機卿の秘書ヴィジリオの話を聞きながら、ピエールは「ジェズイット伝説」が現実であったことを知る。「ジェズイットという言葉は発せられもしなかったが、黒い大きな影が食堂の陽気な陽の光の中を通り抜け、一瞬その場を闇で満たした。『彼らだ、ああ、そうだ。彼らはいたるところにいる！　いつも彼らだ！』とヴィジリオは叫んだ」。ジェズイット的存在に関して、さらにヴィジリオはピエールに語る。「現在の教皇はその最も有名な例となるだろう」と。レオ十三世は、イタリアのラツィオ州ヴィテルボ県のイエズス会のコレージュで八歳から六年の間教育を受けたが、イエズス会士ではない。

レオ十三世は、どのように描かれているのか。ピエールは、バチカンの庭にルルドの洞窟を模した一角があることに当惑する。それは、ピウス九世当時の信仰の在り方が依然として重要視されている証拠であり、奇跡も、神秘も、教義ももはや信じてはいない彼のうちに、レオ十三世への懐疑が芽生える。さらに彼を驚愕させ、動揺させるのが「聖ペテロの献金」と呼ばれる奉献のシーンである。世界中の信徒たちからの献金を携えてバチカンに集まった代表者たちから、教皇がそれを受け取る様子が描かれる。

聖父は青白い微笑みを浮かべて、ゆっくりと左右に祝福を与えつつ、ひとり歩み進んだ。彼の歩みと共に、隣接するいくつもの部屋から、どよめきがわきあがって、狂気を含んだ愛の激しさで、聖別の間《ま》を満たした。そして、祝福するかぼそい白い手がかざされると、そこに集うすべての被造物たちは打ち震えて跪いた。まるでこの神の出現によって打ちのめされたかのように、信徒たちの群れが一斉に床にひれ伏した。

その他の箇所でもゾラは、「地上に受肉した神」、「唯一にして聖なる牧者」、「キリスト教世界が崇拝する神」、「(魂と肉体を支配する)地上の絶対君主」、「目に見える神」といった表現でレオ十三世を描く。これらの表現はいずれも意図的な誇張である。確かに、ピウス九世主導のもと一八七〇年にバチカン公会議を経て「教皇無謬性」の教義が公にされた。カトリック信者も含めて多くの人々の反発を買った宣言であったが、この無謬性は、キリストから教会の鍵を託された使徒聖ペテロの後継者としての教皇が、こと教義に関する判断については過つことがないという意味である。教皇を神の座に押し上げるものでは決してない。しかし、一般の理解は曖昧なものとなる。「教皇無謬性」の教義が議論されたバチカン公会議を前にして、ルイ・ヴィイヨの主幹する『ユニヴェール』紙は、この教義に賛同するキャンペーンを繰り広げた。確かにそれらの記事には、教皇を現人神のごとく扱う表現が含まれていた。ゾラはこの〝神〟の内実を暴こうとする。

教皇は、「聖ペテロの献金」で集まった奉納物を自分の居室に運び込ませる。その中には、熱狂した女性たちが、身につけていたのをはずして、つい先ほど教皇の足元に投げ出した宝石類も含まれている。それらの品定めをする教皇の姿は、まさに守銭奴そのものである。さらに教皇の土地と株への投機が語られる。「なんと！　この教皇、小さき者・苦しむ者の霊的父が、土地と有価証券に投機していたとは！　彼は株をやり、ユダヤ人銀行家のもとに資金を預け、利息を又貸ししていたのだ。この使徒ペテロの後継者が、キリスト、「福音書」のイエス、貧しい者たちの神聖な友である祭司が！」。

レオ十三世描写のクライマックスは、彼がピエールと一対一で対面するシーンである。図書検閲聖庁によってピエールの著書『新しいローマ』が禁書とされる。後は教皇の署名を待つばかりである。打ちのめされるピエールに、『新しいローマ』に目を通した教皇自身が彼との会見を望んでいる旨が伝えられる。教皇との対面は、一八九四年に設定されている。一八九一年に出された「レルム・ノヴァールム」に触発されて書かれ、「レオ十三世の考えの忠実な表現」である『新しいローマ』は、「忌むべき異端」と形容されて、教皇本人から斥けられる。ピエール・フロマンの書を断罪するレオ十三世の発言は、次のとおりだ。

フロマン神父、思うにあなたのもう一つの咎は、『新しいローマ』で神を排除していることです。宗教は単なる感情、愛と慈悲の充溢とされ、救われるためにはそれで十分とされています。それは忌むべき異端です。神は常に現存しており、魂と肉体の支配者であり、宗教は人々の鎖、掟、抑制であり続けるでしょう。それなしには、この世では野蛮、かの世では劫罰しかありえないのです……。繰り返しますが、形はどうでもよい、教義が残るだけで十分なのです。

この一節はある問題を提起する。第一に、奇跡も、神秘も、教義ももはや信じないピエールが、教会内部から宗教の刷新を意図するという設定にそもそも矛盾がある。ピエールは教皇との邂逅の以前から、ローマでの見聞を通して何度も教会組織の根源的矛盾を目のあたりにする。それでも彼は単なる義務の遂行として、ローマにおいても毎日ミサを挙げ続ける[28]。しかし、信仰がない司祭がミサを執り行うのは、聖体を拝領する信者たちに対して、著しく誠実を欠く行為ではないのか。バルベイ・ドールヴィイ『妻帯司祭』では、信仰を持たない者がミサを執り行うこと、つまりパンの変容を通して、キリストを現存させる神秘に関わるという瀆聖のテーマがドラマの核心にある。ゾラはこの小説を読んで書評を書いているが[29]、信仰者における瀆聖の意識は時代錯誤あるいは病的心性でしかない、としている。ピエール・フロマンという人物像の構築にあたっても、信仰そのものへの問いは捨象されている。

第二に、教義にこだわるがゆえに教会は刷新されえないという指摘は、一八四八年にエルネスト・ルナンが雑誌『思想の自由』(*La Liberté de penser*)に発表した「聖職者の自由主義」という論文にすでに見られる。司祭職を目指して神学校で学んだルナンは、ミシュレ、ユゴー、サンドより(もちろんゾラよりも)はるかによく教会について知っている。そのなかで彼は、教会はその教義と組織ゆえに変化できないという主張を明確に理論付けしている[30]。『ローマ』の中で、レオ十三世を中心としたネオ・カトリシスムの動向そのものが、二月革命(一八四八年)当時の神秘的・人間主義的思想の回帰として定義されているのであるから、依然としてルナンの指摘は有効であり、かつ決定的な意味を持つ。とすれば、ゾラの批判はそう目新しいものではない。

教皇の言葉どおりで、ピエールの『新しいローマ』は世俗主義に浸透された書であり、その理想は聖書が定義する神を必要としない。それどころか、いかなる神も必要としていない。そもそも、その理想は宗教の内側で実現されるべき性質のものではない。『パリ』において、この書の執筆の動機となったローズ神父の慈善活動は破綻をきたす。貧困の撲滅、社会の刷新に関する教会の限界が、そこに露呈する。自らの無能・無力に疲れ果てた老司祭が死に際して、自分の庇護を必要とする貧者たちを、聖職を離れたピエールに託す挿話は、『三都市物語』のひとつの帰結となっている。

『パリ』は、アフリカでの鉄道敷設事業に関する汚職騒動を軸に話が展開する。これはパナマ事件に題材をとったものである。そこにも、司教マルタが代表する教会権力が密接に絡んでいる。この聖職者は共和制支持を積極的に推進し、レオ十三世の政策のフランスにおける代表者である。さらにサクレ・クール寺院建立の寄進を強力に推し進める。とはいえパリは、ルルドやローマと異なり世俗主義の支配する都市である。ピエールの「生の信仰」への改宗はこの都市において、初めて可能となる。

小説は陽光をいっぱいに浴びたパリのイメージで終わる。それは未来への希望の表明であるだけではない。生きることへの人間のあらゆる努力、つまり労働、進歩、生命の継続、正義への意志が、太陽に象徴される自然と調和していることを暗示している。ピエール像を通して、世俗主義は人間なるものの解放という普遍的な意味を獲得する。(31)

世俗主義（laïcisme）の勝利（『真実』）

『真実』はある殺人事件によって幕を開ける。一人の少年が性的暴行を受けた上殺害される。そして容疑がユダヤ人教員シモンに向けられるが、この冤罪により罰せられるユダヤ人の物語は、その詳細にいたるまでドレフュス事件をなぞっている。人々の記憶に新しいドレフュス事件を一例として取り上げ、ゾラは世論の無知の弊害を訴えようとしたという指摘がある。[32] つまりドレフュス事件の想起は、小説の核心をなしていないという見解である。一方で、その他の二福音書『豊饒』（*Fécondité*）と『労働』（*Travail*）に比して、『真実』が現在においても人々の興味を惹くのは、ドレフュス事件の移し変えによるという考察も真実であろう。[33] いずれにせよ、小説の構造そのものがシモン事件に深く規定されていることは否めない。第一に無実の罪で罰せられるシモンが教員であるという設定によって教育の問題が俎上にあがり、第二に彼がユダヤ人であるという設定によってドレフュス事件が透かし見えてくる。第一の設定によって、公立学校の教員である主人公マルクは、シモンの後継者として移り住んだマーユボワ町で、キリスト教学校修道士会（あるいはキリスト教義修道士会）[34] が経営する小学校との激しい競合の渦中に身を置くこととなる。第二の設定によって、シモン事件の第一発見者の一人であるマルクは、ゾラがドレフュス擁護派の急先鋒であったように、シモン擁護派の中心として戦いに生きる。ところがこの第二の設定によっても、真犯人がキリスト教学校修道士会の一員ゴルジアであり、シモンの無実を立証しようとするマルクの前にゴルジアをかばい彼の罪を隠蔽しようとする同会士たちと、さらにイエズス会士たちが立ちはだかることで、マルクの敵はもっぱら聖職者たちとなる。こうしてマルクの教員としての戦いとシモン擁護派としての戦いは表裏一体となって進む。さらに家庭の問題でも、マルクは聖職者たちと対立する。熱心なカトリック教徒の祖母の影響で妻のジュヌヴィエーヴは次第に子供時代の信仰に回帰していき、マルクは妻をめぐってマーユボワ町に礼拝堂を持つカプチン会との精神的相剋を余儀なくされる。マーユボワでマルクの前に立ちはだかるのは修道士たちであるが、かつての勤務地ジョンヴィル村では、教区付司祭のさまざまの奸策に立ち向かわねばならなかった。

草稿によると、小説の出発点は、一九〇一年から翌年にかけての聖職者と社会の脱宗教化を目指す人々とのあいだの政治的・イデオロギー的対立である。[35] 修道会の勢力をそぐ目的で一九〇一年にヴァルデック＝ルソー政権が制定した結社法は、次期エミール・コンブ政権下で極めて厳格な適応が行われ、すべての存続許可願いが却下される。その結果一九〇三年には、ほぼすべての修道会は解散あるいは国外退去を余儀なくされる。さらに一九〇五年の政教分離法の成立へといたる。[36]『真実』は、この社会状況を反映している。

ドレフュス事件の小説世界への導入をめぐっては、確認しておかねばならない点がある。ドレフュス事件が私たちを驚愕させるのは、反ユダヤ主義の凶暴なまでのプロパガンダとそれに踊らされる人々のメンタリティ、さらに政界および司法界をも巻き込んで、保身のために偽造文書を作成し真実隠蔽をはばからない陸軍指導部の姿勢である。ところで『真実』では、民間の殺人事件がきっかけであるから、軍批判は副次的にしか出てこない[37]。軍内部の出来事はそっくり宗教界に移し変えられている。

衆知のようにゾラは「私は弾劾する」(一八九八年一月十七日『オーロール』紙に掲載)によって軍部を告発することで、民事法廷での裁判を引き起こし真実が明るみに出ることを意図した。この勇気ある目論見によって、ゾラは世論の関心をドレフュス事件に向けさせることに成功する[38]。しかし、『真実』の執筆と出版が行われた一九〇一－二年の時点で、ドレフュスは一八九九年の見直し裁判の後の特赦によって自由の身になってはいたが、依然有罪のままだった。さらに世論は特赦をもって事件への関心を失っていた。『真実』でゾラが主張したのは、理性的な世論形成の重要性であり、そのためには世論をゆがめる権力機構を排斥すること、さらに正義を追求する精神を教育によって創り上げることの必要性であった。宣教修道会を代表するカプチン会、教育修道会を代表するキリスト教学校修道士会の、小説の結末における壊滅が、この主張の具現化となっている。

1905年に政教分離法が成立。財産目録作成のための立ち入りを拒否した教会に対して、強制突入が行われた。

ドレフュス事件の余波を最も強烈に被ったのがカトリック教会であるというのは、複数の歴史家の一致した見解である。[39]つまり修道会国外追放、政教分離法にいたる二〇世紀初頭の動向は「ドレフュス革命」によって引き起こされた。フランス教会はレオ十三世の第三共和政支持勧告を表面的には受け入れていたが、教会財産管理運営問題（一八九四年）、定期税（一八九五年）などをめぐって、行政・立法に鋭く対立してきた。[40]聖職者たちの大部分は『ユダヤ化されたフランス』（*La France juive*）の著者エドゥアール・ドリュモンが主幹する『リーブル・パロール』（*La Libre parole*）や、聖母被昇天会が発行する『ラ・クロワ』（*La Croix*）、教皇の共和政支持勧告に公然と反旗を翻した『ヴェリテ・フランセーズ』（*Vérité française*）などの読者であった。これらの新聞はドレフュス事件が勃発すると、激烈な反ユダヤ主義の主張を繰り返した。司祭や信徒の大部分は反ドレフュス派であり、ドレフュスを擁護するカトリック教徒は一握りしか存在しなかった。[41]アルフレッド・ドレフュスの弟マチュー・ドレフュスが兄の再審のための援助を乞うたとき、パリ大司教で枢機卿でもあったリシャールもアルベール・ド・マンもその要請をはねつけた。[42]また個々の聖職者たちの際立った行動が衆目を集め、反ドレフュス派としての教会の印象をより強めた。その代表格がパリ・ポスト通りにあったイエズス会経営コレージュの総長デュ・ラック神父であろう。彼はドリュモンを改宗させたことで知られ、ドレフュス事件の渦中にいた参謀本部の長官ボワデッフル将軍の告解師でもあった。ドレフュス擁護派であり、『ドレフュス事件史』（*Histoire de l'affaire Dreyfus*）を書いたジョゼフ・レナックによって、デュ・ラック神父は事件全体を操る黒幕のように描かれる。軍内部の機密漏洩問題であるドレフュス事件の性格からすれば、教会が担った負の役割は二次的なものだったと考えられるが、一八九九年に成立したヴァルデック＝ルソー政権下では聖職者たちの責任が強調された。[43]

こうした状況の中で、激烈な反教権主義者であり、ドレフュス派の闘士であるゾラが、世俗主義を表象する教員たちを善、聖職者たちを悪とはっきり塗り分ける小説を書いたとしても不思議ではなかろう。『真実』では、キリスト教学校修道士ゴルジアがドレフュス事件の真犯人エステルアジー少佐、キリスト教学校修道士会の長フュルジャンスが明細書《ボルドロー》を検証してドレフュスを有罪と断じたデュ・パティ・ド・クラン中佐、イエズス会の中学校ヴァルマリーの生徒監フィリバン神父が、参謀本部長の命により再審を防ぐため偽造文書を作成したアンリ少佐、さらにヴァルマリーの学長クラボ神父が参謀本部長ボワデッフル将軍とイエズス会士デュ・ラックをモデルにしている[44]。

ペギーはドレフュス派であったが、『豊饒』に関して「彼の作品のほとんどいたるところで、善と悪、あらゆる種類の悪とあらゆる種類の善が並列されている。ところで人生の現実において恐るべきなのは、善と悪の恒常的な並列ではない。それらの相互浸透、相互混入、相互扶養だ。時としてはそれらの奇妙で、神秘的な類似なのだ」と述べている[45]。『四福音書』の一つ『豊饒』は、『三都市物語』の主人公ピエール・フロマンの息子の一人マチューが主人公で、ペギーは『ルーゴン家の財産』をもじって、「フロマン家の財産」と揶揄した。『豊饒』と同様に『真実』も、善と悪の明確な対立に終始する。最後には善人が全面的に勝利し、悪人は悲惨な最期を迎えるという構図がわずかの例外を除いて成り立っている。しかし、『豊饒』がマチュー・フロマン一家の繁栄の物語であり、善人側はこの一家によって代表されていたのに対し、『真実』で善の側にあるのは公共教育の教員全体であり、ひいては世俗主義である。『真実』の結末ではすでに政教分離が実現しているが、政界における世俗主義の代表格と言ってよいエミール・コンブが政権の座に就くのが一九〇二年で、それによって政教分離法成立までの流れが一気に加速するのであるから、小説が現実を先取りしているかっこうになっている。ただ、善である世俗主義がマルクという人物に、悪である宗教がゴルジア、クラボ、フィリバンといった個々の登場人物によって表象されることで、マルクはまるで世俗の聖人のように、聖職者たちは一様におぞましい悪魔のように描かれることになる。彼らは一様に悲惨な最期を迎える。ジョンヴィル村の司祭コニャスは激高して脳溢血で死に、信徒の一人もいなくなった教会は閉鎖される。さらに、マーユボワ町の聖マルタン教会の主任司祭カンデュー神父の後継者コカールは誰一人訪れない聖マルタン教会の扉を開こうともせず、一人でミサをたてている。ある日カプチン会礼拝堂に雷が落ち、カプチン会修道院の長テオドーズ神父は「松明のように燃え上がる」。クラボ神父は粉々になった聖アントニウス像の下敷きとなり歪曲した黒い骸骨だけが残る。

『真実』は徹底したカトリック教会批判の書であるが、修道会攻撃と教区教会攻撃はとりあえず別々に検討すべきであろう。ナポレオンによって制定された政教条約は、教区教会組織を前提としており、修道会を容認していなかった。したがって、当然のことながら修道会に関する記載がなく、いわばそれを逆手にとって十九世紀を通じてさまざまな会が非合法的に復活、あるいは新たに創設された[46]。修道会は教区教会とは独立して礼拝堂を建て、説教や告解といった教区付司祭たちの職務を横取りし、大神学校での教育を独占しているという批判が一八九九年に政権の座に就いたヴァルデック＝ルソーによって行われた[47]。この指摘に対応するように、カンデュー神父は町に修道院を置いたカプチン会との競合関係に苦しんでいる。修道士たちはさまざまの奇跡を起こすとされるパドゥアの聖アントニウス信仰を喧伝して巨額のお布施を手にする。「意思が弱く努力もできない哀れな人々は皆、まともに働き良識的に考えることを避けて、人間を超えた力が不可能を可能とし不相応な成功を実現してくれると期待して、聖人に願をかけた」。ここには『ルルド』につながる奇跡信仰への批判がある。大衆たちは理性を旨とする健全な教育を受けることがなかったために、このような無知の状態にあるという主張である。

さらに「使徒のような美しい顔立ち」、「栗色の髪のキリスト」と形容され、女性信者たちを夢中にさせているテオドーズ神父をめぐって、聖職者と女性の関係が問題視される。妻ジュヌヴィエーヴが告解師をカンデュー神父からテオドーズ神父に変えたと知ったマルクは、妻がカプチン会士に誘惑されるとは信じないまでも強い不安に駆られる[48]。「しかし事がそこにまでいたらないにしても、まだ妙齢と言ってもよい女にテオドーズ神父の影響力が強まり、神のように振る舞い、神の名のもとに服従を強いるあの美男が、性的な優越によって少しでも分け前を得るなどということを、どうして容認できようか」。宗教からの女性の解放も『真実』の重要なテーマのひとつである。子供時代からカトリック信仰の中で育てられ、聖母訪問会で教育を受けたジュヌヴィエーヴは、祖母と母の住むマーユボワ町に移り住むことで子供時代に受けた宗教教育の記憶が蘇り、夫とのあいだに深刻な対立が起きる。シモン事件をめぐってマルクは家庭でも苦しむことになる。「三つの力が対峙している。男と女と教会だ。教会と女が一緒になって男に敵対してはならない。男と女が一緒になって教会に敵対すべきなのだ。第一、夫婦はひとつではないか。（…）そして突然マルクは真実を、唯一の解決法をはっきりと悟った。女を教育すること、同等の伴侶として自分たちのそばに居場所を与えること。なぜなら解放された女だけが、男を解放することができるのだから」。このページからは、ミシュレの後継者ゾラの主張を読み取ることができる。『パスカル博士』におけるパスカルとクロチルドのケースと異なり、二人の和解はジュヌヴィエーヴがシモン事件の裁判調書を読み再審の結果を正しく把握することによってもたらされる。女性の解放が理性に導かれた行為によって果たされる。さらに小説はテレーズ（マルクの孫フランソワの妻）の例によって、洗礼も初聖体拝領式も受けない、すなわち宗教から完全に解放され、世俗教育によって成長した世代の女性のさらなる成熟を描いている。

男児強姦殺害事件の真犯人はキリスト教学校修道士ゴルジアである。しかしこの事件の前に別の修道士によるスキャンダルが起こっている。このことでゴルジアのケースが唯一の例ではないことが暗示される。ゴルジア像によって、宗教学校の教員の質が疑問視され、さらに彼らの学校の生徒の一人、やがてゴルジアに同性愛の関係を強い、彼を殺害することになるポリドールによって、宗教学校教育の質そのものが徹底的に否定される。ゾラは宗教者たちによる教育の内容を示すのではなく、悪しき教師と生徒を登場させるという手法をとる。ゴルジア像はエステルアジー少佐のそれと重なるところがあるが、彼の異常行動は、元々淫奔な男が自分の意思からではなく、貞潔誓願を求められる修道士になっていることに因がある。王政復古期に二人の愛人を殺害したとされるマングラ神父の例は有名だが、聖職者の品行と独身の問題は十九世紀を通じて議論の的であった。ゴルジア像の設定はそうした糾弾の延長線上にある[49]。

ヴァルマリーに所在するイエズス会経営コレージュの学長クラボはシモン事件の黒幕であるが、『プラサンの征服』のフォージャ神父像と通底している。フォージャはイエズス会士とされてはいないが、きわめてジェズイット的人物である。クラボはヴァルマリー領のかつての所有者ケドヴィル伯爵夫人との仲を噂されるが、これはフォージャとマルトの関係を想起させる。学長の地位に就いても、彼は机と椅子二脚と粗末な寝台があるだけの何の飾りもない独房を居とする。しかし告解師として上流社会の婦人たちにさまざまの忠告を与え、家族間の縁を取り持ち、子女の出世や結婚を後押しし、絶大な影響力を持つにいたる。彼はシモン事件裁判の行方を左右するために、行政・司法、さらに大学関係にまで工作の手を伸ばす。「彼ら（イエズス会士）は、聖人が決して触れてはならない淫乱の獣のように女を扱っていた。ところが、男に対する女の絶対的権力を利用しようとの考えが浮かぶや、誉めそやしの言葉で懐柔して満足させ、女をして神の家の飾り、支えとした」。一方、クラボ神父は、アンリ少佐をモデルにしたもう一人のイエズス会士フィリバンと共にシモン事件の陰の立役者であるから、シモン擁護派としてのマルクは、ジェズイットと全面対立の構図に置かれる。

教区付司祭たちに目を移そう。マーユボワ町聖マルタン教会の司祭カンデュー神父は低俗な迷信信仰に反対し、カプチン会の「神殿の商人」的な在り方を批判する。またシモンの無罪を信じ、ジュヌヴィエーヴがシモン裁判の調書を手にするきっかけをつくる。さらにボーモン大教区の司教ベルジュロも彼と考えを一にし、聖マルタン教会を訪れた司教は「フランス教会がまったき真理と正義の純粋な源泉として留まるように」と述べて説教を締めくくる。数は少ないながら、ドレフュス擁護派として「人権擁護カトリック委員会」創設に加わった聖職者がいた(50)。カンデューとベルジュロの人物像がこうした人々の存在を意識して造形されているのは間違いない。当時の教皇レオ十三世はフランスの信者たちに共和国支持を促し、ドレフュス事件に関しても悪魔島の囚人を磔刑のキリストに比較し、その言が一八九九年三月十五日のフィガロ紙に掲載された(51)。ただし、『真実』のシモン擁護派神父たちはフランス教会独立強化主義《ガリカニスム》の立場をとる聖職者であってローマの介入を忌諱している。この点で、現実のドレフュス擁護派司祭たちとは異なっている。

カンデュー神父の例によって、『真実』での教会批判は、まず修道会を対象としているように見える。しかし、マルー村の教員フェルーの運命との対比において、教区付司祭批判も展開される。フェルー像を通して教員の過酷な生活が語られ、ことに司祭との待遇の差が描かれる。フェルーは毎年一〇〇〇フラン足らずの給与で食にも事欠いている。古いあばら家に住み、二人の娘に靴をあてがうのにも苦労し、借金がたまる一方である。それに対し同じ公僕であるのに、コニャス神父には、豊かな収入がある。ある資料によると政教分離直前の状況で、国から司祭に支払われる一年間の給与は第一クラスで一五〇〇フラン、第二クラスで一二〇〇フランであった。ジョンヴィル村の主任司祭コニャスはマルー村も担当しているから、より収入は多いと考えられる。さらに司祭の場合、司祭館が提供されるうえ、主任司祭配当《マンスキュリアル》、冠婚葬祭の際の臨時収入《カジュエル》、古くからの伝統である現物寄付《ディーム》といった収入があった[52]。さらに信仰が篤い場所ではより多くの寄付があり、司祭はますます豊かとなる。一方、共和主義者の教員は「無信仰の、祖国愛のない奴ら」と称されて白い目で見られる。金に窮し人々から軽蔑され、大食漢で貪欲な司祭に痛めつけられ、フェルーの悲劇が始まる。宗教へのあからさまな敵意の表明、兵役拒否、軍隊での上官への暴行によってフェルーは最後に異郷の地アルジェの軍の徒刑場で果てる[53]。

ゾラの糾弾は単に組織としての教会に向けられるのみではない。啓示による真理はすべて虚偽でしかない。「精神の貧しい者は幸いなりという「福音書」の教えは、最も恐ろしい虚偽であり、何世紀にもわたって人類を悲惨と隷属の泥沼に押し留めてきた。(…)精神の貧しい者が多数いる限り、惨めな者たち、家畜のように生きる人々がいて一握りの強盗たち、悪人たちに搾取されむさぼり食われるだろう。(…)知る者は幸いなるかな、知性のある者、意思を持ち行動する者は幸いなるかな、なぜなら地上の国は彼らのものだからだ!」。マルクのこの叫びが世俗主義の信条《クレド》を要約している。

この理念を現実のものとする役割を担うのは教員である。師範学校校長サルヴァンは、人々がユダヤ人教員シモンと共に糾弾し粉砕しようとしているのは、世俗の教員すべてであると断言する。

サルヴァンの言葉によって、シモンの運命と公教育の運命が一体であることが示される。これがマルクの戦いの意味である。事件に臨むマルクは次のように描写される。「マルクは論理的で知性の光に満ちた精神の持ち主だった。彼のうちで理性は透徹して堅固だったから、すべてを確かな事実に基づかせる必要性を感じていた」。事件の進行と平行して、マルクの教育の成果が着実に新しい世代を作り上げる。シモンのマーユボワ町への帰還を前に、マルクはその事実を確信する。まだ理性に従わない者たちもいるが、事件を通してマルク自身も成長する。「しかし、とりわけマルクの精神には大きな安らぎがあった。心からは大いなる赦しと、寛容と善意しか湧いてこなかった」。小説の大団円に、マルクのひ孫ローズの暴行事件が起きる。シモン事件のときと異なり、この新たな事件に際して、人々は理性的になり正直になっている。これは教会の権力が弱まり、修道会による教育が公教育によって取って代わられた結果である。「多くの哀れな狂人を作り出したあの「イエス」が消え去った結果である。マルクの理想は、教員となった彼の子供、孫たちによって引き継がれていく。

『真実』は世俗主義（laïcisme）の、宗教に対する勝利の物語である。それは単に共和国の理念にしたがっての「政治の非宗教化」（laïcité）のみを目指すのではない。ナポレオンによって制定され一〇〇年以上続いてきた政教条約の破棄は、二〇世紀初頭の一大転換であり、修道会の追放とあいまって、これにより政教分離《ライシテ》が実現した。しかしゾラにおいて、世俗主義《ライシスム》は学校などの公的機関の非宗教化を目指すのみではなく、宗教からの人間精神の解放を意味していた。

第五部　「彼方」の証人《あかしびと》たち

第五部は「『彼方』の証人《あかしびと》たち」と題して、まず第一章では、司祭が主人公である幻想文学という共通項を持つバルベイ・ドールヴィイ『魅入られた女』とヴィリエ・ド・リラダン「予兆」(『残酷物語』)を並行して検討する。この二つの作品では、幽霊譚あるいは死の前兆的出来事を通じてこの世の彼方が示唆されており、司祭たちはその証人と言えよう。しかし、彼らが担う「彼方」の宗教的意味は、曖昧なままに留まる。

第二章ではユイスマンスを取り上げた。『出発』での修道会は「功徳の転換」という神秘が実践されている場であり、修道士たちは、肉欲の懊悩にさらされる主人公とは隔絶した聖なる他者として描かれる。一方、『修練者』における修道士たちは、「神への絶えざる讃美としての典礼」を共に執り行う、修練者の主人公にとって求道の同志的存在である。しかし、一九〇一年の結社法成立を受けて国外退去を決断した彼らは、「神への絶えざる讃美としての典礼」を担い続けるため、国境というボーダーを超えて去っていき、主人公にとって彼方の存在となる。

第一章　二人の「真夜中の司祭」
―バルベイ・ドールヴィイ、ヴィリエ・ド・リラダン

この章では、バルベイ・ドールヴィイの『魅入られた女』（*L'Ensorcelée*）とヴィリエ・ド・リラダンの『残酷物語』の中の一篇「予兆」（«L'Intersigne»）を取り上げる。前者は小説であって主たる筋は十九世紀の前半に生起する。それに対し後者は、一八七六年に起こったとされる出来事を記した短編《コント》である。二作品の共通点は司祭が主人公というだけでなく、バス＝ノルマンディと低地ブルターニュという二つの隣接した地方を背景とした幻想文学であるということだ。

一八五一年十一月二十二日にギヨーム＝スタニスラス・トレビュティアン(1)に送った手紙で、バルベイは構想中の作品には「新しく、不吉で超自然的な幻想の大胆な試み」があると語っている(2)。ヴィリエの短編が、幻想文学に属することについて異論の余地はないだろう。

T・トドロフの幻想文学の定義にしたがって、なお確認してみよう(3)。彼が提示した幻想文学に不可欠な三つの条件のうち、一つ目は〝想起された出来事に関する自然な説明と超自然的な説明のあいだでの読者の躊躇〟だ。それは、語り手自身が自ら体験した驚異的現象について確信が持てないでいたり、語りの中でその真実性に疑問を呈することに、主として起因する。このように躊躇が「作品の内部に表象されている」ことで、二つ目の条件である〝躊躇が作品のテーマの一つとなる〟という条件が同時に満たされる。第三の条件である〝読者の寓意的解釈および詩的解釈の拒否〟については、両テキストともその条件を満たしている。

『魅入られた女』は一八五二年の連載までは「ラ・クロワ＝ジュガン神父のミサ」という題だった。バルベイはこのタイトルを気に入っていた。小説が「女より、むしろ男が中心の文学」だと考えていたからだ[4]。この作品では、無名の語り手「私」は、真夜中に響く鐘の音という奇妙な現象を体験する。一八二四年のことだ。それは十九世紀初頭（一八〇一年と一八〇四年のあいだ）に起こった主要な物語と関連する。その鐘の音を聞いた時点では、語り手の「私」には、まったくあずかり知らない出来事である。つまり、「私」は過去の陰鬱なドラマの内と外に同時に位置する。これは幻想文学の語り手としては理想的な位置であると言える。なぜなら、一方ではある超常現象の体験者でありながら、根本の出来事について部外者であるからだ。

一方、「予兆」のグザヴィエ・ド・ラ・V***男爵は、「思索家たち」と形容される友人たちに自らの体験を語る。このような聞き手たちを前にしてのことであるから、彼が真摯に語っていることは疑いを入れない。しかし、彼が物語る超自然的現象について、読者は真偽を決定しかねる。なぜなら、この青年はある遺伝性の病気に起因する「知的衰弱状態」にあるからだ[5]。

さらに、両作品中の不可思議な出来事は、作家たちが子供時代に語り聞かされた故郷の古い諸伝説と連動している。「この本は根本的にノルマンディの産物だ」とバルベイは言う[6]。ヴィリエの短編については、そのタイトルをブルターニュ人たちの想像力と語彙から借り受けている。ところでノルマンディにせよブルターニュにせよ、土着の信仰はキリスト教より起源が古い。キリスト教受容後も、呪術・魔術・妖精や幽霊といった類の異界の顕現を人々は信じ続けてきた。『魅入られた女』の作者は、これらは断罪されるべきで悪魔的である事柄だが、教会は常に現実のものとしてきたと主張する。これらは異端の信仰ではあるが、人々の心性に深く浸透している。地元の聖職者たちは、それらを根こそぎにしようとするのではなく、宗教教育においてうまく利用しようとし、キリスト教の信条となんとか折り合いをつけようとした[7]。つまり、さまざまな超常現象は、キリスト教が指向する「彼方」とは相容れないものであるが、此方の世界の向こうに別の世界があることを強力に証する。その意味では、物質主義の否定として有効であろうが、キリスト教にとっては異質なものとして留まる。

確かに、取り上げた両作品において、怪奇の顕現は司祭像に神秘的な偉大さを付与する。しかしそれはまた同時に、彼らに接する人々の迷信、幻覚、あるいは極度な神経症に翻弄される人物たちでもある。

1　郷土の幻想

幽霊のミサ（『魅入られた女』）

『魅入られた女』は、語り手がノルマンディ地方コタンタン半島の荒れ地《ランド》を夜中に歩きながら、道連れの男から聞いた話が出発点になっている。真夜中、彼らは奇妙な鐘の音を耳にする。同行者のルイ・テヌブイは過去にも同じ鐘の音を聞いたことがあり、その後家族に不幸（子供の不慮の死）が起きたという。この牧農夫によれば、この不吉な音は、「ラ・クロワ＝ジュガン神父のミサ」の始まりを告げるものに他ならない。それは、亡き神父がたてる幽霊のミサだ。その鐘の音をきっかけにして、テヌブイは問題の司祭の生涯について話し始め、そのときの語りをもとに「私」が数年後にまとめた物語を、読者は目にしているという設定になる。

ところでテヌブイが直接的に見聞した事柄は限られていて、彼の語りの詳細はさまざまな証人たちの言葉に依拠している。それを彼が直接話法で語ることから、P・トラヌエズの指摘によれば、「すべてが語り、あるいは語りの語り」であるというテクストの独特な特徴が生まれる。(8) A・ジュラシュコヴィチは、「物語は、ある共同体の共通底部に属しており、その内部で絶えず流通しているように描かれている」とする。(9) これは〝伝説〟を作り出すのに適した構造であって、にわかには信じがたい内容が、共同体の中では全員一致で信じられている。

さらに夜中に二人の男が横切る荒れ地《ランド》が重要な役割を果たす[10]。それはほとんど神聖化された場所で、さらに想像力によってその異界としてのイメージが増幅される。そこはラ・クロワ＝ジュガン神父が夜中に馬を駆り、不吉な暗示と教唆によって登場人物たちの運命を操る異教徒の牧人たちが住まう場所でもある。彼らの役割は、ギリシャ悲劇の合唱隊あるいはエウリピデス劇のカッサンドラに匹敵する[11]。幽霊と超自然的な幻視の場である荒れ地は、そこに踏み込んだ者たちの証言に民衆の想像力が加わり、恐怖と呪いが絶えず付け加わる場である。しかし、荒れ地にまつわる怪奇を、語り手は近隣の居酒屋で一杯やった旅人たちの酔眼が原因ではないかと疑う。それによって読者にとっては、一種の相対化が行われる。語り全体の中で客観性を保証するのは「私」であり、「私」の視点は読者に共有される[12]。

「伝説や民衆の迷信の大の愛好家にして鑑定家」である語り手は、自らの郷土で起こった物語を独自の調査によって補足し、「彼独自のやり方で」それを蘇らせる。ところで注目すべきは、バルベイが一度ならずノルマンディとブルターニュを結合しようとすることだ。ラ・クロワ＝ジュガン神父の物語は、「私」がルイ・テヌブイから聞いた内容が中心を占めているから、このコタンタン半島の牧農夫は、第一の語り手と言える。ところで、この人物は次のように描かれる。「ノルマンディとケルトの血が混じっていて、（…）私が知る中では、彼は二重の血筋の最も典型的な人物だ」。そして、二つの血筋の融合した家族が特殊な存在でないことをバルベイは強調する。「ブルターニュとノルマンディは隣接していて、しばしば両地域では血縁関係が生じた」。一八五四年に連載がはじまった際の序文には「現在でも、バス＝ノルマンディはブルターニュに次いで、カトリシスムが最も堅固で、最も土着化した地域の一つである」との一節が見える。

二つの地域の近親性を力説するバルベイの意図は何だろうか。隣接するコタンタン半島とブルターニュ半島の北海岸部は革命期にふくろう党の活動が特に活発だった場所だ。ルイ・テヌブイにおける二つの系譜の統合で、彼はまず「ふくろう党の人々の子孫」として正統化される。さらに、ブルターニュ人の血を引くことで、この信心深い人物は幽霊によるミサ伝説の格好の語り手になる。なぜならブルターニュ地方は十九世紀においてもなお死者伝説が語られ、それはケルトの子孫たちが住むこの地方の特徴として広く知られていたからだ。彼らは教会に忠実な一方で、死者崇拝を維持し、死者たちは生者の日常の一部であった。

ラ・クロワ＝ジュガン神父のミサは、ブルターニュ地方の民間伝説収集家アナトール・ル・ブラズやその他の人々によってこの地で収集された諸伝説と共通する点がある。そこには執行司祭、侍者、出席者すべてが幽霊であるミサが出てくる。神父は生前に犯した大罪を贖うために死後もミサをたて続けることを余儀なくされる。ル・ブラズが聞き書きしたある語りによれば、それは死の床にある信徒のもとへ臨終の秘蹟を持参するという神父として欠かすべからざる義務を、降りしきる雪のゆえに怠ったことによる。一人の生者が侍者を勤めるか、聖体を拝領してくれない限り、この贖罪は永遠に続く。生者はその参与によって、自らの罪の償いのために聖堂に会する死者たちの魂をも救済することになる。しかし、その参与によって、生者はしばしば命を失う。つまり、それはすでに死した他者の救いのための自己奉献の行為である。この特異なミサの存在を他の生者たちに知らせるのも彼であるから、その役割は非常に重要である。これが典型的な筋であり、「魂たちのミサ」と呼ばれる。(13)

ところで、『魅入られた女』の作者が創作したミサには、典型的な伝説とは異なる部分がある。まず第一に超自然的なシーンに登場する生者に関する点だ。伝統的な物語に現れる生者は、侍者を務めるかあるいは聖体を拝領するなどの行為により、死者たちの罪からの解放に寄与する。こういった役割を担う生者を〝介助生者〟という名称で呼んでおこう。ところでバルベイの小説中に出てくるミサの目撃者は単なる観察者であって、教会の建物の外にいて扉の穴から中を眺めるだけだ。つまり、彼方の出来事について証言する者としての尊厳は、目撃者のピエール・クルーにおいては著しく損なわれていると言える。つまりこの人物は〝介助生者〟のカテゴリーには入らない。さらに彼は泥酔状態だったとされている。奇怪なミサの描写は、ルイ・テヌブイがこの鍛冶屋の徒弟の証言を直接話法で引用することで行われる。一方、〝介助生者〟が未だ出現しないこのミサは、なおも続いているはずだ。「私」は郷里を来訪した際さらに調査しようとしていたが、ピエール・クルーの見聞を確認するにはいたらなかったとされる。つまり、この物語は鍛冶屋の徒弟が属する共同体では全員一致で信じられているが、語り手が確証を得ていないがゆえに読者もその真偽を確認できず、クルーの語りしか依拠するものがないということになる。

この人物の語ったところによると、問題のミサには侍者も参列者もいない。扉が閉まっていて生者は誰一人立ち入れない教会の中で、司祭のみによって執り行われる孤独な儀式だ。しかし、九つの鐘の音が告げ知らせるミサの入祭部からすでに、執行司祭の言葉「私は神の祭壇に近づく」(Introïbot ad altare Dei) に答える侍者が必要だ。司祭はやむなく自分で返答し、本来は侍者の役割であるが、自ら鈴を鳴らす。儀式が進行するにつれて、司祭の言葉は段々とたどたどしくなり、「主は皆さんと共に」(Dominus vobiscum) に始まる序唱で止まってしまう。執行司祭と会衆の本格的な対話が始まる部分だ。こうして、聖変化を成し遂げるまでに行き着かず、司祭はこの「不可能なミサ」を、明け方までやり直し続ける。この終わりのないミサは、目撃者によって永遠の業罰のシーンとして描写される。この恐るべき絶望の儀式は、民間伝説の枠組みを利用して構成されているが、それとの相違点からラ・クロワ゠ジュガン神父の人物像の問題を探ることができるだろう。

死者の土地(「予兆」)

ル・ブラズによれば、「予兆」(intersigne) という語は、ブルトン語の中で三つの意味を有する。(1) 見かけ、(2) 予兆、(3) 恐怖の対象。大部分のケースで、死を予告する現象は本人にではなく、別の人に現れることが多い。さらにル・ブラズによると、本人あるいはその分身 (Expérience と呼ばれる) が自らの死を親近者や知人に告げることもしばしばある。[14]

ヴィリエの短編では「予兆」という語はタイトルにしか現れない。この語の一番の古い用例は一八二五年だ。[15] 語り手のグザヴィエ・ド・ラ・V*** 男爵が、ブルトン語由来のこの語を口にしないことからして、この語は彼自身にも聞き手たちにもなじみのない語と想定される。パリ在住の青年は自らの体験を「これらの奇妙な、驚くべき、神秘的な偶然の一致 (coïncidence)」の例証として話し始める。つまり、「予兆」と「偶然の一致」は同義語であると言える。さらに、ヴィリエの用法では、correspondance はスウェーデンボルクが唱えた意味とは関係なく、ほとんど prémonition（予感）と重なる場合がある。[16] とすれば、correspondance も intersigne や coïncidence とほぼ同義であるということになる。

「予兆」はまず、ヴィリエが編集長を務めた『文芸雑誌』（*La Revue des lettres et des arts*）に一八六七年から一八六八年にかけて発表された。その際は「第二の陰鬱な物語」と銘打たれていた。「クレール・ルノワール」（«Claire Lenoir»）がそれに先行する「第一の陰鬱な物語」であり、そこで示された人間観・死生観を受け継いだ作品が「予兆」だ。J＝H・ボルネックによれば、ヴィリエは「クレール・ルノワール」において、『ボヴァリー夫人』の登場人物オメーや、アンリ・モニエ（Henry Monnier 一八〇五－一八七七）が創造したジョゼフ・プリュドムの系譜に属するトリビュラ・ボノメ博士を語り手とすることで、十九世紀後半、思想界の主要な潮流の一つであった実証主義に反駁した。[17] 生理学の名誉教授ボノメは「予兆（intersigne）などという無意味な暇つぶし」に関わるのを避け、もちろん幽霊や、「死者たちのくだらぬ悪ふざけ」も信じない。[18] この中編小説では、最後のエピソード（死したクレールの瞳に残存していた、夫セザール・ルノワールの相貌をした野蛮人《オティゾール》の姿）が、この教条主義的な実証主義者の確信に一撃を与える。それに続く「予兆」でも同じ効果をねらったものと考えられる。司祭の死の先触れである変容と出現がその役割を果たす。少なくとも雑誌掲載の短編の筋は、そういった印象を与える。

「予兆」の語り手のラ・V*** 男爵が旅行に出る決断をするのは、「遺伝性の鬱病」が昂じて、知的能力さえ損ないかねないと感じたからだ。彼の最初の発想は「どこか遠くの自然豊かなところで過ごし、気晴らしのために、たとえば健康的な狩猟に出るなど、はつらつとした運動を行う」ことだった。つまり、極度な神経過敏状態を緩和するための遠出である。行き先を思案するうち、ふと、モーコンブ神父のことが思い浮かぶ。司祭館にたどり着いた青年は、その様相が突然変化するのを目撃するが、自分の病状を自覚する彼は、それを「頭脳の衰弱」のせいと考える。彼はまた理性主義的な側面があり、[19] 今起こった不可思議な現象は「一種の錯覚」あるいは「夢遊症の発作」と解釈する。

ラ・V*** 男爵は、「クレール・ルノワール」の語り手トリビュラ・ボノメと近親的関係にある点が注目される。後者も

「理性と意思を麻痺させる遺伝性の病」に罹っていて、そのせいで説明しがたい不安感の犠牲となる。「『風』の音を聞くと、怖くなる。『沈黙』の無数の震えを感じると、蒼白になる。通り過ぎる鳥影を足元に見ると、足が止まる。（…）額の汗を拭くのだ、まさに怯えた旅人だ」[20]。風・沈黙・鳥の通過は、「予兆」においても幻覚を構成する主要な要素である。ラ・V*** 男爵は博士とかなり異なる人物造形だが、合理主義的思考と精神の病という共通点がある。それによって「予兆」においては、現実と現実の彼方が拮抗しあい、幻想文学に欠かせない両義的な状況が出来する。

「予兆」の雑誌版には、一八八三年出版の『残酷物語』に収録される際に削除された一挿話がある。モーコンブ神父のもとで一夜を過ごしたラ・V*** 男爵はパリに戻る。行き付けのカフェに入ると、透明のガラスで仕切られた別の間に一人の司祭が座っていて、その背中が見える。顔は見えないものの、この客はモーコンブによく似ていた。以前にこのカフェに入ったときには気づかなかった隣の間《ま》の存在が不審に思われ、店のボーイに尋ねたところ、隣の間もその人物も現実のものでないことが判明する。つまり、パリのカフェに現れた幽霊だ。ヴィリエの幽霊話は他にもあって、『至高の愛』（*L'Amour suprême*）の冒頭に置かれている同タイトルの「至高の愛」は、手稿原稿においては女の幽霊の物語だった。主人公はパリの中心で一人の女性とすれ違いざま、目を奪われる。彼女は亡くなったばかりの恋人に奇妙なほど似ていた[21]。つまり、大都会パリもまた亡霊の出現の場所なのであり、彼らの遍在が確認できる。ところが、「至高の愛」はその後まったく異なる筋に変更になり、そのストーリーから幽霊は消えうせる。一方『残酷物語』に収録された「予兆」でも、語り手の青年が体験する怪奇現象は、モーコンブ神父の教区があるブルターニュ地方の田舎を越えて体験されることはない。

街道で神父と別れたラ・V*** 男爵は、恐怖に駆られて馬を疾駆させ、R*** という都市へと急ぐ。このイニシャルはレンヌ（Rennes）を想像させるが、地理的に考えると不可能だという[22]。いずれにせよ彼が後にした低地ブルターニュ地方の寒村に対して、地方の中心であるR*** 市は、首都パリへの中継地点である。ラ・V*** 男爵の宿は「黄金の太陽」という名で、「『死』から抜け出してきた」という印象を抱く彼は、そこでやっと一息つく。二つの場所は明確な対照をなしている。一方は遠くに池が見え、地平線には樫や松の森が続く田園の小部落であり、一方は「明るく輝く店々」に溢れ、パリ行きの列車が出る大都市である。一方は「悪夢の国」であり、一方は「現実の生」の場である。前者から後者へ移動すると、音のない恐怖のシーンが「都市近郊の敷石の騒音」へ、鳥々の叫びが蒸気機関車の轟音に、神父の古いマントがパリジャンの外套《ウプランド》に、魂の救済の問題が財産の問題へと変わる。

ラ・V*** 男爵とその父がR*** という町の出身である可能性がある。なぜならそこにはラ・V*** 男爵の「学生時代の旧友たち」がいるからだ。また、彼らがブルターニュ出身だとすると、彼らとモーコンブ神父との交友が説明しやすい。しかし、この問題の町は、ブルターニュ地方にあるとはいっても、首都へのアクセスポイントとして、パリを中心とする〝光のゾーン〟に属している。旅人はモーコンブ神父の司祭館のある小部落に向かいつつ、まったく未知の空間に足を踏み入れたことになる。

2　マントの贈与

「ブランシュランドの修道士のマント」

『魅入られた女』に登場するラ・クロワ＝ジュガン神父のファーストネームであるジェオエル（Jéhoël）は、神のヘブライ語の二つの名前 Jeho（vah）と El を合わせたものである。一方、その姓 Croix-Jugan は〝十字架の枷〟（joug de la Croix）を意味する。さらにイエス・キリストのイニシャルが逆転しているとの指摘もある。(23)

ラ・クロワ＝ジュガン伯爵の末っ子である主人公は、先祖からの掟により、クータンスの司教および十二世紀に創設された富裕な修道院の院長になるべく定められる。大革命が勃発したとき、彼はブランシュランド修道院の年若い僧侶で、ラニュルフと呼ばれていた。小説の冒頭から、語り手は十八世紀末の修道院の醜聞に満ちた状況に言及するが、その詳細は伏せられている。ブランシュランド修道院には現実のモデルがあったが、小説の中ではその具体的な内容には沈黙することで、バルベイはかえってスキャンダルをより深刻なものとして暗示する。[24]「(…)その土地の無礼な噂を信じるなら、ブランシュランド(〝白い荒れ地〟の意)で純白なのは、その名前だけだった。大革命が起きる数年前には、そこでの身の毛もよだつ出来事の数々がひそひそと語られていた」。ブランシュランド修道院は例外的であるとしても、教会の堕落は修道会聖職者、教区付聖職者の別なく普遍的な現象として語られている。一八五〇年五月二十七日にトレビュティアンに宛てた手紙の中で、バルベイはクータンスの司教であったアンジュ＝フランソワ・ド・タラリュ・ド・シャルマゼル(一七二五－一七九八)とタラリュの秘書だったレカンジュ神父に触れ、彼らの修道女たちとの淫乱な行為を指摘し、また二人の聖職者のあいだには同性愛関係があったことを匂わせている。バルベイは子供時代にレカンジュ神父に会った経験があり、小説中ではぼかしているものの、手紙では彼らの乱行を歯に衣着せず語っている。[25]ラ・クロワ＝ジュガン神父の物語は、本人の自殺未遂を挟んで革命前と革命後に分かれる。そして彼の物語の原点には、大革命前の聖職者階級と貴族階級の退廃がある。

ブランシュランド修道院のラニュルフ修道士(＝ジェオエル・ド・ラ・クロワ＝ジュガン)は、聖職者の素行が著しく乱れていた時代に堕落した修道院で生活する召命なき僧侶という設定である。貴族階級への所属意識ゆえに、若い貴族たちが集うオ・メニルの城へと足しげく赴く。貞潔の誓願への忠節か、女嫌いか、あるいは同性愛的性向によるのか、彼は放蕩三昧の青年たちの乱行の場に居合わせながらも、それに参加することはない。彼の内面はまったく明かされない。狼狩りを愛好する血に飢えた狩猟者である彼は、王制の崩壊と共に、ふくろう党の戦いに身を投じる。

一八〇一年以前、すなわち政教条約締結があってブランシュランドの教区にラ・クロワ＝ジュガンが姿を現す以前の〝前史〟は、彼の自殺未遂と革命軍の兵士たちが彼の顔面に加えた恐るべき拷問で終わる。一七九九年のラ・フォスの戦い[26]の敗北の後、ジェオエル・ド・ラ・クロワ＝ジュガンは自ら命を絶とうとする。このとき、彼は「恐れを知らぬ理想の騎士」との異名を持つ中世の武人バイヤール(Pierre Terrail, seigneur de Bayard 一四七六－一五二四)に比肩される。

「死に行くバイヤールが自らの剣に彫られた十字架に口付けしたように、彼は幾度もそれ（王家の紋章）に口付けした。しかし彼の感情が、非の打ち所のない騎士と同じように敬虔だったとしても、それはずっと悲痛なものだった。なぜなら十字架は希望を語ったが、フランス王家の紋章にはもう希望の言葉はなかったからだ」。「神を崇めているので、王党派である」マリー・エケのような登場人物とは異なり、ラ・クロワ＝ジュガンにあっては、王への忠実が「神の人」としての意識を凌駕する。ジョゼフ・ド・メストルは『フランス考』の中で、教会について次のように記す。「私は聖職者について世間で喧伝されていることを真に受けるわけではないが、富や贅沢、規律の緩みに向かう人々の全体的な傾向がこの巨大な組織を傾かせたことは間違いないと思われる。聖職者の着衣の下に、布教者ではなく、騎士を見出すこともしばしばだった」[27]。メストルはここで、宗教性の喪失と世俗化の進行を指摘しているが、ラ・クロワ＝ジュガンはまさにこうした教会における霊性の衰微を表象する人物と言える。

教会の伝統の中では、司祭が「迫害される人を守り、神の敵と戦うために他の人々に武装するよう働きかける」ことは許されるが、自ら武器をとって戦うことは容認されていない。また武器の携行も司教の認可が必要とされてきた[28]。ジェオエル・ド・ラ・クロワ＝ジュガンが掲げる大義は、他者への暴力と自身への暴力という教会法が聖職者に禁じる二つの行為へと彼を導く。敵に対する残忍性もさることながら、中世の騎士にならい「諦念し、苦しむこと」を拒絶し、自己破壊の行為にいたることはキリスト教的価値観に反する。それは生も死も神にゆだねるという謙譲の否定、さらに神に望みを託し続けることの拒絶であるからだ。

「おそらくニオベ以来、太陽はこれほど痛ましい絶望のイメージを照らし出したことはなかったろう」。主人公が自殺を企てるシーンで、バルベイは子沢山を自慢したために神々に我が子全員を殺された母を引き合いに出す。ギリシャ神話の登場人物であるニオベは悲しみのあまり岩に変容した後も涙を流し続けたという。その終わりのない絶望は、傲慢の心が災いして引き起こされた。「傲慢」という語はラ・クロワ＝ジュガンを形容するために作品の中に頻出する。『魅入られた女』というタイトルからすれば小説の主人公であるジャンヌ・ル・アルドゥエがブランシュランド教会の聖職者席に初めて彼を見たとき、ラ・クロワ＝ジュガンは「宗教によっても矯正できなかった陰鬱な傲慢の態度で」座していた。ラ・クロットと通称されるクロチルド・モデュイは「傲慢が彼の最大の悪癖だ」と語る。彼への恋に狂う二人の女性ドライド・マルジィとジャンヌ・ル・アルドゥエに対する冷酷なまでの軽蔑と無関心は、高貴な生まれの人物のものだ。その尊大な様子は「ほとんど俗世的な威厳」を彼に与える。あらゆる視点から見て、ラ・クロワ＝ジュガン神父は〝反司祭〟的人物である。神父はブランシュランド教区に姿を見せた後も、狩猟をし、馬を駆り、ふくろう党の陰謀に加担する。一方、ラ・クロットの死以前には祈る姿は一度も見られない。聖体変化の瞬間に祭壇で撃ち殺される復活祭の日曜日前には、（贖罪のために祭壇から遠ざけられていたせいであるが）ミサを執り行うシーンも出てこない。ブランシュランド教区に姿を現した理由には、何らかの悔悟の念があったこと（「おまえ（ラ・クロット）の前にいるのは、無名で、孤独で、無力で、敗北を喫した司祭だ。他の人々の血と自らの血を水のように流した後に」）は明らかであるとしても、この司祭のうちでは、俗世の精神、王と貴族によって構成される支配層の意識が、聖職者としての自覚を完全に凌駕している。宗教者である前に貴族であり、神よりは王に忠実なこの人物は、王家の復興のために策謀することをやめない。

彼の神の僕としての資質は、人々の噂話の中で疑問視される。主任司祭の召使女によれば「あの人はその職にふさわしい外見ではなかったね。まるで騎兵みたいに大きな乗馬靴を履き、鞭を手にしてね。その上にさ、神父様方の服装とは似ても似つかない兜みたいなものをかぶっていてね」。ある脱穀作業員によれば「司祭というより兵士のような外見だった」。語り手の「私」は、「イエス・キリストの慎ましい司祭」であるべきこの人物が「ルシフェルの僕」であることを強調する。

ジャンヌの死を知ったとき、ラ・クロワ＝ジュガン神父に対するその恋の煩悶の聴き手であったラ・クロットの心情に変化が起き、物語の転換点となる。彼女はジャンヌの訃報を知らせる教会の鐘を聞き、「飢えや渇きに似た祈りの必要性」を感じる。ほとんど寝たきりだったこの老女は、ベッドの足元に身を投げて、身の回りの世話をする幼い無垢な少女に助けられて、共に祈る。彼女がほとんど離れたことのない粗末な病床は、人々を寄せ付けず、貧窮の中で身体の不自由に苦しみつつも常に不遜な彼女の自我の表象である。その床を離れて、ラ・クロットはジャンヌの葬儀に立ち会うために教会を目指す。一種の〝回心〟に導かれてと解釈できるが、それによって、彼女は虐殺による死への道程を辿ることになる。

ラ・クロワ＝ジュガン神父が、瀕死のラ・クロットを発見するシーンに関して、二つの短い描写に注目したい。まず最初、集団リンチにあい置き去りにされた断末魔の老女が横たわっている場所を通りかかる前に、司祭は「人っ子一人とも出くわさなかった」。そして荒れ地を後にし家路を急ぐときも、彼は「誰とも出会わなかった」。その晩、集団リンチ事件に関わったブランシュランドの住民たちが瀕死の犠牲者を置き去りにした不吉な場所を避け、家に閉じこもっていたというのはいかにもありそうなことだ。それはまた、ラ・クロットと邂逅したのが完全に人気のない場所で、誰一人司祭と瀕死の女の会話、というより司祭の独白を聞いていた者はいないということになる。というより、バルベイがその点を強調していることがわかる。このシーンを描出するにあたり、「私」は次のように前置きする。「その晩、ジャクリーヌ公爵邸からの帰り、ラ・クロワ＝ジュガン神父がおそらく抱いた感情を、なんとか理解してもらえるよう描こう」。神父の物語は大筋において人々の見聞と噂話を基に成立しているが、それだけでは得られない情報をもたらす挿話がいくつかある。その中でもこのシーンは、語り手の想像に基づいていることが明白だ。

ラ・クロットのずたずたになった肉体を前にして、元ふくろう党首領ラ・クロワ＝ジュガンは、この死を口実に再度農民蜂起を煽動しようと決心する。彼女をリンチで虐殺した元共和国軍の兵士たちとの戦いへと、ピストルを空中高く掲げて馬を駆ろうとする。しかし、その瞬間、振り上げた武器の砲身に彫られた十字架が彼の意識を逆転させる。

沈み行く太陽によってこの十字架が彼の目にきらめいたとき、彼は生涯かけての峻厳な義務を思い出した。

さらに、

彼はまるで初めてであるかのように、馬から降りた。

今まで彼は一度も「馬から降りたこと」がなかった、すなわち王政復古のための闘争にしか思い及んでいなかったということだ。死に行く者の罪を赦し祝福を与えるため、司祭は軍馬を離れる。この瞬間に彼はポーランドの司教たち、ロシア皇帝ニコライ一世の軍の侵攻に抗する戦いの最中、武器を携行し馬を駆りながらも神の僕としての職務を忘れることはなかったとされる聖職者たちに比較される。

これほどにも誇り高い者が直立して、（…）これほどにも慈愛に満ちた祈りの言葉を唱えたことは一度もなかった。

そして神父は、「ブランシュランドの修道士のマント」で老女の遺骸を包む。つまりそれは修道士時代から身に着けていた外套である。寒さや悪天候から身体を守るマントは人間的な優しさの象徴でもある。四世紀の人、トゥールの聖マルタンの伝説によれば、寒さに凍える貧者にマントを与えた翌夜、キリストがそのマントを纏ってマルタンの夢に現れたという。聖マルタン以来、マントの贈与は至高の慈悲を表象する。キリスト教的見地からすると、それは受け取る者にだけ恩恵があるのではなく、与える側におそらくより以上の恩《めぐ》みをもたらす。さらにここではそれが「ブランシュランドの修道士のマント」と形容されていることからして、〝旧い人を脱ぎ捨てる〟という意味をも付与される。「寛大な心の者が救われるなら、お前は救われることだろうが。しかし、傲慢の思いがお前の生をゆがめてしまった。私の生同様に」。老女の場合と同じく、改悛は、しかしながら死への道程となる。

人々に石を投げられ、ラ・クロットは初期教会の最初の殉教者エティエンヌのように殺害された。しかし、彼女が身の危険も顧みず肩入れしたのは、大革命によって完全に揺らいだ価値観である。教会の敷地にある墓地は、貴族と平民という二つの意識の抗争の場となる。多勢に対してただ一人立ち向かい、貴族崇拝意識のゆえに疎外され、さらに出自からすれば平民に過ぎないことで人々から憎悪される。ジャンヌの死によって彼女のうちに沸きあがった回心の念は消えうせ、聖なる場所は宗教感情とは何の関係もない対立構造によって冒瀆される。

ラ・クロワ＝ジュガン神父が祭壇で撃ち殺された直後、ヴァラングベック教区の主任司祭は「教会は冒瀆された」と宣する。教会内部で、ことにミサを主宰する司祭の殺人は聖性冒瀆にあたろう。しかし、殺人者と想定されるトマ・ル・アルドゥエには、神の僕を殺したという意識はあったろうか。大革命期に教会財産を取得したことで皆から疎まれていた人物は、神父が不在のあいだに十字架を床にたたきつけ、暖炉の灰の中に足で蹴りいれる。「奇妙なことに！　彼はジャンヌに裏切られたと信じて以来、ふくろう党員ラ・クロワ＝ジュガンが神父ラ・クロワ＝ジュガンを駆逐して、夫というより共和国軍兵士として復讐に焦がれるようになった」。暗殺者の目からすれば、殺人は政治的な抗争の帰結である。司祭は「おお、聖体よ」と始まる文言を口にし始めるが、それが終わらないうちに撃ち殺される。小説では冒頭の「おお、聖体よ」の部分しか示されていないが、十九世紀にあってはそれに続く部分（「おお、力を与える聖体よ、我々に天国の扉を開くものよ。敵の大軍が我らに迫る。我らに力を与えたまえ、救いをもたらし給え」）は、読者の脳裏にすぐに浮かんだことと思われる。神父がこの文言を言い終えることができなかったことは、意味深長である。世俗の対立が聖なる場所を汚し、内陣に安置される聖体箱を照らし続ける灯明――それは聖体に宿るキリストの現存の象徴であると同時に、信仰の永遠の証である――をも消し去り、教会は閉鎖される。一方、聖性の意識は、ラ・クロワ＝ジュガン神父が聖別し、彼の血に塗れた聖体を取り上げて拝領したヴァラングベックの司祭の行為によって保持される。

この〝瀆聖〟は、神父の死後も継続する。教会の扉は、大革命によって破壊されたブランシュランド修道院から持ってこられたもので、そこかしこに弾丸が貫通した穴がある。それらの穴の一つから、鍛冶屋の徒弟は中をうかがう。彼の語ったところでは、司祭が振り向いたとき、その眼は「二つの燭台のように燃えて」おり、それと出会って、今にも焼かれそうだった。しかし、その恐るべき両眼は、この若者をたじろがせ逃げ出させるにはいたらない。復活祭のミサの途中に元共和国兵士の銃弾に倒れた神父は、死後のミサにおいては平民の男の好奇の目に晒される。ラ・クロットはジェオエル・ド・ラ・クロワ＝ジュガンが初めて彼女の粗末な小屋にやってきたとき次のように叫ぶ。「あなたは相変わらず同じジェオエルなのね……。ああ、あなた方のような貴族方ときては。どうやって、あなた方の種族の刻印を消すことができるでしょう。あなた方の身体が墓に横たわってさえも、その骨を見ただけで、あなた方が何者だかわからない人がいましょうか」。ラ・クロワ＝ジュガンの幽霊を見たピエール・クルーは「（生前の）神父の顔面を覆った傷が、その骨に刻まれていた」と証言する。彼によれば、彼の骨に刻印されていたのはその貴族の出自ではなく、彼の二重の業罰の痕である。死後のミサの物語は、ルイ・テヌブイのような敬虔な人物には聖なる恐怖を引き起こす一方、死者と目があったピエール・クルーのほうは、幽霊ミサ伝説とは異なり、その後に不吉な運命に遭遇したわけでもない。だが鍛冶屋の徒弟によって語られた物語は、後の時代にまで存続する。民衆の想像力は、神父がこの「不可能なミサ」を絶え間なくたて続けるのを見る。死者となった彼はもはや生前のように馬で荒れ地を駆けることもなく、ふくろう党の首領であることもやめ、ひたすら聖職を果たそうとする。ある意味で、死が彼を宗教的存在とし、「生涯かけての峻厳な義務」へ捧げたとも言える。それは、彼の伝説を創造する共同体の目には永遠の業罰と映る。

「聖墳墓に触れたマント」

再び、ヴィリエの短編に移ろう。「学識ある司祭」「博学の小教区主任」と形容されるモーコンブは、かつて竜騎兵だった元士官であり、年をとってから叙階されたと想像され、他の田舎司祭たちとは異なった出自と来歴の持ち主である。一方、田舎生活を気に入っていて、司祭館の土地で野良仕事をし、狩猟や釣りを楽しみ、土地の城主たちの近況にも通暁している。

彼は理性主義的な信条の持ち主である。訪ねてきた若い友人であるラ・V*** 男爵に「最も有益な」信仰、すなわち〝最も理に適った〟信仰を選択するよう忠告する。彼は有用性が人間の選択にとっての重要な要因であると考えている。主知的な合理性が彼の信仰を特徴づける。

神父はラ・V***男爵との夕べの会話を次のような言葉で締めくくる。「我々は証《あかし》するためにここにいる――我々の行い、思い、言葉そして『自然』に対する闘いを通してね――。そう、我々が重きをなすかどうか、証するために」[29]。この宣言の裏には、「実用的で、実証主義的な知識偏重の世紀」、至高の標語として「何よりもまず物質的安楽」[30]を掲げる世紀に生きていることの鮮明な意識が感知される。モーコンブにとっては断じて受け入れがたいメンタリティである。彼が語る「重きをなす」とは、世界の潮流に対して、キリスト者が持たねばならない抵抗力とでも言うべきものと解せる。それに対し、ラ・V***男爵は次のようにコメントする。「とは言え、我々（この『自然』の甘やかされた子たちである我々）は、光（啓蒙）の世紀（«le siècle des lumières»）に存在しているという栄光に浴していますね」。客人のこの発言に、司祭は「光（啓蒙）の世紀」より「諸世紀の『光』」（«la Lumière des siècles»）を好むようにと、微笑みながら言い返す[31]。

二人の人物のあいだには、互いの関係について根本的な認識の差がある。男爵は、「知的友情」で結ばれている司祭のもとへ、その司祭館が田園の真っ只中にあることに魅力を感じて、病状の軽減のためにやって来る。それに対し、司祭のほうは、二人が共に「神による親縁で強く結ばれたキリスト教精神」のカテゴリーに属する者と確信している。金銭問題に関する至急便がパリから来て、ラ・V***男爵は、彼のほぼ全財産がかかる裁判にすっかり心を奪われ、パリへと帰っていく。一方、神父は彼の魂の救いを気にかけていて、裁判が決着をみたらすぐにも戻って来るように促す。

ところで、モーコンブの描写には二つの版のあいだで大きな隔たりがある。雑誌掲載のオリジナルをまず見てみよう。就寝時間になり、ラ・V***男爵はモーコンブに付き添われて寝室に入る。その際に、彼は司祭が手にした蠟燭の明かりに照らされ奇妙な変容を遂げるのを目撃する。すっかり変わった面立ちは、彼の病気の深刻さを暗示する。「この痩せこけた顔、（…）これは衰弱、何か深刻な病気による荒廃だった」。そして、語り手は好奇の目で司祭を観察する。

そして私には老神父が病気であり、無理していることがわかった。彼は何も気づいていなかった。彼の不安げな眼

差しは部屋を一巡りした。だが、私を見ていなかった！　彼は、私が注意深く観察しているのがわからなかったのだ。(32)

自分の重病を認識していないのと同様、神父は他者の好奇の眼差しに晒されていることにも気づかない。眺められるままになっている。他者はある異常な感覚（『残酷物語』収録版では「第二の感覚」と表現される）によって、本人がまったく知りえないことを感知している。司祭もまた〝眺める〟のだが、その眼差しには理由のない不安が覗いており、優勢な他者の眼差しの下にある。

一八八三年の版でも、もちろん神父には客人が自分についてどう感じているか知るべくもないが、彼は無遠慮な凝視の対象に留まってはいない。

私が凝視した顔は厳格で、蒼白で、死の青白さだった。まぶたは閉じられていた。彼は私の存在を忘れてしまったのだろうか。祈っていたのだろうか。いったいどうしてあのように立ち尽くしていたのか。その容姿は突然に荘厳さを帯び、私は思わず目を閉じた。

語り手はオリジナル版におけるほど、自分の観察に確信が持てていない。「死の青白さ」という表現によって、神父の病気と死が暗示されてはいるが、不安を味わうのはむしろ語り手である。神父はまぶたを閉じて不動の姿勢でしばしのあいだたたずむが、三つの疑問文の連続が示すとおり、その理由が彼には把握できない。そして、その荘厳な不動の姿勢が、彼の観察を中断させる。ここではむしろ、変容した神父の存在が語り手を威圧する。

真夜中の予知的な幻影（後になってモーコンブ神父あるいはその「分身」（Expérience）と合点される）は、ラ・V***男爵の寝室の鍵穴から差し入ってきた「凍りついて真っ赤な、周囲を照らさない微光」に続いて現れる。この奇怪な微光に、語り手は「ふくろうの燐光のような眼差し」の印象を持つ。このシーンはさらに三つの要素によって特徴づけられる。

「荘厳な不動の眼差しで（語り手を）凝視する」二つの瞳孔の輝き、マントを差し出す動作、鋭い叫び声を上げて二人の人物のあいだを羽ばたいて通り過ぎる一羽の夜鳥、である。翌日の夕べ、ラ・V***男爵が街道で神父と別れる際に、前夜とそっくりの出来事が生起する。激しい風をともなう冷たい霧雨の中、R***市までかなり長い道のりを行かねばならぬ若い友人にモーコンブは自分の纏っていたマントを差し出す。燃えるような眼差しの顕現、マントの提供、鳥の飛翔という三つの出来事は、昨晩の描写とまったく同様に再現されるが、順番は逆になっている。「燐光の目をした」鳥が二人のあいだを通過した後、神父はラ・V***男爵にマントを差し出すが、その瞬間に彼は相手の目と出くわす。ヴィリエはこのシーンでも「荘厳な不動の眼差しで私を凝視した」とまったく同様の一文を繰り返すが、今回はその部分がイタリックになっている。[33] この「荘厳な不動」（solennelle fixité）という表現は、『未来のイヴ』（*L'Ève future*）の第六部第六章「真夜中の姿形」にも見える。そこでアラディはエドワルド卿に夜中の不安な幻影について語る。「（…）時として、ある姿を見出すことがあるわ。それは荘厳な不動の眼差しで見つめるの」。ここで彼女が述べていることは、真夜中のラ・V***男爵の体験と通底する。それは、「表現不可能なある別空間の現実」である。アラディにとって、人間が生活する空間はその写しにしか過ぎない。ところで「荘厳な不動の眼差し」は、さらに別の短編にも現れる。「至高の愛」では、修道女となる儀式に臨んで、若い女性は髪が切り落とされる瞬間、まさにこの眼差しで主人公に別れを告げる。「そして、彼女の目は私の目に出会うと、静かに、長いこと、不動のまま留まった。その深々とした荘厳さのゆえに、私の魂はこの眼差しの衝撃を、光輝く魂が約束してくれた永遠の出会いのように受け入れた」。女性は神に奉献されようとしており、その眼差しはもはやすでに俗世のものではない。それは、ある彼方の眼差しである。

　司祭は自分のマントを脱いで与え、霧雨にぐっしょりと濡れながら帰宅する。そのマントは「継ぎはぎし、繕いをし、裏地を付け替えた」古着であった。しかし、R***市の宿屋に頼んで返却してほしいと語るほど、何らかの理由によりモーコンブ神父は大変愛着を持っているようだった。帰宅後、神父は床に就き、ほどなく他界する。女中からの手紙によれば、「街道でかかった風邪」が死因であった。マントの貸与という慈悲の行為が彼の命を奪ったと言えよう。古着とはいえ、彼には大切な品であるものを、冷たい突風をともなう霧雨に濡れることも厭わず差し出したのであるから、ここでは自己犠牲は二重である。前晩の不可思議な出現は、司祭が息を引き取った時間である真夜中の十二時のことだった。したがってそれは、死の先触れの現象と解釈されるだろう。この現象を説明するのに、ヴィリエは「予感」という言葉を用いる。

老女中ナノンによれば、モーコンブは返却されたマントに包まれて息を引き取った。つまり、真夜中の幻影がラ・V***男爵に差し出した品は屍衣として用いられることになるものだったわけだ。語り手が昨晩感じた恐怖の理由がさらに明らかになった。しかし、この短編は単なる怪奇譚ではない。彼方の世界との接触と慈悲の逸話が融合しているからだ。とはいえ、司祭の変容も幻影の出現も語り手のうちに聖性の感情を誘発することはない。なぜなら、語り手はそれらを神経性の病に起因する単なる幻覚として捉えているからだ。

ところが、短編の最終行は幻想文学の常套にプラス・アルファを付け加える。問題のマントは「彼が聖地から持ち帰り、『墓』に触れたマント」であったのだ。ヴィリエは「墓」の綴りをすべて大文字にしているが、それは問題の墓が「聖墳墓」であることを強調するためである。それは遺骸の存在しない空の墓であり、キリストの死と復活に刻印された場所である。レオン・ブロワの『貧しい女』の中で、主人公マルシュノワールは自らを「聖墳墓の巡礼者」と称し、「救い主の墓は、宇宙の中心であり、諸世界の軸であり中枢だ」と公言する。(34) ラ・V***男爵を見送りに出かける際、神父は「この散策は健康によいだろう」と述べる。実際にはそれどころか、命取りになってしまった。しかし、霊的、キリスト教的見地からすれば、彼の予見は正しかったということになろう。神父は主イエスの教えに従って命を失ったのであり、宗教的な視点から見れば、それは決して後悔すべき行為ではない。最終行によって、テクストは別の次元に開かれて終わる。

作者たちはいずれも自らをカトリック信者と称しているが、はたしてこれらの二テクストは真にカトリックの霊性を体現しているのだろうか。バルベイの作品群の宗教性を疑問視する研究者は多いし、またそのとおりであろう。ただし『魅入られた女』に関しては、ラ・クロットの死の場面にあるような、宗教的思索の痕跡が透かし見える箇所がある。かたやヴィリエはどうだろうか。最後の作品である『アクセル』（*Axël*）には、キリスト教とはまったく異質な心性が看取される。いずれにせよ、これらの二つの物語において作家の情念と想像力によって造形された司祭像は、幻想文学に不可欠である両義性に刻印されている。両作品でまったく異なる司祭像であるが、幻想文学の枠組みをこえて、独特な神秘性を保持している。二つの物語の宗教性とは、この司祭たちがそれぞれの在り方で担う「彼方」の神秘性に他ならない。

第二章　信仰の探求と一九〇一年の結社法――J・K・ユイスマンス

『彼方』（*Là-bas*）のデュルタルは、「親密でうっとりさせる芸術、すばらしい諸伝説、輝くばかりに無垢な聖人たちの生」が彼にとって宗教の核心をなすことを意識する。(1)この小説の成功の後、ユイスマンスはサタニスムからその対極へと方向転換し、「教会そのものの芸術」である神秘主義へと向かうことになる。

それは世紀末に特徴的なある種の宗教感性との決別でもあった。レミ・ド・グールモンの詩やフェリシアン・ロップスの絵画にある、エロティシスムを刺激する要素として宗教をとらえる傾向、またエミール・ヴェルハーレンの詩における自然主義的汎神論に裏打ちされたキリスト像、そういったものとユイスマンスは別方向へ向かう。グールモンの『神秘のラテン語』（一八九二年）に寄せた序文に、そのことが明確に見てとれる。「この世での満たされなさ、観念論《イデアリスム》や心霊主義あるいは自然神教と呼ばれるもの、すなわち未知への、漠とした彼方への、不可思議な潜在力へのおぼろげな憧憬を〝神秘主義〟と混同してはならない。それは自らの望むこと、行くべき道を知っており、求める神の何たるかを知りえ、明確に語りうる」(2)。一九一三年の版で、グールモンがこの序文を採用しなかった理由は明白である。

1 『出発』における聖職者像

『出発』(*En route*)の第一部には、パリの教会や修道院を彷徨するデュルタルが描かれる。彼はグレゴリオ聖歌に惹かれて、それらの聖なる場所に通う。芸術こそが、人生への嫌悪感にもまして、彼を宗教へと引き戻す牽引力となった。しかし、『出発』のデュルタルは、「神を信じること」(croire)と「告解と聖体拝領を行うこと」(pratiquer)とのあいだにある深淵を自覚する。彼は誰の力も借りることなく神の方へ振り向いたと考える一方、次の段階にいたるには司祭の手助けが必要であると痛感する。『出発』の主人公は、信仰のまわりをへめぐる芸術家から信仰を実践する信者へと変容するが、この変容を可能としたのは、あるトラピスト会修道院であった。

ユイスマンス自身は『出発』の出版(一八九五年)と前後して四度(一八九二、九三、九四、九六年)にわたり、マルヌ県フィームに近いトラピスト修道会ノートル゠ダム・ディニー(Notre-Dame d'Igny)で静修する。この修道院は起源においてはベネディクト派のシトー会に属した。ベネディクト派修道会から独立し(一〇八〇年)、ディジョン市の南に位置するシトーに開かれた修道院に端を発するシトー会は、孤独・清貧・簡素を旨とする共同体において、聖ベネディクトゥスの「戒律」の忠実な順守を復活させることを目指した。共同体で生活しつつも、かつての砂漠の隠者の生の孤独と峻厳が追求された。ノートル゠ダム・ディニーの開闢は一一二六年であるが、聖ベルナールが修道院長を務めるクレルヴォー修道院から数人の修道士が派遣されて基礎が築かれた。しかし、長い年月のあいだに退廃の状態にあった修道院は大革命勃発によって解散に追い込まれ、他の多くの修道会の場合同様、土地と建物は国家の財産として売却された。一八七六年に復興に携わったのは、トラピスト会修道士たちであった。別名厳律シトー会と呼ばれるトラピスト修道会は、本書第二部のシャトーブリアンの章で見たように、ラ・トラップ修道院を改革したランセによって創立された。シトー会創立の主旨にならって聖ベネディクトゥスの「戒律」に回帰するのみならず、砂漠の教父たちを範としたより厳格で過激な改革を断行し、自己奉献、悔悛、沈黙と祈りの生を徹底させた。それは、ひたすら神のみを追い求め、キリストに従い、現世の供与を完全に放棄するという、修道院生活の真の意味を体現したものだった。『出発』の修道会はノートル＝ダム・ディニーをモデルにしているが、そこでの一日の日課は復活祭から九月の聖十字架称讃の祝日までの平日において、**二時** 起床　**五時十五分** 朝課・ミサさらに集会とその後の労働・**九時** 労働の終了　休憩　**十一時** 六時課　**十一時半** お告げの祈りと昼食　その後昼寝　**一時半** 昼寝の終了その五分後　九時課さらに労働　**四時半** 労働の終了　休憩　**五時十五分** 晩禱と祈り　**六時** 夕食その後休憩　**七時二五分** 終課　**八時** 独房への退去、といったものだった。ユイスマンスがノートル＝ダム・ディニーを最初に訪れた一八九二年以降、ランセの改革より以前のシトー会の伝統への回帰がはかられ、典礼の重要視と戒律の順守が修道生活の主軸となった。当時のトラピスト修道会の精神性は、祈りと神秘主義の価値を再発見した世紀末の霊的動向と軌を一にしていた(3)。

ユイスマンスの小説にはジェヴルザン神父など、多くの司祭が登場する。しかし、教会芸術の愛好者から修練者へと辿る道程において、「トラピスト修道院が彼を変容させた」という言葉が示すように、『出発』のデュルタルに決定的な影響を与えたのは在俗司祭たちではなく修道士たちである。彼は信仰を生きる同伴者として、最終的に後者を選んだ。

「彼岸の耕作者」であり「魂の農夫」である司祭が、不信仰の荒れ地を耕す力のないことをデュルタルは嘆く。教区付司祭たちは、自らの無知、教育の不十分さ、現実社会との乖離、神秘神学の軽蔑、芸術への無理解によって、「魂の貴族階級」への影響力を失ってしまっている。彼らのレベルは、勤行熱心で信心家ぶる人々に釣り合うのみである。彼らの熱意のなさ（「〈葬式の際〉司祭はというと、さんざん読み上げたこれらの祈りにうんざりし、食事の時間が迫っているのであわてて儀式をてっとり早く切り上げようとし、口先で機械的に祈るのだ……」）、彼らのブルジョワ的な神観念（「しかしながら教会は、金持ちの死骸も貧乏人のそれ同様に腐臭を放ち、その魂にいたってはなおのことであると知っている。だがなお古色蒼然たる免罪符で商売し、ミサを売りつける。金儲けの誘惑によって、教会もまた蝕まれているのだ」）は、

「教会そのものの芸術であり、本質であり、魂である神秘神学」とはまったく相容れない。教会芸術の基底である神秘神学にこそ、カトリシスムの真の姿が求められるべきであるとデュルタルは考える。しかし、自分の考えとはまったく別の信仰の在り方が教会を支配している。その象徴の一つが、サクレ＝クール寺院である。「カトリック教徒は、彼らと似たり寄ったりの司祭たち、ばかげた文学、愚劣な新聞の助けを借りて自らの宗教を、カナカ族の感傷的な物神崇拝、賽銭箱や献火蠟燭、土産の置物彫刻や俗悪彩色絵からなる滑稽な宗教としたのだ。彼らは聖心へのまったく官能的な信心を発明して、愛の理想を物質化したのだ！」。一八七〇年から翌年にかけての第二帝政の終焉と普仏戦争の敗北、さらにパリ・コミューンの樹立と崩壊というフランス社会の激震の後、聖心《サクレ＝クール》信仰が広く普及した。パリ・モンマルトルの丘に建築が始まったサクレ＝クール寺院（一八七五年起工、一九一九年完成）がその隆盛ぶりを表象する。キリストの人類への愛の象徴である、その心臓をかたどった版画や像、メダル、ソーヴガルドと呼ばれるお守り、旗、絵葉書などが大量に製造販売された[4]。商業主義が信仰と結びついたこと、俗悪な芸術作品の模写が流布していることを、デュルタルは憂慮する。それはキリスト教信仰そのものの歪曲へとつながると彼は考える。

　パリの司祭たちとの接触をためらわせる別の要因をデュルタルは語る。聖職者は個人的な愛情を特定の個人に向けることなく普遍的に人々と接するよう神学校で教育されているので、親しくなりにくいこと。また、多くの信徒をかかえるパリの教区付司祭たちは常に忙しくしていること。喜んで迎えてくれたようでも、それは神父の義務でしかない可能性もあること。こうした主人公の懸念は、十九世紀の司祭の普遍的イメージに対応している。

　デュルタルはやがてジェヴルザン神父と知り合う。聖女リドヴィナへの関心が、親交のきっかけとなる。神父は神秘神学に造詣が深い上に、小教区に属していないので、告解その他の教区業務に追われることもない。神秘神学への傾倒のゆえにパリ大司教と折り合いが悪く、ほそぼそと貧しい生活を送っている。主人公にとっては、まさに捜し求めていた司祭と言ってもよい人物である。かくしてデュルタルは神秘神学について意見を交わすことができ、肉欲の懊悩の聞き手となってくれる神父とめぐり合った。しかし在俗司祭に対する彼の不信感と超越的なものへの嗜好が、ジェヴルザン師を魂の導師とすることの妨げとなる。ジェヴルザン師のモデルの一人と目されるアルチュール・ミュニエ神父（Arthur Mugnier　一八五三－一九四四）は、田舎司祭のような慎ましい外見とすぐれた知性の持ち主ではあったが、「公爵夫人たちの告解師」と綽名されていたことからもわかるように、パリ上流社会と深くコミットしていた聖職者であった。ユイスマンスを改宗に導いた人物とされ、トラピスト修道会ノートル＝ダム・ディニーを彼に紹介したのもミュニエ師である。司祭が残した六十年間にわたる日記を見ると、ユイスマンスと頻繁に夕食を共にし、連れ立って旅行に出かけたりしている親しい仲だったことがわかる。しかし、神秘神学に通暁した一風変わった司祭という小説の人物像とは一致しない[5]。

信仰の道程にあってデュルタルは、肉欲の攻め立てにあう[6]。デュルタルは肉欲と信仰の渇望とのあいだを行き惑う。こうした苦悩を断ちたいという思いが、「魂にはことにも辛い試金石」であり、「教会が人間の虚栄心に課した最も耐え難い行為」である告解への希求となる。ジェヴルザン師は次のように述べる。「まったくのところ、弱く誠実な人は、神秘神学の観念を失った司祭たちよりも修道士の中から告解師を選んだほうがよいでしょう。彼らだけが身代わりの法則の効果をわかっているのです」。司祭はこのように述べ、やがてデュルタルをトラピスト修道会ノートル＝ダム・ド・ラートルへと送り込む[7]。『出発』のデュルタルが身を寄せた修道院は「諸聖人の通功」という神秘神学が体現されている場である。

「諸聖人の通功」（communion des Saints）は、「功徳の可換性」（réversibilité des mérites）へと結びつく。現在の公教要理では「この語（「功徳の可換性」）は、すべての人のために死したキリストの内にある聖なる人々の通功をも意味する。したがって、各々がキリストにおいてキリストのために行うこと、あるいは耐え忍ぶ苦しみはすべての人に実りをもたらす[8]」と記されている。すなわち、聖人であらずとも、信者が公教要理が示すような霊性においてなした行為や耐え忍んだ苦しみは他の人々を利する。十九世紀初頭においてこの教義を称揚したのはジョゼフ・ド・メストルである。メストルは無垢な者たちと罪びとが何らの区別もなく命を落とす事実を前にし、この問題を「普遍的で、太古の昔から存在する罪びとを益する罪無き者の苦しみの可換性の教義」において解釈しようとした[9]。この『フランス考』（*Considération sur la France*）の一節は、『サンクト・ペテルブルグ夜話』（*Les Soirées de Saint-Pétersbourg*）で引用され、「血による救済」

が十字架上の贖罪と結びついて強調される。[10]「第三の対話」の中では、頭部の癌を患う少女の逸話が示される。病魔による失明や不眠に苦しみながらも絶望することなく神を称える十八歳の娘は「正しき人」の一人であり、病苦を耐え忍ぶことで罪びとたちのための贖いを行い続ける。[11] この姿は、ユイスマンスが描くことになる聖女リドヴィナ像に通じるものだ。リドヴィナは〝神秘の身代わり〟として、他の聖女たちと同様にキリストの受難の代替者である。「彼女たちは血塗られた鏡の中で、その哀れな御顔を反映している」(『スヒーダムの聖女リドヴィナ』*Sainte Lydwine de Schiedam*)。しかし、メストル流の解釈、すなわち無垢の者たちが罪びとの罪の償いの代替をする、あるいは罪びとたちの身代わりになるという考えは正統神学を逸脱している。そして、ユイスマンスはこれを神秘神学として提示する。

『出発』のデュルタルを神へと導くのは、超越としての美であり、中世が遺したグレゴリオ聖歌である。「この完全なかたちで残った詩句は、たとえ無関心な声で叫ばれようと、つまらぬ心の持ち主が歌おうと、その内なる力、その不可思議な効用、その不変の美、その信仰の全能の確かさゆえに、たがうことなく神に向かってとりなしをし、呻吟し、嘆願する」。修道院とは中世の信仰に刻印された聖歌が、今では稀となってしまった真の信仰をもって歌われる場である。「これはネウマ、すなわち同じ音節、同じ語に数個の音符をあてる旋律の明白な勝利である。これは教会が、言葉の表しえぬ内なる喜びあるいは内奥の苦悩の横溢を表現するために発明したものだ。直立して打ち震える修道士たちの肉体が発する情熱的な声のうちに、魂が湧き立ち、流れ出た」。聖歌を歌う修道士たちの描写は、ユイスマンスがフランシスコ・デ・スルバラン(一五九八―一六六四)の聖フランチェスコ像について記した『大伽藍』(*La Cathédrale*)のくだりを想起させる。リヨン市立美術館が所蔵するこの絵では、アッシジのフランチェスコは直立して虚空に目をすえ口を開き、祈りを唱えている。「これは拷問の芸術であり、地上における神の陶酔の譫妄状態である。しかし、何という讃美の調子、何という懊悩に咽んだ愛の叫びが、この絵からは湧き出していることだろう!」。「太陽讃歌」の聖人の牧歌的なイメージと異なり、この絵には十六世紀の修道者十字架の聖ヨハネの「激烈ですさまじい神秘主義」が反映されている。つまりユイスマンスの解釈によれば、十字架の聖ヨハネの影響を受けたスペイン画家の「神秘の自然主義」を通して、中世の聖人の祈り

『アッシジのフランチェスコ』（フランシスコ・デ・スルバラン作）

の様が描かれているというわけである。

チャペルに足を踏み入れたデュルタルは、暗闇の中で物音ひとつ立てずにいる「修道士たちの死骸」のうちに八十歳を越えると思われる一人の老人を見出す。「彫像のように不動で、眼を見据えて俯くこの老人は、プリミティフ派の法悦に浸ったあらゆる画像がわざとらしく冷たく思えるほどの、讃美のほとばしりに身をゆだねていた」。やがてこの老人がシメオンという名の、主として肉体労働に従事する助修道士（frère convers）であり、豚飼いであることがわかる。その言動からは知恵遅れが疑われるほどの極めて素朴な人物、それゆえにこそ神に愛でられる、いわゆる「神の木偶」的な人物として描かれる。この助修道士は彼にクペルティノの聖ヨセフ（一六〇三－一六六三）を想起させる。ヨセフは知性にも器用さにも恵まれず、失敗ばかりを繰り返す役立たずの修道士であった。ユイスマンスが『さかしま』（*À rebours*）で取り上げたカトリック思想家エルネスト・エローは、『聖人たちの表情』（*Physionomies de saints*）の一章を聖ヨセフに割いている。「彼はほとんど無用な奴隷、ほとんど役立たずの駄獣のような様子をしていた」[12]。しかし天の使者たちによって変容させられ、多くの奇跡を起こすにいたる。クペルティノのヨセフは世紀末精神性が好んだ聖人の一人であり、エローのページからは、作者の賛嘆の思いが感じ取れる。デュルタルはシメオン老人の豚小屋を訪ねる機会があるが、決してこの助修道士の内面に好奇の目を向けようとはしない。老人は常に外見から、しかもある種のフィルターを通して眺められる。

同様のアプローチによって、もう一人の助修道士にも言及がなされる。告解の時が迫り、不安にかられるデュルタルは修道院の庭をさまよう。「小さな池にたどり着いたとき、歩調を緩めた。すがるように十字架を見上げた。その眼を落としたとき、感動に溢れ、同情のこもったやさしい眼差しに出くわして、思わず立ち止まった。その眼差しは一人の助修道士の会釈と共に消え、その助修道士は歩み去った」。デュルタルとこの二十歳ほどの若者との接触はこの時だけである。他のページで、この年若い助修道士の瞑想している姿が描写され、彼の名が修練者ブリュノによって明かされる。「若い方はアナクレ助修道士です。この若者は、真の祈りの柱ですよ。天が修道会にお与えくださった最も貴重な新人の一人です」。アナクレは、その眼差しと祈りの姿によってデュルタルに強烈な印象を与える。確かに、沈黙の掟が存在するトラピスト修道会において、デュルタルが日常的に言葉を交わすことができるのは、役職上会話が禁じられていない接待係のエティエンヌ師と修練者のブリュノだけである。したがって助修道士アナクレは池のほとりでデュルタルに声をかけることはできなかったことになる。外側からばかり人物描写がなされるのは、接触の機会がこのように限られていることによるとも言える。しかしプリミティフ派の絵画に比較される「チャペルのシメオン」と、「アナクレの眼差し」には、明らかに画家的な鋭利な観察が見て取れる。ところで眼に関して『修練者』（*L'Oblat*）の中に次のような一節がある。「（修道院にやって来て「生の倦怠」の時期を乗り切った）新米修道士は、いわば内面に光があたり、清浄になった状態にあるというより以前と比べてすっかり変わってしまっているのは、目だ。この変化だけで、神の召し出しを受けているかどうかがほとんど識別できるほどだ。瞳の特別な清明さによって、それとわかる。僧院はかつて濁っていた眼差しの水をフィルターにかけ、現世の諸映像がそこに落とした砂利を取り除いてしまうのだ。奇妙なことだ」。デュルタルにおける眼差しの把握には、外的な知覚（芸術家の理解）と内的な知覚（求道者の理解）が融合していると言えよう。

デュルタルの告解師となった副修道院長マクシマンは、どのように描写されているだろうか。「扉が開き、デュルタルは初めて副修道院長の顔をまともに眺めた。前に見たのと同じ人とはまったく思えなかった。遠くから眺めたときと顔つきがまったく異なっていた。横顔が傲慢に感じる分だけよけい、前から見るとやさしく見えた。顔つきの威圧的な力強さを、眼差しが弱めていた。それは親しみに満ちた深い眼差しで、穏やかな喜びと悲しげな憐みが共に感じられた」。この眼差しの下、デュルタルは告解を行う。静修の期間が過ぎ、修道院を去る主人公に、マクシマン師は十字を切って祝福を与える。デュルタルはこのとき、副修道院長の「突然感動を帯びた声の調子」に驚く。修道士たちは、ある意味で主人公と隔絶した存在として留まっている。眼差しや声の調子によってその感情がわずかに推し量れるだけである。

ジェヴルザン師は、秘蹟である赦免はたとえ最低の神父が与えたものであっても、その価値になんら変わりがないことをわかっている。これこそが真に宗教的な理解であろう。しかし、デュルタルの「気持ちの問題」を尊重する。デュルタル自身は、ノートル゠ダム・ド・ラートルでついに聖体拝領がかなうことになったとき、たまたま滞在していた教区付司祭から聖別のパンを受けることに強い抵抗感を抱き続ける。しかし当日のミサの最中に、病気で臥していた修道院長アンセルム師が実体変化を司ることを知る。「一人の修道士が教区付司祭に取って代わったこと」に、主人公は一種の奇跡、すなわち神の計らいを見て取る。

『出発』における修道士たちは、きわめて絵画的にとらえられている。特に老若二人の助修道士の描写には、画家的な視点が顕著である。沈黙の掟がゆきわたっているトラピスト会修道院では、会話らしい会話はほとんどなく、修道士たちの内面に入り込むことが困難だったことも理由だろう。彼らは身代わりの法則を知り、衆生のために神にとりなしをする霊性のエリートたちである。『出発』に描かれた修道院は、いわば〝聖なる異界〟である。一八九六年の再版の際にユイスマンスがつけた前書きからも知れるように、多くの読者が『出発』の修道院が実在のものであるかどうかに興味を抱いた理由もここにある。

2　『修練者』に描かれた聖職者像と結社法

「デュルタル連作」の順番を辿ると、一八九五年の『出発』、一八九八年の『大伽藍』に、一九〇三年の『修練者』が続く。作者の伝記的要素が反映しているこのシリーズの刊行は、当然ユイスマンスの宗教的彷徨の足跡に対応している。九六年にはシャルトル大聖堂に興味を持ち、たびたびシャルトルを訪れ資料を集める。『大伽藍』でのデュルタルはシャルトル大聖堂に刻印された神秘神学の形跡を探求する好事家であり、彼の発見と解釈が詳細に展開される。一方、修道院への疑問と憧憬が彼の思念を絶えずよぎる。修道院はかつて彼の知らなかった虚栄心と慢心を増加させたのではないか。それゆえ彼は、魂の枯渇の状態にあるのではないか。こうした懐疑は本質的に求道者のものである。修道院が彼を変容させたことに違いはない。〝出発点としての〟トラピスト修道院からパリに戻って後のデュルタルには、絶えず「神のそばへの隠棲」の場所としての修道院への渇望がある。『大伽藍』第十四章の終わりでは、ジェヴルザンとプロン両神父がこぞってデュルタルにソレーム修道院訪問を促し、小説は彼のソレーム出発の場面で終わる。

ユイスマンスは、九六年に初めてソレームを訪れている。ル・マンとアンジェの中間にあってサルト川に面するソレームのベネディクト会サン＝ピエール修道院は、プロスペール・ゲランジェ（通称ドン・ゲランジェ　Prosper Guéranger　一八〇五―一八七五）によって一八三三年に創設された。ゲランジェは、修道院は教区教会や教育機関の運営に携わるべきではなく、典礼と学問にひたすら専念すべきとした。典礼改革を目指したゲランジェは精神の発現としての聖歌を重要視し、修道生活を神への讃美に基づく瞑想と行として定義した。「聖務執行において、声と精神の和合により、生は瞑想となる」とゲランジェは述べている。[13] さらに、中世末期に衰退したグレゴリオ聖歌の再興に努めた。ユイスマンスがソレームに心惹かれた理由も理解できる。『修練者』の舞台は、ディジョンに近いヴァル・デ・サン（「聖人たちの谷」）と呼ばれる場所に位置するベネディクト派修道院となっている。そのモデルは、ポワティエ近郊にあるリギュジェの修道院である。リギュジェ修道院はゲランジェとソレームの修道士たち四人が一八五三年に移り住んで創設された。ユイスマンスは最終的にソレームを選ばず、リギュジェの修練者となった。一八九九年から一九〇一年までをリギュジェの修道士たちと過ごすことになる。[14]『修練者』の個々の登場人物には、それぞれ対応する実在の修道士が存在する。ユイスマンスが二年以上を過ごしたリギュジェでの体験がここに反映されている。

デュルタルは、ヴァル・デ・サンのベネディクト派修道院の修練者となる。ベネディクト派の修練者の生活は、修道士同様に絶えざる神の賛美に根ざすものであり、典礼がその中心にある。修道士と同様、修練者にも典礼を好み、典礼書を解し、象徴学を愛し、宗教芸術と儀式の典雅を賛美する心を持つことが要求される。つまり修道士も修練者も共に芸術を解する者でなければならない。「祈りと労働」を重視するベネディクト派修道会では、朝課（真夜中）、三時課（午前九時）、六時課（正午）、九時課（午後三時）、晩課（夕刻）、終課（晩）などの聖務日課が定められ、一日が祈りによって律せられる。

この小説における聖職者たちは、修練者デュルタルの目に映じた像として描かれる。ここでは『出発』で主人公と修道士たちのあいだに存在したような距離はない。彼はこの共同体の一員であって、この修道院近くに定住し、彼らと日常を共有している。『修練者』には、実に多くの修道士たちが登場する。『出発』に登場する修練者ブリュノと異なり、『修練者』におけるランプルの修道士たちに対する批評は、きわめて辛口である。『出発』での人物紹介はブリュノの口を借りて行われることが多かったが、ヴァル・デ・サンにはトラピスト修道会のような沈黙の規則が存在しないこともあって、『修練者』では複数の声によって人物像が描かれ、彼らの会話が示され、修道士たちはずっと現実的な生身の人間として提示されている。

『出発』のシメオン修道士とは性格を異にするが、やはり奇異な人物としてミネ修道士がいる。八十歳をゆうに過ぎた最高齢の修道士で、パリで薬局を経営していた過去を持つ。他の修道士たちから「錬金術の師」（Dom alchimiste）と呼ばれている。「挙動が一風変わっていて絶えず上の空であることや、中世の薬の研究に熱心で、現代の医者の処方に怒り新薬を軽蔑していることからして、この名はある程度あてはまっていた」。第三章ではデュルタル相手にとある中世の粉薬について延々と講釈を述べたてたミネ師であるが、第九章では、痴呆状態に陥っている。「ほとんど歩けないので、彼

（ミネ師）は遅刻しないよう以前より早起きしていた。正確に時間を計算していて、教会では立派に祈りを捧げた。現世のことについてはすっかり壊れてしまった理性は、神の讃美に関しては無傷のままだった」。『出発』では老若二人の助修道士がきわめて印象的に描写されていたが、ミネがシメオンに対応していたとすれば、若い世代の代表としてアナクレに対応するのがブランシュであろう。修道誓願前の修練期にあるこの若い修練士については、まず修道院長によって語られる。「ブランシュ修練士は天使のように敬虔です。考証学に興味を持ち、典礼に熱中しています。（…）彼は修道院のまさに誇りとなるでしょう」。一方、スールシュ修練士というもう一人の若者が登場する。デュルタルは当時の聖職者、ことに若い世代に蔓延する理性主義への傾斜を、スールシュを例にして懸念する。「これら利発な司祭の卵たちはみなルナンを読んでいます。彼らにとっては、良識的で理にかなった宗教、奇跡によってブルジョワの常識にショックを与えないような宗教が理想なんです。カトリックである以上、さすがに『福音書』の奇跡は否定できないので、聖人たちの奇跡をやり玉にあげるんですよ。目撃者や聖人伝の作家たちはみんな幻覚を見ただとか、あるいは全員ペテン師だと証明しようとして、書物の内容を逆に考えたり、歪曲したり、勝手に解釈したりして。将来ひどい司祭たちが出て来ますよ！」。周りへの影響が配慮され、スールシュ修練士はやがて神学校に送られる。当時の聖職者たちの状況の一端がここに示されている。

さらに修道士たちのあいだの、いかにも人間的な対立も明らかになる。修練士のたちの監督官であるエモノー師と修練長のフェルタン師のあいだには、彼らの指導に関する意見の相違がある。修道士たちは憎悪や対立の感情と無縁ではない。

「それに彼（フェルタン師）は徳が高い人ですから」とブリュジエ師は続けた。

「聖ペテロの高徳だがね」とエモノー師は強い口調で言った。そのとき眼鏡の奥の目に閃光がはしった。

「聖ペテロのだって？　どういうことだ。たちの悪い陰口か。聖人になる以前、フェルタン師は裏切り者だったということか？」デュルタルは一人ごちた。

しかし目の光は消え、デュルタルがさぐりを入れようとしたときには、青い目は死んだようになっていた。

デュルタルが最も愛着を抱いている修道士の一人フェルタン師[15]は、彼の告解師となる。彼は告解を行うために師の独房を訪れるが、質素な独房が写実的に描かれて、その信仰に生きる日常を彷彿させる。友人と呼ばれ独房にまで出入りができる事実は、デュルタルと修道士の近しい関係の例証である。フェルタン師と対立するエモノー師の描写はことに興味深い。「デュルタルはエモノー神父に好印象を持っていなかった。肩にのめり込んだ大きな頭はいつも反り返っていて、眼鏡の奥の目はとらえどころがなく、細長い鼻は鼻翼が角砂糖つまみのように膨らんでいた。黄色い肌、陰険な様子、偉そうな口調や甲高い笑い声もさることながら、いちばんいやな感じなのが、たえず顔面をゆがめる神経性の素早い動きであった。／本当のところ、表情に走るこれらの稲妻は、良心のチックとでも呼びうるものであった。／多くの司祭や信者たち同様、エモノー師はこの恐るべき魂の病に苦しんでいた」。エモノー師の描写には画家の目を持った作者の鋭利な観察が示されているが、それと同時にデュルタルの分析は、人間の心の内奥にも踏み込んでいく。『出発』におけるのとは異なり、もはや修道院は「異界」ではない。

『出発』ですでに示されていた教区付司祭と修道士たちの乖離が、別のかたちで『修練者』の中でも喚起される。今まで修道士たちにゆだねられていたヴァル・デ・サンの小教区に、修道会追放を企図する政府によって新たに司祭が任命され、教会は司祭の管轄下に置かれることになる。修道士たちと司教・司祭の対立が明確になり、後者は政府と結託して前者を迫害することになる。それはミサの際の聖歌と教会の装飾をめぐっての立場の相違としても顕れる。小教区の主任司祭となったバルバントン神父はグレゴリオ聖歌の廃止を目論む。「さらに司祭はサン＝シュルピス通りで販売されている石膏製の聖人像の載った新たな祭壇を各チャペルにすえることで、聖堂の内部の模様替えをしようと考えた」。修道士たちへの迫害は、精神性の表象である芸術への迫害と、まさにひとつながりになる。

この小説の背景にはヴァルデック＝ルソー政権が修道院の勢力をそぐ目的で制定した一九〇一年の結社法がある。一九〇二年にヴァルデック＝ルソーに代わって成立したエミール・コンブ内閣は、六一五の修道会から提出された存続許可願いを、ごく少数の例外を除いて、一九〇三年に却下した。存続が拒否された修道院はすべて解散あるいは国外退去を余儀なくされた。イエズス会など二一五の会は結社法の成立後、存続許可願いを出さなかった(16)。リギュジェの修道院もすみやかに国外退去することを選択し、一九〇一年中にベルギーに移った。

結社法によって国外退去を余儀なくされた修道士たちは、デュルタルにとっては不当な弾圧を受ける者たちである。彼らのベルギーへの出発が小説の結末となる。デュルタルは各修道士のあり様を客観的に観察しているものの、全体としては親近感が描写全体を支配している。さらに追放という悲劇が個々の欠点や互いの愛憎をすべて包み込んで汽車の出発のシーンとなる。

駅長が早く乗りこむようにと修道士たちをせき立てた。大変な騒ぎだった。うめき声をあげ出発を拒むフィリゴヌ・ミネ修道士をワゴンに乗せるのが一苦労だった。修道院長が彼のそばの座席に腰掛けると、ようやくおとなしくなった。(…)汽車が動き出した。プラットホームにいた者たちはみなひざまずいた。修道院長は最後にもう一度、彼らを包み込むよう大きく十字を切った。機関車の煙がもうもうと上がり、レールの鉄がきしむすさまじい音の中、すべては消え去った。

悲しみに打ちひしがれデュルタルが立ち上がると、幼いブランシュ修練士が激しく泣いていた。その目からは嵐のしずくのように涙が地面にこぼれ落ちていた(17)。

ベルギーに着いた修道士たちが典礼を再開するまでのあいだ、デュルタルはヴァル・デ・サンに留まり、修練士ブランシュたちと共にミサに参与する。「彼(デュルタル)はもはや修道士たちの人間的側面、短所や愚かしさや欠陥をまったく見なかった。正直であるが凡庸な中間層は闇の中に消え失せ、両極端すなわち老人たちと子供たちだけが光の中に浮かび上がった」。

最終的に修道士たちはデュルタルにとって特別な存在であり続ける。彼らは主人公の日常から遠ざかり、再び彼と住む世界を共有する人々ではなくなることで、『出発』におけるのと同様、〝異界〟の住人となる。彼と共にヴァル・デ・サンに残った修練士ブランシュの会話は生き生きと綴られており、『出発』のアナクレ修道士の描写とは異なるが、彼こそ「光の中に浮かび上がる子供たち」の象徴的存在である。彼もまたほどなくヴァル・デ・サンを後にする。修道士たちの出発のあと、修道院の存在で潤っていたブルジョワや農民の不満が鬱積する。彼らが修道士たちの不在を嘆くのは、あくまで金銭的な視点からである。修道士たちの芸術は彼らの拝金主義と真っ向から対立する。国境を越えて去った修道士たち。越境した彼らに対して、残った者たちはデュルタルも含めて〝こちら側の〟人間に留まる。

『修練者』はゾラの『真実』と時代背景を共有している。第四部第二章で見たように、ドレフュス擁護派の急先鋒であったゾラはこの事件に着想を得て、冤罪を着せられるユダヤ人を将校ではなく教員としたうえで、一九〇五年の政教分離法にまでいたる世俗主義（laïcisme）の発展を筋の根幹に据えた。この小説は一九〇一年から翌年にかけて執筆され、一九〇二年九月から雑誌に連載され、作者の死後一九〇三年三月に単行本として出版された。『修練者』の出版とまさに同時期である。この二つの小説では、まったく逆の視点から修道士たちが描きだされている。

『真実』では第三共和制下での公立学校と修道院経営学校の確執が筋の核心をなす。したがってゾラがやり玉に挙げているのは、イエズス会はもちろんのこと、キリスト教学校修道士会あるいはキリスト教教義修道士会といった教育に携わる修道会である。これらの修道会は世俗主義の進展にとって大きな障害であった。ヴァル・デ・サンのベネディクト派修道会は観想修道会であり、その維持は修練者のランプルが寄進したブドウ園の収入に依っている。つまりこうした修道会は世俗化を目指す国家と具体的な抗争関係にない。しかし、上長（修道院長）への絶対服従や会からの離脱の自由が制限される修道会の在り方そのものが人権蹂躙として糾弾された[18]。「真の修道士には、一つの祖国しかない。彼の修道院である」というデュルタルの言葉が示すように、修道士の在り方そのものがそもそも反国家的なのである。
多くのカトリック信者同様、デュルタルは反ドレフュス主義者であり、結社法成立の裏にフリーメーソンと社会主義の台頭、ユダヤ人とプロテスタントの策謀を指摘する。「ユイスマンスは反ドレフュス主義者で反ユダヤ主義者だ。彼にとってドレフュス擁護の動きは『伝統社会の撲殺であり、反宗教戦争』なのだ。カトリック信者はひどい目にあっている、などと言う。ランドリーによれば、コッペ[19]は強硬な反ドレフュス主義者だ。正義とか人情はこれら新米の改宗者たちには関係ないのだ。何と哀れなことだ！」とミュニエ神父は一八九九年六月五日の日記に記している。[20]
しかし、リギュジェの修道士たちの国外退去は、修練者ユイスマンスにとって痛恨の出来事であった。この法律に関しては、特にその適用面で世俗主義の行き過ぎの点も否めない。しかしゾラの『真実』と比べると、デュルタルには勧善懲悪的なスタンスは強くない。というより彼が肩入れする修道士たちばかりが描写され、敵対者とおぼしき人々にはわずかのページしか割かれていない。ミュニエ神父が記しているように『修練者』は、リギュジェの修道院長の批判を受け、さらに一人の修道士はユイスマンスの改宗に疑いを差し挟みさえした。[21]画家の眼差しで観察された外見と鋭利な心理分析によって一人一人が生き生きと描きだされ、それぞれに特定のモデルがいるというこの私小説的在り方は、モデルとおぼしき当の本人たちにはやっかいなものともなる。しかし、デュルタルの描く修道士たちはその本質においては、典礼という芸術、美という神への奉献にたずさわる者として、現世の人間的在り方から超脱した人々である。聖なる芸術の場として修道院そのものは本来の威風を損なっていない。超越としての美のもとに置かれた人々へのデュルタルの畏敬と自然主義的な観察が重層的に交差して現出したのが、ここに描かれた聖職者たちの像である。さらに、結社法の成立によって彼らは追放の身となり、聖なる芸術に殉じる者たちとなる。この「迫害」により、彼らの「出発」により、修道士たちの存在は、日常性を脱して〝聖なる領域〟に再び回帰する。

あとがき

二〇〇〇年にリヨン第二大学に提出した博士論文《Le Christ fin de siècle》を日本語に訳出し、『世紀末のキリスト』（国書刊行会、二〇〇二年）と題して出版してから十三年が経った。そして二冊目になる本書をようやく出版するにいたった。博士論文執筆のきっかけとなったのは、一九九〇年にヴィシー市で開催されたフランス語教育スタージュへの派遣であったから、『世紀末のキリスト』についても、研究開始から日本語での出版にこぎつけるまでに十二年ほどを要したことになる。

多くの作家に関係するテーマ設定を行うとき、そこには常に研究上の危険がともなう。世紀を俯瞰するこの類のアプローチは研究者にとっては幅広い視野と知識を獲得するための契機となる一方、網羅的であることが抱え持つ不可能ゆえに、どのような問題意識からどのような作家および作品を中心的に扱うかの選択に腐心せざるをえない。さらに文献渉猟の労は当然のことであるが、研究範囲が膨大であるがゆえに十分に論を深化させられるかどうかという絶えざる自問自答がある。テーマは「キリスト」から「司祭」に移行したが、この危惧は恒常的なものだった。

宗教を扱う困難もある。社会学的アプローチと異なり、文学研究では場合によっては信仰について問いをたてざるをえない。しかし、個人の信仰を根底まで知ることはおそらく不可能であり、その不可能性を常に自覚する必要がある。

様々な困難をともないながらも、ともあれ出版の運びとなった本書は、平成十六年度〜十九年度科学研究費助成金　基盤研究(C)研究課題「フランス十九世紀文学における司祭像―制度と精神史のダイナミズム―」の研究成果である。研究の過程で、リヨン第二大学名誉教授でエルネスト・ルナンの専門家であるローディス・レタ氏から、『世紀末のキリスト』の執筆のとき同様に、貴重なアドヴァイスをいただいた。また、ルナン学会事務局長のクレール・エヴェック氏やリヨン第二大学名誉教授ルネ・コラン氏からも有益な情報提供を受けた。

収録論文の多くがフランス語で執筆されたものだった成果報告書の提出後、それらを日本語にする過程で推敲を重ねた。また、報告書提出後に関連テーマで執筆した論文二本も本書の中に収録した。二〇一一年に在外研究の機会があって一年間リヨンに滞在する間に、全体の構想を再考する機会があった。そして今年度、日本大学法学部の助成金を得たことで出版が実現した。

少し時間がかかったが、「司祭像」というテーマを一貫して扱ってきたことで十九世紀の精神史に関して多くの知見を得ることができたと考える。『世紀末のキリスト』と『「神」の人』として結晶した考究をとおして、今後の方向が見通せるようになった。これまでの研究に欠けていた分野に展開できるような研究を目指したい。

最後になったが、本書の出版を快諾してくださった国書刊行会の樽本周馬氏、原稿を丁寧に検討して多くの適切なアドヴァイスをくださった同社の佐藤純子氏に心より感謝を申し上げる。『世紀末のキリスト』のときにもまして、いろいろと手助けをしてくれた夫にも謝辞を述べたい。

著者略歴
江島 泰子（えしま　やすこ）

日本大学法学部教授。
文学博士（リヨン第二大学）。

著書
Le Christ fin de siècle (Du Lérot, 2002)
『世紀末のキリスト』（国書刊行会、2003年）

論文
「ロベール・バダンテールとヴィクトル・ユゴーの死刑観—死刑は‘聖性冒瀆’であるのか？」（日本大学法学部120周年記念論文集、2009年）
« Les martyrs de Lyon sous Marc-Aurèle. Exégèse et interprétation de Renan » (*Cahier de l'Association internationale des Études françaises*, n° 62, mai 2010).
「ユゴーからバダンテールへ—その継承のかたち—」（『桜文論叢』、2016年刊行）ほか

「神《かみ》」の人《ひと》—19世紀《せいき》フランス文学《ぶんがく》における司祭像《しさいぞう》—

日本大学法学部叢書 第37巻

2015年12月20日　初版第一刷　発行

著者　江島泰子

発行者　佐藤今朝夫
発行所　国書刊行会
〒174-0056　東京都板橋区志村1-13-15
TEL. 03-5970-7421
FAX. 03-5970-7427
http://www.kokusho.co.jp

装幀　長澤 均＋建山 豊 [papier collé]
印刷・製本　三松堂株式会社
ISBN978-4-336-05968-0　　乱丁本・落丁本はお取り替えいたします。

索引

ア

『愛』 *L'Amour*　148, 153, 155, 159, 245
『アイスランドのハン』 *Han d'Islande*　116
『愛欲』 *Volupté*　12, 68, 84-89, 91, 95, 96, 101
アヴィラの聖テレジア　Thérèse d'Avila (sainte)　125
アウグスティヌス　Augustinus (saint)　84-86, 97, 248
『アウグスティヌス』 *Augustinus*　92
『赤と黒』 *Le Rouge et le Noir*　12, 45-48, 53-56, 60, 63, 66, 138, 244
『アクセル』 *Axël*　207
『悪魔の陽のもとに』 *Sous le soleil de Satan*　12, 27, 248
『アタラ』 *Atala*　70-72, 248
アモン　Jean Hamon　98-100
アラコック　Marguerite-Marie Alacoque (sainte)　57, 142
アルスの司祭　Curé d'Ars (Jean-Marie Vianney)　12, 26-32
アルノー　Antoine Arnauld　91, 142
アレクサンデル6世　Alexandre VI (pape)　64
『アンリ・ブリュラールの生涯』 *Vie de Henry Brulard*　54

イ

『イエズス会士論』 *Des Jésuites*　139, 140, 157
『イエスの生涯』 *Vie de Jésus*　37
イスナール　Maximin Isnard　114
『イミタチオ・クリスティ』 *De imitatione Christi*　94

ウ

ヴァルデック＝ルソー　Pierre Waldeck-Rousseau　176, 178, 180, 221
ヴァンサン・ド・ポール　Vincent de Paul (saint)　48, 144
ヴィネ　Alexandre Vinet　86, 88
ヴイヨ　Louis Veuillot　40-42, 173
ヴィリエ・ド・リラダン　Auguste de Villiers de L'Isle-Adam　186-188, 192-194, 202, 205-207, 244
ヴィレール　Josephe de Villèle　45-47, 50, 52, 60, 64
ヴェルハーレン　Émile Verhaeren　208
ヴォルテール　Voltaire　14, 15, 18, 26, 46, 53, 64, 69, 118, 166

エ

『英国通信』 *Courrier anglais*　47
『エヴェヌマン』紙　*L'Événement*　116
エベール　Jacques Hébert　114
『エミール』 *Émile ou l'éducation*　14, 15, 22, 69, 245
「L・ヴイヨ氏への警告」 «Avertissement adressée par Mgr l'évêque d'Orléan à M. Louis Veuillot »　40
エロー　Ernest Hello　214

オ

『オーロール』紙　*L'Aurore*　177
『思い出』 *Souvenirs d'enfance et de jeunesse*　27, 33, 34, 36, 104-106, 121-123, 126, 127, 129, 131, 132, 134, 245

カ

『回想録』 *Mémoires*　74

『科学の未来』 *L'Avenir de la science* 130
『革命と反教会の戦いの進展について』 Des progrès de la Révolution et de la guerre contre l'Église 17
ガスパラン Valérie Boissier de Gasparin 154
『カラマーゾフの兄弟』 *Les Frères Karamazov* 110, 248
ガリバルディ Giuseppe Garibaldi 41
カロン神父 Guy-Toussaint-Julien Carron 96

キ

ギゾー François Guizot 139
キネ Edgar Quinet 140
『九十三年』 *Quatrevingt-Treize* 104, 106, 118, 119, 246
『恐怖政治下でのエピソード』 *Un épisode sous la Terreur* 28
『キリスト教精髄』 *Le Génie du christianisme* 14, 70, 76, 248
『キリスト教の見地から見た結婚』 *Le mariage au point de vue chrétien* 154

ク

「クァンタ・クーラ」 Quanta cura 34, 38, 41
グールモン Remy de Gourmont 208
『九月十五日の協定と十二月八日の勅書』 *La Convention du 15 septembre et l'Encyclique du 8 décembre* 39
『国と政府』 *Le Pays et le Gouvernement* 24
グレゴリオ16世 Grégoire XVI (pape) 20, 77
グレゴワール神父 Henri Grégoire (abbé) 59

ケ

『継続公教要理』 *Catéchimse de persévérance* 31, 35
『月曜閑談』 *Causeries du Lundi* 147, 244
『言行録』 *Actes et Parles* 109, 118
『幻想文学論序説』 *Introduction à la littérature fantastique* 187
『現代の肖像』 *Portraits contemporains* 94

コ

「公会議を前にしての、無謬性の教義に関する論争についての考察」 «Observation sur la controverse soulevée relativment à la définition de l'infaillibilité au futur Concile» 40
『皇帝、王、王族の告解師たちの歴史』 *Histoire des confesseurs des Empreures, des Rois et d'autres Princes* 59
ゴーム Jean-Joseph Gaume (Mgr) 31, 35
『護教論』(テルテュリアヌス) *Apologétigue* 17
『告白』(アウグスティヌス) *Les Confessions* 84-86, 248
ゴンクール兄弟 Edmond et Jules de Goncourt 118, 138, 159, 246
コント Auguste Comte 36
コンブ Émile Combes 176, 179, 221

サ

『妻帯司祭』 *Le Prêtre marié* 112, 113, 174
サシー Louis-Isaac Lemaistre de Sacy 126
サボナローラ Girolamo Savonarola 58, 91
『さまよえるユダヤ人』 *Le Juif errant* 63, 158
『サランボー』 *Salammbô* 124
『サンクト・ペテルブルク夜話』 *Les Soirées de Saint-Pétersbourg* 212
『残酷物語』 *Contes cruels* 186, 187, 194, 204, 244
サン＝シモン公 Louis de Rouvroy, duc de Saint-Simon 74, 100
サン＝シモン Claude Henri de Rouvroy, comte de Sait-Simon 100
サン＝シラン abbé de Saint-Cyran (Jean Duvergier de Hauranne) 92, 93, 100

サンド　George Sand　12, 87, 93, 138, 174, 190
『三都市物語』 *Trois villes*　156, 162, 164, 174, 179
サント＝ブーヴ　Charles Augustin Sainte-Beuve　12, 20, 21, 68, 84-97, 99, 101, 123, 124, 133, 147

シ

『シヴィルタ・カトリカ』 *La Civiltá cattolica*　40
『ジェルヴェゼ夫人』 *Madame Gervaisais*　138, 159
ジェルベ神父　Philippe Gerbet　23
『死刑囚最後の日』 *Le Dernier jour d'un condamné*　115, 247
『至高の愛』 *L'Amour suprême*　194
「至高の愛」 "L'Amour suprême"　194, 205
『司祭・女性・家族について』 *Du prêtre, de la femme, de la famille*　138
『思想の自由』紙　*Liberté de penser*　174
シピオーネ・デ・リッチ　Scipione de Ricci　57, 58
『四福音書』 *Les Quatre Évangiles*　165, 179
シモン　Jules Simon　34
シャトーブリアン　François-René de Chateaubriand　14, 24, 25, 47, 68, 70-77, 94, 209, 248
シャルル10世　Charles X（roi）　32, 45, 48, 54, 56, 60, 63, 65
ジャンソン神父　Charles de Forbin-Janson　46
シャンタル　Jeanne de Chantal（sainte）　142-144, 146, 147
シュー　Eugène Sue　158
『宗教史研究』 *Études d'histoire religieuse*　37
「宗教史ノート」 *Notes d'histoire religieuse*　152
『宗教・社会・王位を覆そうとするある宗教・政治組織に関する意見書』 *Mémoire à consulter sur un système religieux et politique tendant à renverser la religion, la société et le trône*　49
『宗教と法を破壊する全フランス教員団の独占』 *Le monopole universitaire destructeur de la religion et des lois*　139, 140
『宗教と哲学に関する考証的議論と諸所見』 *Discussions critiques et pensées diverses sur la religion et la philosophie*　131
『宗教への攻撃に関する青少年と家長への警告』 *Avertissement à la jeunesse et aux pères de famille sur les attaques dirigées contre la religion*　36
『宗教無関心論』 *Essai de l'indifférence en matière de religion*　13-16, 22
『修練者』 *L'Oblat*　186, 215-218, 220, 222, 223
『出発』 *En route*　186, 209, 210, 212, 213, 216-220, 222, 246
『ジュルナル・デ・デバ』紙　*Journal des Débats*　40
『殉教者』 *Les Martyrs*　72
『ジョスラン』 *Jocelyn*　68, 77-79, 81, 82
『諸世紀の伝説』 *Légende des siècles*　7, 110
『白旗』紙　*Le Drapeau blanc*　49, 51, 52
『新エロイーズ』 *Julie ou la nouvelle Héroïse*　15, 64, 69, 70, 72, 76, 245
「シングラーリ・ノス」Singulari nos　20, 21, 92, 93
『信仰生活入門』 *L'Introduction à la vie dévote Philothée*　142, 143
『真実』 *Vérité*　165, 175-180, 182, 184, 222, 223
『信者の言葉』 *Paroles d'un croyant*　13, 19-21, 24, 68, 77, 88-93, 95, 100
『神秘のラテン語』 *Le latin mystique*　208
『人類の聖書』 *Bible de l'Humanité*　153-155

244

ス

スエーデンボルク　Emanuel Swedenborg　193
スタンダール Stendhal　12, 47-55, 57-60, 66, 244
『スヒーダムの聖女リドヴィナ』 *Sainte Lydwine de Schiedam*　213
スピノザ　Baruch Spinoza　125
『スピリディオン』 *Spiridion*　12
スルバラン　Francisco de Zurbaran　213

セ

『政治・市民社会の秩序との関連における宗教論』 *De la religion considérée dans ses rapports avec l'ordre politique et civil*　13, 16, 51, 55
『政治・宗教権力論』 *Théorie du pouvoir politique et religieux*　14
『聖職者の教育プログラム』 *Programme sur les études du clegé*　43
「聖職者の自由主義」 «Le libéralisme clérical»　174
『聖人たちの表情』 *Physionomies de saints*　214
聖パウロ　Saint Paul　10, 19, 92, 108, 145
聖マルタン　Martin de Tours (saint)　179, 182, 200
『セム語全般、とくにヘブライ語に関する史的・理論的試論』 *Essai historique et théorique sur les langues sémitiques en général et sur la langue hébraïque en particulier*　132
『全宗教の起源』 *L'Origine de tous les cultes*　14
『全宗教の起源概要』 *Abrégé de l'Origine de tous les cultes*　14

ソ

ゾラ　Émile Zola　7, 63, 113, 122, 138, 155, 156, 159, 162-168, 170-178, 181, 183, 184, 222, 223,

タ

『大伽藍』 *La Cathédrale*　213, 217, 246
『種まく人』誌　*Le Semeur*　88
タレーラン　Chares-Maurice de Talleyrand　33, 34
ダントン　Georges Danton　113-115

テ

デシャン神父　Nicolas Deschamps　140
『哲学的対話』 *Dialogues et fragments philosophiques*　125
デプレーズ　Louis Desprez　163
デュパンルー（司教） Félix Dupanloup　12, 32, 34, 37, 38, 42, 134
デュピュイ　Charles-François Dupuis　14
デュメニル　Alexis Dumesnil　49
デュルピュイ　Jean-Baptiste Bourdier-Dulpuit　49, 50
テルトゥリアヌス　Tertullianus　17
『テレマックの冒険』 *Les Aventures de Télémaque, fils d'Ulysse*　90

ト

「トゥールーズの検閲」 La Censure de Toulouse　16
『トゥールの司祭』 *Le Curé de Tours*　12, 46, 52, 60, 61, 63, 65, 66, 158, 240
ドゥリル　Jacques Delille　54
ドストエフスキー　Fëdor Mikhailovich Dostoevskii　110, 248
トドロフ　Tzvetan Todorov　187
トマス・ベケット　Thomas Becket　42
ドリュモン　Édouard Drumont　178
トルケマダ　Tomás de Torquemada　104-111, 120
『トルケマダ』 *Torquemada*　104-108
トレビュティアン　Guillaume-Stanislas Trébutien　187, 196
ドレフュス　Alfred Dreyfus　165, 175-179,

182, 222, 223
『ドレフュス事件史』 *L'Affaire Dreyfus* 178

ナ
ナポレオン Napoléon Bonaparte 7, 46, 114, 180, 184

ニ
ニコライ1世 Nicolas I (empreur de Russie) 18, 92, 200
『日記』(ゴンクール) *Le Journal* 118, 246

ネ
『ネミの司祭』 *Le prêtre de Némi* 127, 135

ハ
『墓の彼方からの回想』 *Mémoires d'outre-tombe* 68, 70, 248
パスカル Blaise Pascal 129
『パスカル博士』 *Le Docteur Pascal* 155, 161, 169, 181, 244
パストゥール Louis Pasteur 166
『パリ』 *Paris* 156, 163, 165, 169, 175, 244
『パリからエルサレムへの旅』 *Itinéraire de Paris à Jérusalem et de Jérusalem à Paris* 72
バルザック Honoré de Balzac 7, 12, 28, 46, 52, 53, 61, 62, 71, 240
バルベイ・ドールヴィイ Jules Barbey d'Aurevilly 112, 174, 186, 187

ヒ
ピウス11世 Pie XI 28
ピウス7世 Pie XII (pape) 7
ピウス6世 Pie VI (pape) 58
ピウス9世 Pie IX (pape) 165, 172, 173
『平役人』 *Les Employés ou la Femme supérieure* 46, 52, 65

フ
フィツ＝ジャム Édouard de Fitz-James 45, 56
フェヌロン Fénelon (François de Salignac de La Mothe) 90, 141
『福音書』(ラムネ) *Les Évangiles* 24
プシカリ Ernest Psichari 31, 240
『プラサンの征服』 *La Conquête de Plassans* 62, 156, 157, 161, 162, 181
ブラン Louis Blanc 114, 115
『フランス革命史』 *Histoire de la Révolution française* 104, 107, 115, 149
『フランス考』 *Considérations sur la France* 15, 197, 212
『フランス十七世紀史』 *Histoire de France au XVIIe siècle* 141, 147
『フランス中世史』 *Histoire de France au Moyen-Age* 140, 149
フランソワ・ド・サル François de Sales (saint) 86, 141-146, 148
ブルトマン Rudolf Karl Bultmann 28
フレイシヌス(司教) Denis Frayssinous (évêque) 47, 51
ブレモン Henri Bremond 87
フロベール Gustave Flaubert 40, 123, 124, 127, 165
ブロワ Léon Bloy 30, 138, 149, 206, 248
『文芸雑誌』 *Revue des Lettres et des Arts* 193

ヘ
ペギー Charles Péguy 121, 122, 179
ベランジェ Pierre-Jean de Béranger 50, 94, 139
ベルティエ Ferdinand de Bertier de Sauvigny 46, 49, 50, 52, 53, 56
ベルトロ Marcellin Berthelot 122-125
ベルナール Claude Bernard 166, 209
ベルナノス Georges Bernanos 12, 27, 32, 248

ホ
『ボヴァリー夫人』 *Madame Bovary* 192
『豊饒』 *Fécondité* 176, 179
『ポール・ロワイヤル』 *Port-Royal* 68, 92-94, 100, 101, 123, 124, 143
『ポール・ロワイヤル・デ・シャンの廃墟』 *Les ruines de Port-Royal des Champs* 58
ボシュエ Jacques Bénigne Bossuet 13, 141
ポセヴィノ Antonio Possevino 142
ボナール Louis de Bonald 14
ポリニャク Jules de Polignac 45, 49

マ
マクマオン Patrice de Mac-Mahon 34
『魔女』 *La Sorcière* 149, 154, 245
『貧しい女』 *La Femme pauvre* 206
マラー Jean-Paul Marat 107, 108, 113-115
マン Albert de Mun 178

ミ
『魅入られた女』 *L'Ensorcelée* 186-189, 191, 195, 197, 206
ミシュレ Jules Michelet 7, 42, 71, 92, 104, 107, 108, 112, 114, 118, 122, 133, 134, 138-155, 157, 159, 160, 164, 174, 181
『緑の手記』 *Cahier vert* 93
ミュニエ神父 Arthur Mugnier (abbé) 212, 223
「ミラーリ・ヴォス」 Mirari vos 18, 19
『未来』紙 *L'Avenir* 16, 18, 77
『未来のイヴ』 *L'Ève future* 205, 244
『民衆の書』 *Le Livre du Peuple* 13, 24

ム
『ムーレ神父のあやまち』 *La Faute de l'abbé Mouret* 156, 161, 244
『無神論と社会的災禍』 *Athéisme et le péril social* 36-38

メ
メストル Joseph de Maistre 41, 51, 197, 212, 213
メッテルニヒ Klemens Wenzel von Metternich 92

モ
モナン神父 Alfred Monnin 26
モンタランベール Charles de Montalembert 171
モンバゾン Marie de Avaugour, duchesse de Montbazon 74, 76
モンモランシー Mathieu de Montmorency-Laval 50, 52, 56
モンロジエ comte de Montrosier 49-52

ヤ
ヤンセニウス Cornelius Jansenius 92

ユ
ユイスマンス Joris-Karl Huysmans 121, 162, 186, 208-210, 212-214, 216, 217, 223, 246
ユゴー Victor Hugo 7, 8, 12, 33, 82, 104-113, 115, 116, 118-120, 174, 246, 247
『ユダヤ化されたフランス』 *La France juive* 178
『ユニヴェール』紙 *L'Univers* 40, 41, 173
『夢』 *Le Rêve* 162
「予兆」 «L'intersigne» 186-188, 192-194

ラ
ラーブル Benoît-Joseph Labre (saint) 26
『ラ・カンティニ嬢』 Mademoiselle La Quintinie 138
『ラ・クロワ』紙 *La Croix* 178
ラマルティヌ Alphonse de Lamartine 68, 77-79, 81, 82
ラムネ Félicité de Lamennais 12-25, 30, 32, 51-53, 66, 68, 77, 87-97, 100, 129-132, 134, 135, 171

『ラムネの脱落に関する考察』 *Réflexions sur la chute de M. de Lamennais* 23
『ランセ伝』 *Vie de Rancé* 24, 70, 73-75

リ

『リーブル・パロール』紙 *La Libre Parole* 178
リシャール枢機卿 François-Marie-Benjamin Richard 178
リスト Franz Liszt 94
リトレ Émile Littré 56
リュカス Prosper Lucas 154, 155
『両世界評論』 *Revue des Deux Mondes* 36, 42, 88-90

ル

ルイ1世 Louis I（roi） 42
ル・イール Archur-Marie Le Hir 36, 86, 129, 132, 133, 135
ルイ＝ナポレオン Louis -Napoléon Bonaparte 8, 97
ルイ＝フィリップ Louis -Philippe d' Orléans 12, 18, 53
『ルーゴン＝マッカール叢書』 *Les Rougon-Macquart* 7, 154, 156, 165, 168
ルソー Jean-Jacques Rousseau 14-16, 22, 24, 46, 64, 68-71, 78-80, 245
ルター Martin Luther 58
ルナン Ernest Renan 7, 12, 27, 31, 33-38, 43, 104-106, 109, 113, 120-126, 129-135, 162, 164, 174, 175, 219, 225, 245
ル・ブラズ Anatole Le Braz 191
『ルルド』 *Lourdes* 156, 162, 163, 165-167, 169, 180

レ

レオ13世 Léon XIII（pape） 165, 169-175, 178, 182
レス枢機卿 Cardinal de Retz（Paul de Gondi） 75
レナック Joseph Reinach 178
『レ・ミゼラブル』 *Les Misérables* 82, 115, 118, 247
「レルム・ノヴァールム」 Rerum novarum 165, 169, 170

ロ

『労働』 *Travail* 176
『ローマ』 *Rome* 156, 158, 163, 165, 169, 170, 172, 174
『ローマの事々』 *Affaires de Rome* 22, 91, 95
ロップス Félicien Rops 208
ロベスピエール Maximilien de Robespierre 112, 114, 115

ワ

『笑う男』 *L'Homme qui rit* 116

参考文献

（参考文献に関しては、本書に引用したものにとどめた）

関連作家作品

AUGUSTIN（St）, *Les confessions*, Paris, Garnier-Flammarion, 1964.（『告白』全3巻、山田晶訳、中公文庫、2014年）

BALZAC, Honoré de, *Le Curé de Tours*, Paris, Gallimard, «coll. Folio», 1976.

— *Les Employés*, Paris, Gallimard, «coll. Folio», 2000.

Le Curé de village, Paris, Gallimard, «coll. Folio», 1976.

BARBEY D'AUREVILLY, Jules, *Correspondance générale*（9 vols）, Paris, Les Belles-Lettres, 1980-1989.

— *L'Ensorcelée, Œuvres romanesques complètes*, Paris, Gallimard, «Bibliothèque de la Pléiade», 1964.

— *Œuvres,* Paris, Robert Laffont, 1981.

BERNANOS, Georges, *Sous le soleil de Satan, Œuvres romanesques*, Gallimard, «Bibliothèque de la Pléiade», 1961.（『悪魔の陽のもとに』、山崎庸一郎訳、春秋社、1988年）

BLANC, Louis, *Histoire de la Révolution française*, Paris, Pagnerre, 1856.

BLOY, Léon, *Le Déserpéré, Œuvres*, Mercure de France, 1972.（『絶望者』、田辺貞之助訳、国書刊行会、1984年）

— *La Femme pauvre, Œuvres*, Paris, Mercure de France, 1964-1975, t.（『貧しき女』、水波純子訳、中央出版社、1982年）

CHANTAL, Jeanne de, *Correspondance*, Paris, Cerf, 1987.

CHATEAUBRIAND, François-René de, *Atala*, éd. de J-C. Berchet, Paris, GF-Flammarion, 1996.（『アタラ・ルネ』、畠中敏郎訳、岩波文庫、1989年）

— *Génie du christianisme,* Paris, Garnier-Flammarion, 1966.（『キリスト教精髄』、田辺貞之助訳、創元社、1950年）

— *Itinéraire de Paris à Jérusalem et de Jérusalem à Paris*, Paris, Gallimard, «coll. Folio», 2005.

— *Les Martyrs, Œuvres romanesques et voyages*, Paris, Gallimard, «Bibliothèque de la Pléiade» , 1969.

— *Mémoires d'outre-tombe,* Paris, Classiques Garnier Multimédia, 1998.（『墓の彼方の回想』、真下弘明訳、1983年）

— *Vie de Rancé*, Paris, Librairie générale française, «Livre de poche», 2003.

— *Vie de Rancé, Œuvres romanesques et voyages I*, Paris, Gallimard, «Bibliothèque de la Pléiade», 1969.

DOSTOEVSKI, F.-M., *Frères Karamazov,* Paris, Gallimard, «Bibliothèque de la Pléiade», 1969.（『カラマーゾフの兄弟』全4巻、亀山郁夫訳、光文社古典新訳文庫、2006年）

DUPANLOUP, Félix (Mgr), *Discours en faveur des Pauvres Eglises de campagne,* Paris, Lecoffre, 1858.

— *Avertissement à la jeunesse et aux pères de famille sur les attaques dirigées contre la religion,* Paris, Douniol, 1863.

— *La convention du 15 septembre et l'encyclique du 8 décembre par M*[gr] *l'évêque d'Orléans de l'Académie française, suivie d'une lettre au* Journal des Débats (27e édition), Paris, Charles Dounéol, 1865.

— *L'ahtéisme et le péril social,* Paris, Ch. Douniol, 1866.

— *Programmes pour les études du clergé,* Orléans, A. Gatineau, 1856, p.8.

— «Avertissement adressé à M. L. Veuillot rédacteur en chef du journal *L'Univers*», Orléans, impr. de E. Colas, 1869.

— «Réponse de Mgr l'évêque d'Orléans à Mgr Deschamps, archevêque de Malines (sur la définition de l'infaillibilité pontificale, 1er mars 1870)», Paris, C. Douniol, 1870.

FLAUBERT, Gustave, *Correspondance,* Gallimard, «Bibliothèque de la Pléiade», 1991.

— *Correspondance, Œuvres complètes* (16 vols), Club de l'Honnête Homme, 1971-1975.

FRANÇOIS DE SALES, *Œuvres complètes* (10 vols), Paris, Louis Vivès, 1891.

GAUME (Mgr), *Catéchisme de persévérance* (8 vols), Gaume Frères et J. Duprey, 1860 (8e éd.) .

— *La Situation : douleurs, dangers, devoirs, consolations des catholiques dans les temps actuels,* Paris, Gaume Frères et J. Duprey, 1860.

GOURMONT, Rémi de, *Latin mystique,* recueillie dans *En marge,* éd. Marcelle Lesage, 1927.

HELLO, Ernest, *Physionomies de saints,* Montréal, Variétés, 1945.

HUGO, Victor, *Actes et Paroles, Œuvres complètes,* Politique, Paris, Robert Laffont, 2002. (『死刑囚最後の日、見聞録、言行録』＜ヴィクトル・ユゴー文学館＞、小潟昭夫、稲垣直樹訳、潮出版社、2001年)

— *Le Dernier jour d'un condamnéŒuvres complètes, Roman I,* Paris, Robert Laffont, 1985. (『死刑囚最後の日』、豊島与志雄訳、岩波文庫、1982年／『死刑囚最後の日、見聞録、言行録』＜ヴィクトル・ユゴー文学館＞、小潟昭夫、稲垣直樹訳、潮出版社、2001年)

— *L'Homme qui rit, Œuvres complètes, Roman III,* Paris, Robert Laffont, 1985.

— *La Légende des Siècles— La Fin de Satan— Dieu,* Paris, Gallimard, «Bibliothèque de la Pléiade», 1950. (『詩集』＜ヴィクトル・ユゴー文学館＞、辻昶、小潟昭夫、稲垣直樹訳、潮出版社、2000年)

— *Torquemada, Œuvres complètes,* Théâtre II, Paris, Gallimard, «Bibliothèque de la Pléiade», 1964.

—*Les Misérables, Œuvres complètes, Romans II,* Paris, Robert Laffont, 1985. (『レ・ミゼラブル』全4冊、豊島与志雄訳、岩波文庫、2003年／『レ・ミゼラブル』全5冊、佐藤朔訳、新潮文庫、1967年／『レ・ミゼラブル』全5巻、辻昶訳、潮文学ライブラリー、2009年)

— *Quatrevingt-Treize, Œuvres Complètes, Roman III,* Paris, Robert Laffont, 1985.

（『九十三年』上下巻、辻昶訳、潮文学ライブラリー、2005年）
HUYSMANS, Joris-Karl, *Là-bas, Œuvres complètes*, éd. de Paris de 1928-1934, Slatkine Reprints, 1972, t. XIII.（『彼方』、田辺貞之助訳、創元社推理文庫、1975年）
— *En route, Œuvres complètes*, éd. de Paris de 1928-1934, Slatkine Reprints, 1972, t.XIV.（『出発』、田辺貞之助訳、光風社出版、1985年）
— *La Cathédrale, Œuvres complètes*, éd. de Paris de 1928-1934, Slatkine Reprints, 1972, t. XV-XVI.（『大伽藍』、出口裕弘訳、平凡社ライブラリー、1995年）
— *Saint Lydwine de Schiedam, Œuvres complètes*, éd. de Paris de 1928-1934, Slatkine Reprints, 1972, t. XVI,（『腐乱の華　スヒーダムの聖女リドヴィナ』、田辺貞之助訳、国書刊行会、1994年）
— *L'Oblat, Œuvres complètes*, éd. de Paris de 1928-1934, Slatkine Reprints, 1972, t.XVII-XVIII.
LAMARTINE, Alphonse de, *Jocelyn, Œuvres poétiques complètes*, Paris, Gallimard, «Bibliothèques de la Pléiade», 1963.
LAMENNAIS, Félicité de, *Correspondance générale*, Armand Colin, Paris, 1971-1973.
— *Essai de l'indifférence en matière de religion, Œuvres complètes*, Édition établie, préfacée et annotée par Louis Le Guillou, Genève, Slatkine Reprints（Réimpression des éditions de Paris, 1836-1856）, 1980, t.II.
— *De la religion considérée dans ses rapports avec l'ordre politique et civil, Œuvres complètes*, Slatkine Reprints, 1981, t.IV.
— *Les Évangiles, Œuvres complètes*, Genève, Slatkine Reprints, t.X.
—*Discussions critiques et pensées diverses, Œuvres complètes*, Genève, Slatkine Reprints, t.XI.
— *De la Religion*, Paris, Pagnerre, 1841.
— *L'Avenir, Œuvres complètes,* Genève, Slatkine Reprints, 1981, t.V,
— *Affaires de Rome*（1836-37）, *Œuvres complètes*, Genève, Slatkine Reprints, 1981, t. XII.
— «Du projet de loi sur le sacrilège, présenté à la Chambre des Pairs le 4 janvier 1825», *Mélanges religieux et philosophiques*, in *Œuvres complètes*, Genève, Slatkine Reprints, 1981, t. IV.
LES GONCOURT, *Madame Gervaisais*, Paris, Gallimard , «coll. Folio», 1982.
— *Journal*（2 vols）, Paris, Robert Laffont, 1989.（『日記』上下巻、齋藤一郎訳、岩波文庫、2010年）
LEON XIII（pape）, *Encyclique «Rerum Novarum» sur la Condition des ouvriers*（15 mai 1819）, Paris, Bonne Presse, 1956.
MAISTRE, Joseph de, *Considérations sur la France, Œuvres I*, Genève, Slatkine, 1980.
— *Les Soirées de Saint-Pétersbourg*（2 vols）, Paris, éd. de la Maisnie, 1991.
MICHELET, Jules, *Des Jésuites*（avec　Edgar Quinet）, Hollande, Jean-Jacques Pauvert, 1966.
— *Le prêtre, la femme et la famille*, Paris, Chamerot, 1862.
— *Histoire de France*, livre IV, *Éclaircissements, Œuvres complètes*, t.IV, Paris,

Flammarion, 1982.（『フランス史』全6巻、大野一道他監修、藤原書店）
— *Histoire de France au 17e siècle*, Paris, *Œuvres complètes,* t.IX, Paris, Flammarion, 1982.
— *Histoire de la Révolution française*（2 vols）, Paris, Gallimard, «Bibliothèque de la Pléiade», 1952.
— *Histoire de la Révolution française*（2 vols）, Robert Laffont, 1979.（『フランス革命史』、桑原武夫他訳、中公文庫、2006年）
— *Journal*（4 vols）, Paris, Gallimard, 1976.
— *La Sorcière*, Paris, GF Flammarion, 1966.（『魔女』上下巻、篠田浩一郎訳、岩波文庫、2004）
— *L'Amour,Œuvres complètes,* Paris, Flammarion, t.XVIII.（『愛』、森井真訳、中公文庫、1981年）
PEGUY, Charles, *Cahier de la Quinzaine*, 5e cahier de la 8e série, le 2 déc. 1906, *Œuvres en prose complètes*, Paris, Gallimard, «Bibliothèque de la Pléiade», 1988.
RANCÉ, L' Armand Jean Le Bouthillier de, *Relations de la mort de quelques religieux de l'abbaye de La Trappe*（1678）, Paris, Mercure de France, 2012.
RENAN, Ernest, *L'Avenir de la science,Œuvres complètes,* Paris, Calmann-Lévy, 1949, t.III.
— *Cahier de jeunesse, Œuvres complètes*, Paris, Calmann-Lévy, 1961, t.IX.
— *Correspondance générale*, Honoré Champion, 1995, t. I.
— *Histoire du peuple d'Israël, Œuvres complètes*, Paris, Calmann-Lévy, 1961, t.VI.
— *Le Prêtre de Némi, Œuvres complètes*, Paris, Calmann-Lévy, 1961, t.III.
— *L'Église chrétienne, Histoire des origines du christianisme*, Paris, Robert Laffont, 1995.
— *Souvenirs d'enfance et de jeunesse, Œuvres complètes*, Paris, Calmann-Lévy, 1948, t.II.
— *Souvenirs d'enfance et de jeunesse*, Paris, GF-Flammarion,1973.（『思い出』上下巻、杉捷夫訳、岩波文庫、1953年）
— «Du libéralisme clérical», *La Liberté de penser*（mai, 1848）.
— «M. de Lamennais», *Essais de morale et de critique, Œuvres complètes,* Paris, Calmann-Lévy, 1948, t. II.
— «Port-Royal», *Études d'histoire religieuse*, Gallimard, «coll. Tel», 1992.
— «Spinoza», *Etudes d'histoire religieuse*, Gallimard, «coll. Tel», 1992.
ROUSSEAU, Jean-Jacques, *Émile ou l'éducation*, Paris, GF-Flammarion, 1966.（『エミール』全3冊、今野一雄訳、岩波文庫、1962年／『エミール』全3冊、『ルソー選集』、樋口謹一他訳、1986年）
— *Julie ou la Nouvelle Héloïse*, Paris, Garnier Frères, 1960.（新エロイーズ』全4冊、安士正夫訳、岩波文庫、1997年）
— *Lettres écrites de la montagne*, Neuchâtel, Ides et Calendes, 1962.
SAINTE-BEUVE, Charles-Augustin, «Paroles d'un croyant», 1er mai 1834, *Revue des Deux-Mondes*, in *Les grands écrivains français par Sainte-Beuve, XIXe siècle Philosophies et essayistes II La mennais, Victor Cousin, Jouffroy*, Paris, Garnier

Frères, 1930.

— *Cahiers I, «Cahier vert* 1834-1847», Paris, Gallimard, 1973.

— *Volupté*, Paris, Imprimerie nationale, 1984.

— *Correspondance générale*（17 vols）, Stock, Paris, 1935.

— *Port-Royal*（2 vols）, Paris, Robert Laffont, «Bouquins», 2004.

— *Causeries du Lundi*（15 vols）, Paris, Garnier Frères,（『月曜閑談』、土居寛之訳、富山房百科文庫、1978年）

— *Nouveaux Lundis*（13 vols）, Paris, Calmann Lévy, 1879.

SAINT-SIMON, Louis de Rouvroy de, *Mémoires*, Gallimard, «Bibliothèque de la Pléiade», 1983.

STENDHAL, *Vie de Herny Brulard*, Gallimard, Paris, «coll. Folio», 1973.

— *Courrier anglais*, Nendeln, Liechtenstein, Kraus Reprint, 1968.

— *Le Rouge et le Noir*, Paris, Gallimard, «Bibliothèque de la Pléiade», 1952.（『赤と黒』上下巻、桑原武夫訳、岩波文庫、1958年／『赤と黒』、小林正訳、新潮文庫、1958年／『赤と黒』上下巻、野崎歓訳、光文社古典新訳文庫、2007年）

VEUILLOT, Louis, *L'Illusion libérale*, Versailles, Éditions de Paris, 2005.

VILLIER DE L'ISLE-ADAM, Auguste, *Tribulat Bonhomet, Œuvres complètes*, Paris, Gallimard, «Bibliothèque de la Pléiade»,1986, t. II.（『ヴィリエ・ド・リラダン全集』第7巻、斎藤磯雄訳、三笠書房、1949年）

— *Contes cruels, Œuvres complètes*, Paris, Gallimard, «Bibliothèque de la Pléiade»,1986, t. I.（『残酷物語』、斎藤磯雄訳、筑摩叢書、1965年）

— *Axel,Œuvres complètes*, Paris, Gallimard, «Bibliothèque de la Pléiade»,1986, t.II.（『ヴィリエ・ド・リラダン全集』第7巻、斎藤磯雄訳、1977年）

— *L'Ève future, Œuvres complètes*, Paris, Gallimard, «Bibliothèque de la Pléiade»,1986, t. II.（『未来のイヴ』、斎藤磯雄訳、創元社ライブラリー、1996年）

ZOLA, Émile, La *Conquête de Plassans, Les Rougon-Macquart*, Paris, Gallimard, «Bibliothèque de la Pléiade», 1960, t. I.（『プラッサンの征服』、小田光雄訳、論創社、2006年）

— *La Faute de l'abbé Mouret, Les Rougon-Macquart*, Paris, Gallimard, «Bibliothèque de la Pléiade», 1960, t.I.（『ムーレ神父のあやまち』＜ゾラ・セレクション3＞、清水正和、倉智恒夫訳、藤原書店、2003年）

— *Le Docteur Pascal, Les Rougon-Macquart*, Paris, Gallimard, «Bibliothèque de la Pléiade», 1960, t. II.（『パスカル博士』、小田光雄訳、論創社、2005年）

— *Le Rêve, Œuvres complètes*, Paris, Nouveau monde, 2006, t.13.（『夢想』、小田光雄訳、論創社、2004年）

— *Lourdes, Œuvres complètes*, Paris, Nouveau monde, 2007, t.16.

— *Rome, Œuvres complètes*, Paris, Nouveau monde, 2007, t.16.

— *Paris, Œuvres complètes*, Paris, Nouveau monde, 2008, t.17.（『パリ』、竹中のぞみ訳、白水社、2010年）

— «*Un prêtre marié* par Barbey d'Aurevilly», *Le Salut public*, le 10 mai 1865.

— *Mes Haines, Œuvres complètes*, Paris, Nouveau Monde, 2002, t.1.

— *Vérité, Œuvres complètes*, Cercle des livres précieux, 1968, t.8.

関連作家に関する研究書

第一部　政教条約下の教会と聖職者

ANTIER, J.-J., *Le Curé d'Ars*, Paris, Perrin, 2006.
BENICHOU, P., *Le Temps des prophètes*, Paris, Gallimard, «Quarto», 2004.
BERTAULT, Ph., *Balzac et la religion*, Paris, Boivin et Cie, 1942.
CHAPON（abbé), *Mgr Dupanloup et la liberté*, Paris, H. Chapelliez et Cie, 1889.
FOUGÈRE, A., *Lamennais avant l'«Essai sur l'indifférence»*, Paris, Bloud et Cie, 1906.
FOURREY（Mgr), *Jean-Marie Vianney, Curé d'Ars Vie authentique*, Paris, Desclée de Brouwer, 1981.
IMBERT, H.-F. *Stendhal et la tentation janséniste*, Paris, Droz, 1970.
LE GUILLOU, L., *L'évolution de la pensée religieuse de Félicité de Lamennais*, Paris, Armand Colin, 1966.
— *Les Discussions critiques Journal de la Crise mennaisienne*, Paris, Armand Colin, 1967.
LAGRANGE（Mgr), *Vie de Mgr Dupanloup*, Paris, Vve Ch. Poussiergue.
LE GUILLOU, M.J. et LE GUILLOU, L., *La Condamnation de Lamennais*, Beauchesne, 1982.
MANILL, F., *Stendhal et le sentiment religieux*, Paris, Nizet, 1980.
MARÉCHAL, C., *La Mennais La dispute de l'*Essai sur l'indifférence, Paris, Édouard Champion, 1925.
MARTINEAU, H., *Le cœur de Stendhal*, Paris, Albin Michel, 1953.
MONNIN（abbé), *Le curé d'Ars, vie de Jean-Baptiste-Marie Vianney*, Paris, Charles Douniol, 1864.
SOULIE, R., *Le curé d'Ars*, Paris, Pygmarion, 2003.
小林正『「赤と黒」成立過程の研究』、白水社、1962年。

第二部　ラムネの光と影

ALLEM, M., *Les grands écrivains français par Sainte-Beuve, XIXe siècle Philosophes et essayistes II, La Mennais- Victor Cousin - Joffroy*, Paris, Garnier Frères, 1930.
— *Sainte-Beuve et «Volupté»*, Paris, Société française d'éditions littéraires et techniques, 1935.
BERCHET, J.-C., *Chateaubriand*, Paris, Gallimard, 2012.
BREMOND, H., *Le roman et l'histoire d'une conversion Ulric Guttinguer et Sainte-Beuve d'après des correspondances inédites*, Paris, Plon, 1925.
CASANOVA, N., *Sainte-Beuve*, Paris, Mercure de France, 1995.
FAGUET, E., *La jeunesse de Sainte-Beuve*, Paris, Société française d'Imprimerie et de librairie, 1914.
FUMAROLI, M. *Chateaubriand, Poésie et Terreur*, Paris, Gallimard, 2003.

GIRAUD, V., *Le christianisme de Chateaubriand*, Paris, Hachette, 1925.
GUILLEMIN, H., *Le Jocelyn de Lamartine*, Genève, Slatkine Reprints, 1967（réimpression de l'édition de 1936).
LE HIR, Y., *L'originalité littéraire de Sainte-Beuve dans «Volupté»*, Paris, Société d'éditions d'enseignement supérieur, 1953.
SAGE, *Le Bon prêtre dans la littérature d'Armadis de Gaule au Génie du christianisme*, Genève, Droz, 1951.

第三部　「絶対」の人、過去の人

GODO, E., *Victor Hugo et Dieu Bibliographie d'une âme*, Paris, Cerf, 2002.
MERCURY, F., *Renan*, Paris, Olivier Orban, 1990 .
RETAT, C., *X, ou le divin dans la poésie de Victor Hugo à partir de l'exil*, Paris, CNRS, 1999.
RETAT, L., *Religion et imagination religieuse : leurs formes et leurs rapports dans l'œuvre d'Ernest Renan*, Paris, Klincksieck, 1977.
稲垣直樹『「レ・ミゼラブル」を読み直す』、白水社、2007年。

第四部　反自然としての司祭像

COLIN, R.-P. et NIVET, J.-F., *Louis Desprez*（1861-1885）*Pour la liberté d'écrire*, Tusson, Du Lérot, 1992.
GUERMES, S., *La religion de Zola*, Paris, Honoré Champion, 2003.
MOREAU, Th., *Le sang de l'histoire-Michelet, l'histoire et l'idée de la femme au XIXe siècle*, Paris, Flammarion, 1982.
OUVRAND, P., *Zola et le prêtre*, Paris, Beauchesne, 1886.
VIALLANEIX, P., *La voie royale - essai sur l'idée de peuple dans l'œuvre de Michelet -*, Paris, Flammarion, 1971.

第五部　「彼方」の証人《あかしびと》たち

BALDICK, R., *The life of J.-K. Huysmans*, Oxford, Clarendon Press, 1955.（岡本公二訳『ユイスマンス伝』、学習研究社、1996年）
BORNECQUE, J.-H., *Villiers de l'Isle-Adam créateur et visionnaire*, Paris, A.G.Nizet, 1974 .
DJIOURACHKOVITCH, A., *Barbey d'Aurevilly «L'Ensorcelée»*, Paris, PUF, 1998.
GROUGARD, E., *Les trois premiers contes de Villiers de L'Isle-d'Adam*, Paris, PUF, 1958.
RAITT, A.W., *Villiers de l'Isle-Adam et le mouvement symboliste*, Paris, José Corti, 1986.
TRANOUEZ, P., *Fascination et narration dans l'œuvre romanesque de Barbey d'Aurevilly. La scène capitale*. Paris, Minard, «Lettres modernes», 1987 .

19世紀関連研究書

BENOIST, J., *Le Sacré-Cœur du Montmartre de* 1870 *à nos jours*, Paris, Éditions ouvurières, 1992.

BERTIER DE SAUVIGNY, *Le comte Ferdinand de Bertier et l'énigme de la Congrégation*, Paris, Les Presses continentales, 1948.
BOUDON, J.-O., *Paris capitale religieuse sous le Second Empire*, Paris, Cerf, 2001.
BRUGERETTE, J., *Le Prêtre français et la société contemporaine*, Paris, P. Lethielleux, 1933.
DANSETTE, A., *Histoire religieuse de la France contemporaine*, Paris, Flammarion, 1965.
GAZIER, A., *Histoire générale du mouvement janséniste* (2 vols), Paris, Honoré Champion, 1924.
GRANDMAISON, G. de, *La Congrégation* (1801-1830), Paris, Plon, 1889.
GUILLEMIN, H., *Histoire des Catholiques français au XIXe siècle*, Paris, Utovie, 2003 (réédition de 1947, Au milieu du Monde).
HOCEDEZ, E., *Histoire de la théologie au XIXe siècle* (3 vols), Paris, Desclée de Brouwer, 1948.
HURET, J., *Enquête sur l'évolution littéraire*, Paris, Bibliothèque charpentier, 1891.
KRAILSHEIMER, A.-J., *Armand-Jean de Rancé, abbé de la Trappe*, Paris, Cerf, 2000 .
Le BRAZ, A., *La légende de la Mort chez les Bretons armoricains Magie de la Bretagne*, Paris, Robert Laffont, 1994.
LAUNAY, M., *Le bon prêtre, le clergé rural au XIXe siècle*, Paris, Aubier, 1986.
LEROY, M., *Le mythe jésuite de Béranger à Michelet*, Paris, PUF, 1992.
MARILHAC, Ch., *Le diocèse d'Orléans au milieu du XIXe siècle*, Paris, Sirey, 1964.
MUGNIER (abbé), *Journal de l'abbé Mugnier*, Paris, Mercure de France, 1985.
PIERRAND, P., *La vie quotidienne du prêtre français au 19e siècle (1801-1905)*, Paris, Hachette, 1986.
RÉMOND, R., L'anticléricalisme en France de 1815 à nos jours, Paris, Fayard, 1999.
TODOROV, T., *Introduction à la littérature fantastique*, Paris, Seuil, 1970.
VAULABELLE, Ach. de, *Histoire des deux Restaurations*, Paris, Garnier Frères, 1874.
VIGUERIE, J. de, *Christianisme et révolution*, Paris, Nouvelles éditions latines, 1986.

関連論文

ARAAS, H., «À propos de *Journal d'un curé de campagne*, essai sur l'écrivain et le prêtre dans l'œuvre romanesque de Bernanos», Paris, *Archives des Lettres modernes*, No 70, 1966 (7).
AUBERT, R., «Monseigneur Dupanloup au début du Concile de Vatican» (Extrait des *Miscellanea Historiae Ecclesasticae*, Stockholm, 1960), Louvain, 1961.
BAGULEY, D., «Les paradis perdus: espace et regard dans *La Conquête de Plassans* de Zola», *Nineteenth Century French Studies*, IX, automne-hiver, 1980-1981.
BAUTRY, P., «Les mutations des croyances», in *Histoire de la France religieuse*, t.3: Du roi Très Chrétien à la laïcité républicaine XVIIIe-XIXe siècle, Paris, Seuil, «coll. Histoire», 2001.
BOULIER, J., « "Monsieur Féli" et le christianisme éternel», in *Europe*, Février-Mars 1954.

DELEUZE, G., dans sa *Préface* à *La Bête humaine*, Paris, Gallimard, «coll. Folio classique», 1977.
DUBOIS, J., «*Madame Gervaisais* et *La Conquête de Plassans*», *Les Cahiers naturalistes*, n° 24-25, 1963.
EPIVENT, L.M.O. (Mgr), «Mandement de Mgr L.M.O. Épivent, évêque d'Aire et Dax (4 septembre 1863)», cité dans les *Annexes* de Renan, *Histoire des origines du christianisme*, Paris, Robert Laffont, 1995, t.II .
JUILLOT, C., «Torquemada et les autres - la place de Victor Hugo dans l'évolution de la figure du Grand Inquisiteur au 19e siècle» (communication au Groupe Hugo du 18 novembre 2006).
LABARRÈRE, A., «Logique et chronologique dans *L'Intersigne* de Villiers de l'Isle-Adam», *Hommage à Pierre Nardin, Philologie et littérature françaises, Annales de la Faculté des lettres et sciences humaines de Nice*, 1977.
MOREAU, P., «Romantisme français et syncrétisme religieux», in *Âmes et thèmes romantiques*, Paris, José Corti, 1965.
RETAT, L., «1848 et l'imagination lamartinienne en Renan», *Études renaniennes*, décembre 1998, n° 105.
中堂恒朗「バルザック『トゥールの司祭』について」、『女子大学・外国文学篇』(大阪女子大学英文学科) 13, 1961年3月。
柏木隆雄「『トゥールの司祭』小考－神父ビロトーの栄光と悲惨が象るもの」、『神戸女子学院大学論集』、27 (1)、1980年9月。

辞書、その他

Dictionnaire de spiritualité, Paris, Bauchesne, 1937-1939.
Dictionnaire du droit canonique, Paris, Letouzey et Ané, 1935-1965.
FURET, F. et OZOUF, M., *Dictionnaire critique de la Révolution*, Paris, Flammarion, 1988.
『聖書　新共同訳』、日本聖書教会、1997年。

草稿

MICHELET, Jules, Notes d'histoire religieuse (Bibliothèque de la ville de Paris).
PSICHARI, manuscrit, NAF25 258 4506 R85553 ; Journal de Psichari.

註

はじめに

(1) *Dictionnaire du droit canonique,* Paris, Letouzey et Ané, 1935-1965, article : "monastère", "clerc", et "ordination".
(2)「テモテ第一の手紙」6－11、「テモテ第二の手紙」3－17。なお現在では、これらの手紙の筆者は、聖パウロ以外の人物とされている。

第一部　政教条約下の教会と聖職者

第一章　三人の司祭たち

(1) L. Le Guillou, *L'évolution de la pensée religieuse de Félicité de Lamennais,* Paris, Armand Colin, 1966, p.7.
(2) E. Hocedez, *Histoire de la théologie au XIXe siècle,* Paris, Desclée de Brouwer, 1948, pp.11-12 et 85-86.
(3) H. Guillemin, *Histoire des Catholiques français au XIXe siècle,* Paris, Utovie, 2003, p.21. 1814年は王政復古の年である。1824年には絶対王政への回帰を秘かに目論むシャルル10世が即位し、出版統制が厳しくなる。
(4) L. Le Guillou, *op.cit.,* pp.21-26 et 33.
(5) E. Hocedez, *op.cit.,* p.105.
(6) ラムネの神学は確かに在俗の思想家の系譜と関連し、ロマン主義の概念である「普遍的啓示」と通底してはいるが、基本的には神学書に依拠している（P. Moreau, «Romantisme français et syncrétisme religieux», in *Âmes et thèmes romantiques,* Paris, José Corti, 1965, p.153）。
(7) *Essai de l'indifférence en matière de religion, Œuvres complètes,* édition établie, préfacée et annotée par Louis Le Guillou, Genève, Slatkine Reprints（Réimpression des éditions de Paris, 1836-1856）, 1980-1981, t.II, p.LXXXIV.
(8) プロテスタントのジャン・カラスは、カトリックに改宗した息子が自殺した際、息子殺しを疑われ、トゥールーズの高等法院で裁かれて車裂きの刑に処せられた。ヴォルテールはジャン・カラスの名誉回復のために尽力した。
(9) Rousseau, *Émile ou de l'éducation,* Paris, G-Flammarion, 1966, pp.405-407.
(10) L. Le Guillou, *op.cit.,* p.71.
(11) M.L. Le Guillou et L. Le Guillou, *La condamnation de Lamennais,* Beauchesne, 1982, pp.510-511, 594-595.
(12) Dans le livre du théologien jésuite Rozaven : *Examen d'un ouvrage intitulé «Des doctrines philosophiques sur la certitude dans leurs rapports avec les fondements de la théologie»*（1831）, passage cité par L. Le Guillou, *op.cit.,* p.204.
(13) *Mémoire,* présenté au Souverain poncif, Grégoire XVI, par les Rédacteurs de l'*Avenir*

et les membres du conseil de l'Agence générale pour la défense de la liberté religieuse, cité dans *Affaires de Rome, O.C.*, t.XII, p.63.

(14) M. Launay, *Le bon prêtre, le clergé rural au XIXe siècle,* Paris, Aubier, 1986, p. 171.

(15) *De la religion considérée dans ses rapports avec l'ordre politique et civil, O.C.*, t.IV, p.211.

(16) *Correspondance générale*, Paris, Armand Colin, 1973, p.63 (le 7 nov. 1828, lettre adressée à Mme la comtesse de Senfft).

(17) «Mirari vos», le 15 août 1832.

(18) *Affaires de Rome, O.C.*, t. XII, pp. 142-143 et 165-166.

(19) «Du projet de loi sur le sacrilège, présenté à la Chambre des Pairs le 4 janvier 1825», *Mélanges religieux et philosophiques, O.C.*, t. IV, p.441.

(20) A. Fougère, *Lamennais avant l' «Essai sur l'indifférence»*, Paris, Bloud et Cie, 1906, p.30. Ch.Maréchal, *La jeunesse de La Mennais,* Paris, Perrin, 1913, p.650. Ch. Maréchal, *La Mennais La dispute de L'Essai sur l'indifférence,* Paris, Édouard Champion, 1925, p.20.

(21) *De la Religion, Paris,* Pagnerre, 1841, pp.9-10, 21-22 et 158.

(22) *Discussions critiques et pensées diverses, O.C.*, t.XI., pp.55 et 129. この著作は、ラムネが折に触れて綴った手記が元になっている。*De la Religion* と同様に1841年の出版である。

(23) *De la Religion,* pp.161 et 165.

(24) Cité par L. Le Guillou, *op.cit.*, p.283.

(25) *Les Évangiles, O.C.*, t. X, p.170.

(26) F.-R. de Chateaubriand, *Vie de Rancé, Œuvres romanesques et voyages I*, Paris, Gallimard, «Bibliothèque de la Pléiade», 1966, p.1067. 葦に関する比喩は、「イザヤ書」36-6に典拠を持つ。

(27) P. Bénichou, *Le Temps des prophètes*, Paris, Gallimard (Quarto), 2004, p.606.

(28) *Les Évangiles*, p.378.

(29) 1840年、小冊子『国と政府』(*Le Pays et le Gouvernement*) が原因で、ラムネは禁固刑を言い渡された。翌年1月、サント＝ペラジー牢獄に収監され、そこで一年を過ごした。

(30) A. Monnin, *Le Curé d'Ars, vie de Jean Baptiste-Marie Vianney,* Charles Douniol, 1864, t.II, pp.491-492.

(31) *Ibid.*, t.I, p.6.

(32) J.-J. Antier, *Le Curé d'Ars*, Perrin, 2006, pp.20-23.

(33) Mgr René Fourrey, *Jean-Marie Vianney, Curé d'Ars Vie authentique*, Desclée de Brouwer, 1981, pp.18-19, 21 et 27-28.

(34) Monnin, *op.cit.*, t.I, p.138, t.II, p.452.

(35) J.-J. Antier, *op.cit.*, p.220.

(36) R. Soulié, *Le Curé d'Ars*, Paris, Pygmarion, 2003, pp.62, 73 et 80. Monnin, *op.cit.,* t.II, p.390.

(37) M. Launay, *op.cit.*, pp.156-161.

(38) A. Monin, *op.cit.*, t.II, p.230.

(39) *Ibid.*, t.I, p. 236.

(40) *Sous le soleil de Satan, Œuvres romanesques*, Paris, Gallimard, «Bibliothèque de la

Pléiade», 1961, p.140.

(41) Bloy, *Le Déserpéré, Œuvres*, Mercure de France, 1964-1975, t.III, p.177.

(42) J.-J. Antier, *op.cit.*, pp.146-153.

(43) P. Boutry, «Les mutations des croyances», *Histoire de la France religieuse 3*, Seuil, «coll. Points», 2001, p. 452. M. Launay, *op.cit.*, pp.166-167. P. Pierrard, *La Vie quotidienne du prêtre français au XIXe siècle* (1801-1905), Paris, Hachette, 1986, p.352.

(44) *Discussion critique, O.C.*, t.XI. p.55

(45) M. Launay, *op.cit.*, pp.131-137.

(46) *Catéchisme de persévérance*, Gaume Frères et J. Duprey, 1860 (8e éd.), t.IV, pp.101-108.

(47) Le Curé d'Ars, *Sa pensée, son coëur*, présentés par l'abbé Bernard Nodet, Xavier Mappus, 1995, p.97.

(48) *Ibid.*, pp.15-16.

(49) Psichari, manuscrit, NAF25 258 4506 R85553 ; Journal de Psichari, 18.

(50) Hans Aaraas, «A propos de *Journal d'un curé de campagne*, essai sur l'écrivain et le prêtre dans l'œuvre romanesque de Bernanos», *Archives des Lettres modernes*, No 70, 1966 (7), p.12.

(51) A. Dansette, *Histoire religieuse de la France contemporaine*, Paris, Flammarion, 1965, p.321.

(52) また1875年には高等教育レベルでの自由も容認されたことを受けて、デュパンルーは複数のカトリック大学を開校させた。

(53) 同年彼は、エミール・リトレがアカデミー・フランセーズ会員に選出されたのを不服として、アカデミーを去った。

(54) Mgr F. Lagrange, *Vie de Mgr Dupanloup*, Paris, Vve Ch.Poussiergue, p.l.

(55) *Discours en faveur des Pauvres Églises de campagne,* Paris, Lecoffre, 1858, p.34.

(56) Gaume (Mgr), *La Situation : douleurs, dangers, devoirs, consolations des catholiques dans les temps actuels*, Paris, Gaume Frères et J. Duprey, 1860.

(57) Renan, *Correspondance générale*, Paris, Honoré Champion, 1998, t.II, pp.88-89.

(58) *Cahier de jeunesse, Œuvres complètes*, Paris, Calmann-Lévy, 1961, t.IX, p.67.

(59) ルナンの卓越した指導者ル・イールについては、本書 p. 129以降を参照。

(60) *Avertissement à la jeunesse et aux pères de famille sur les attaques dirigées contre la religion*, Paris, Douniol, 1863, pp.44-45.

(61) L. Rétat, *Religion et imagination religieuse : leurs formes et leurs rapports dans l'œuvre d'Ernest Renan*, Paris, Klincksieck, 1977, p.279.

(62) *L'ahtéisme et le péril social,* Paris, Ch. Douniol, 1866.

(63) «Introduction générale» de L. Rétat à l'*Histoire des origines du christianisme*, Paris, Robert Laffont, 1995, «coll. Bouquins», t.I, p.XXXV.

(64) *L'ahtéisme et le péril social*, p.11.

(65) Renan, *L'Église chrétienne, Histoire des origines du christianisme*, t.II, pp.530-531.

(66) A. Dansette, *op.cit.*, pp.314-315.

(67) *La convention du 15 septembre et l'encyclique du 8 décembre par Mgr l'évêque*

d'Orléans de l'Académie française, suivie d'une lettre au Journal des Débats（27e édition）, Paris, Charles Dounéol, 1865, pp.44-45.

(68) Abbé Chapon, *Mgr Dupanloup et la liberté*, Paris, H. Chapelliez et Cie, 1889, p.87.

(69) Flaubert, *Correspondance, Œuvres complètes*（16 v.）, Paris, Club de l'Honnête Homme, 1971-1975, t.XIV, pp.640-641.

(70) ルイ・ヴイヨ（Louis Veuillot 1813-1883）は、教皇権至上主義の立場をとるカトリックの論客で、長く『ユニヴェール』紙の主幹を務めた。

(71) Mgr F. Lagrange, *op. cit.*, t.3, pp.99-100, 111-113 et 118-121.

(72) «Avertissement adressé à M. L. Veuillot rédacteur en chef du journal *L'Univers*», Orléans, impr. de E. Colas, 1869, pp.16-17. «A. à L.Veuillot» と略す。

(73) しかし無謬性は公会議と教皇により構成される教会にあるという考えが、散見される。

(74) «Réponse de Mgr l'évêque d'Orléans à Mgr Dechamps, archevêque de Malines（sur la définition de l'infaillibilité pontificale, 1er mars, 1870）», Paris, C. Douniol, 1870, pp.8-9.（2）の定義可能性に関しては、デュパンルーは定義をめぐる神学的・歴史的困難を示唆している。この困難は①（教皇としての）権威によって行われる（ex cathedra）行為の諸条件を定義する必要性　②一神学者であると同時に教皇であるという二重の性格　③教皇としての権威によって行われる行為に関して、現実に提示されるさまざまな問題　④過去と史実への対応　⑤問題そのものの根幹、すなわちかくのごとく長年にわたって議論の的となってきた問題は簡単でも明瞭でもないこと、である（pp.10-11）。

(75) «Mandement de Mgr L.M.O. Épivent, évêque d'Aire et Dax（4 septembre 1863）», cité dans les *Annexes* de Renan, *Histoire des origines du christianisme*, t.II, p.1067.

(76) R. Aubert, «Monseigneur Dupanloup au début du Concile du Vatican»（Extrait des *Miscellanea Historiae Ecclesasticae*, Stockholm, 1960）, Louvain, 1961, pp.110-112.

(77) «A. à L.Veuillot», p.27.

(78) Y.-M. Hilaire（sous la direction de）, *Histoire de la papauté*, Paris, Tallandier, 2003, pp.408-410.

(79) A. Dansette, *op.cit.*, p.319.

(80) ミシュレの「永遠のキリスト」に関しては、拙著『世紀末のキリスト』（国書刊行会、2002年、pp.52-55）を参照されたい。

(81) «Réponse de Mgr l'évêque d'Orléans à Mgr Dechamps», p.24.

(82) A. Dansette, *op.cit.*, p.320.

(83) L.Veuillot, *L'Illusion libérale*, Versailles, Éditions de Paris, 2005, p.43.

(84) *Programmes pour les études du clergé*, Orléans, A. Gatineau, 1856, p.8.

(85) *Ibid.*, p. 29.

(86) Ch. Marilhac, *Le diocèse d'Orléans au milieu du XIXe siècle*, Paris, Sirey, 1964, p.230.

第二章「コングレガシオン神話」と王政復古期の司祭像

(1) Bertier de Sauvigny, *Le comte Ferdinand de Bertier et l'énigme de la Congrégation*, Paris, Les Presses continentales, 1948, p.370.

(2) Dans la postface de *Le Rouge et le Noir*（«coll. Folio», Paris, Gallimard, 1951, pp.686-690）. スタンダールがこの時代を扱ったもう一つの作品『アルマンス』（*Armance*）は

「1827年のパリのあるサロンの風景」と題されている。ヴィレール内閣への言及もあり、25年に成立した「亡命貴族の十億フラン法」が筋の展開に重要な意味を持っている。
(3) *Les Employés*, Paris Gallimard, «coll. Folio classique», 2000, notes 3 et 150.
(4) B. de Sauvigny, *op.cit.*, p.279.
(5) Ach. de Vaulabelle, *Histoire des deux Restaurations*, Paris, Garnier Frères, 1874, t.6, pp.51-63. スタンダールの小説『ラミエル』(*Lamiel*) の中には、人々に地獄の恐怖を植えつけることで回心を促す、奸策と呼びうるような演出シーンが描かれているし、『赤と黒』では、子供たちへの奨学金を得るねらいで、宣教団の到来の折に回心した裕福な自由主義者たちのエピソードがある。
(6) *Courrier anglais*, Nendeln, Liechtenstein : Kraus Reprint, 1968, t.4, p.80.
(7) B. de Sauvigny, *op.cit.*, p.313.
(8) Ach. De Vaulabelle, *op.cit.*, t.8, pp.368, 379 et 414-421. 聖性冒瀆法は一度も適用されることはなかった。第一宮廷司祭 (Premier aumônier) は、宮廷司祭長 (Grand aumônier) に次ぐ地位。
(9) *Courrier anglais*, t.4, p.85.
(10) *Ibid.*, t.2, p.260; t.3, p.162, p.245; t.8, pp.466-469; t.9, pp. 34-39. M. Leroy, *Le mythe jésuite de Béranger à Michelet*, Paris, PUF, 1992, p.51.
(11) Dans la note 1 de p.160 de la «coll. Folio» (p.759).
(12) *Courrier anglais*, t.4, pp.91 et 109.
(13) Ach. de Vaulabelle, *op.cit.*, t.5, pp.96-98.
(14) M. Leroy, *op.cit.*, p.40.
(15) G. de Grandmaison, *La Congrégation* (*1801-1830*), Plon, Paris, 1889, p.313.
(16) M. Leroy, *op. cit.*, pp.48-49. Ach. de Vaulabelle, *op. cit.*, t.5, p.98.
(17) *Courrier anglais*, t.2, p.454.
(18) *Courrier anglais*, t. 2, pp.389 et 454. Cf: M. Leroy, *op.cit.*, p.49.「コングレガシオン神話」の背景をなすのは、「ジェズイット (イエズス会士) 神話」である。黒の長衣を纏う修道士に対し、「短服のジェズイット」とはイエズス会に支配されているとされる在俗の人々を指す。
(19) B. de Sauvigny, *op.cit.*,p.403.
(20) *Ibid.*, p.386.
(21) M. Leroy, *op.cit.*, p.51.
(22) B. de Sauvigny, *op.cit.*, pp.394-396.
(23) F. Marill, *Stendhal et le sentiment religieux*, Nizet, Paris, 1980, pp.40-43.
(24) *Courrier anglais*, t.1, p.154 et t.3, p.195.
(25) M. Leroy, *op.cit.*, p.306.
(26) *Courrier anglais*, t.2, p.366; t.3, pp.51-52.
(27) 全フランス教員団 (Université) は、1808年にナポレオン1世によって創立された、初等・中等・高等教育に携わる教員によって構成される組織。当時の団長は、司教フレシヌスであった。
(28) *Correspondance générale*, Armand Colin, Paris, 1971, t.3, p.89. ラムネは別の箇所で「その (イエズス会の) 不手際、術策、つまらぬ手練手管、つまらぬ水面下の陰謀が、宗教に

この上ない損害を与えたのですが、世間の目からは会の利益が宗教とかたく結びついているのです」と述べている（t.3, p.273)。

(29) *Courrier anglais*, t.1, pp.140-141.

(30) *Ibid.*, t.2, p.389, t.4, p.90.

(31) B. de Sauvigny, *op.cit.*, pp.378-382.

(32) P. Pierrand, *op.cit.*, Hachette, Paris, 1986, pp.89-92.

(33) 叙階とスルプリに関しては第３部第２章を参照されたい。

(34) Note 2 de la page 207 de la «coll. Folio»（p.764）.

(35) Dans le projet d'article sur *Le Rouge et le Noir*, cité dans «coll. Folio», p.734.

(36) Dans la *Préface* de la «coll. Folio», p.26.

(37) *Vie de Henry Brulard.*, Paris, Gallimard, «coll. Folio», 1973, pp.72 et 272.

(38) H. Martineau, *Le cœur de Stendhal*, Albin Michel, Paris, 1952, t.1, pp.60-61.

(39)フランシュ・コンテ地方がこの小説の第一部の舞台として選ばれたのは、この地方が実際にジェズイットの勢力範囲の一つであったからとされる（H.-F. Imbert, *Stendhal et la tentation janséniste*, Droz, Paris, 1970, p.141）。フリレールは、ブザンソンの実在の副司教をモデルとし、その名は女性を誘惑してついに殺人まで犯した、これも実在の司祭ルイ＝ドニ・フリレーに由来するという。この実在の副司教はマングラ神父事件（1823年にドーフィネ地方で起きた同名の神父による愛人殺害事件）にも関与し、この殺人者の神父を擁護したというから、フリレールは聖職者による殺人と二重に関連付けられた人物像ということになる（小林正『「赤と黒」成立過程の研究』、白水社、1962年)。裁判でジュリアンの救命が難しいと判断すると、フリレールはマチルドに取り入る次なる手段として、ジュリアンの後釜に座ろうと考える。端正な顔つきのこの聖職者は、“女性の誘惑者としての司祭”の系譜にも属していて、80歳という高齢のシェラン、恐ろしい面貌のピラールと対照をなしている。

(40) Note 3 de la p.299 de la «coll. Folio»（p.774）.

(41) B. de Sauvigny, *op.cit.*, pp.63, 65, 67, 74, 89-90 et 186.

(42) *Courrier anglais*, t.2, pp.374-376.

(43) H.-F. Imbert, *op.cit.*, p.153.

(44) A. Gazier, *Histoire générale du mouvement janséniste*, Paris, Honoré Champion, 1924, t.2, p.175.

(45) *Ibid.*, p.194.

(46) *Ibid.*, pp.176-177.

(47) *Courrier anglais*, t.2, p.161.

(48) Note de la «coll. Folio»（p.769）.

(49) ここには、サント＝ブーヴがやがて『ポール・ロワイヤル』の中で提示することになる、きわめてロマン主義的なジャンセニスト像と一脈通じるものがある。

(50) *Courrier anglais*, t.2, p.483 ; t.2, p.479 ; t.3, p.199.

(51) 中堂恒朗「バルザック『トゥールの司祭』について」『女子大学・外国文学篇』13号（大阪女子大学英文学会、1961年３月)。柏木隆雄「『トゥールの司祭』小考－神父ビロトーの栄光と悲惨が象るもの」『神戸女子学院大学論集』、27（1)、1980年７月。

(52) 柏木隆雄、前掲論文、pp.21-22。

(53) Ph. Bertault, *Balzac et la religion*, Boivin et Cie, Paris, 1942, pp.251 et 254-255.
(54) *Ibid.*, pp.61, 77 et 91.
(55) M. Leroy, *op.cit.*, p.157.
(56) Note 35 de la «coll. Folio» (p.356).
(57) Ach. de Debaulabelle, *op.cit.*, t.10, p.404.

第二部　ラムネの光と影

第一章　サヴォワの助任司祭の後継者たち

(1) *Julie ou la Nouvelle Héloïse*, Paris, Garnier Frères, 1960, p.716. *Les Lettres écrites de la montagne*, Neuchâtel, Ides et Calendes, 1962, p.69.
(2) Victor Giraud, *Le christianisme de Chateaubriand*, Paris, Hachette, 1925, t.I, pp.121-126.
(3) *Mémoires d'outre-tombe*, Paris, Classiques Garnier Multimédia, 1998, t.I, p. 476 et t.II, p.46.
(4) M. Fumaroli, *Chateaubriand, Poésie et Terreur*, Paris, Gallimard, 2003, pp.96 et 355.
(5) J.-C. Berchet, *Chateaubriand*, Paris, Gallimard, 2012, p.129.
(6) *Ibid.*, p.156.
(7) P. Sage, *Le bon prêtre dans la littérature d'Armadis de Gaule au Génie du christianisme*, Genève, Droz, 1951, pp.428 et 441.
(8) *Atala*, éd. de J-C. Berchet, p.265 (note 127).
(9) *Julie ou la Nouvelle Héroïse*, p.685.
(10) J.-C. Berchet, *op.cit.*, p.894.
(11) 17、18世紀に主として男性が着用した体にぴったりしたひざ丈のコート。
(12) *Vie de Rancé, Œuvres romanesques et voyages I*, Paris, Gallimard, «Bibliothèque de la Pléiade», 1969, pp.63, 70-70, 74-75 et 995.
(13) サン＝シモン公の伝える逸話によれば、この斬首は防腐保存のために行われたのであって、シャトーブリアンが記しているように棺の長さのせいではない（Note de p.88 de *Vie de Rancé*, Librairie générale française, «Livre de poche», 2003）。
(14) Saint-Simon, *Mémoires*, Gallimard, «Bibliothèque de la Pléiade», 1983, t.I, p.522. しかし、A-J・クライルシェメールの伝えるところによれば、夜中の２時に一時病室を退去したランセが３時間後に戻ってきたときには、夫人はすでに息を引き取っていたとされる。クライルシェメールの前書きは、ランセによる修道士たちの死の時に関する語り（*Relation de la mort de quelques religieux de la Trappe par le R. P. Armand-Jean Le Bouthillier de Rancé, abbé régulier et réformateur de la Trappe, de l'Étroite observance de Cîteaux*）に付けられたものだが（A.-J. Krailsheimer, *Armand-Jean de Rancé, abbé de la Trappe*, Paris, Cerf, 2000）、いかに霊の兄弟たちが「良き死」を迎えられるか、そのことに心血を注ぐ修道院長ランセの出発点が、夫人の死に立ち会えなかった強烈な悔いによるものと推測している（pp.22-26）。
(15) 確かに当時ラ・トラップでは厳格な戒律のせいで死亡率は高かった。A-J・クライルシェメールによると、ラ・トラップの修道院の志願者たちは、他の修道会の場合と異なり、

修道生活で自分の生を消尽すること、しかも早めに死を迎えることを切望する者たちだった（A.-J. Krailsheimer, *op.cit.*, p.39）。しかし、だからといってシャトーブリアンの解釈を全面的に容認することも難しい。トラピスト修道会に関してラムネも類似した見解を持っており、ル・ギユーは『キリスト教精髄』の影響を疑っている。ル・ギユーによれば、シャトーブリアンのイメージは誤ったものである（L. Le Guillou, *Les Discussions critiques Journal de la Crise mennaisienne*, Paris, Armand Colin, 1967, p.100）。『キリスト教精髄』の引用にある「モルターニュ」（Mortagne-au-Perche）は、ラ・トラップ近郊のコミューンの名。

(16) *Julie ou la Nouvelle Héloïse*, p.706.

(17) H. Guillemin, *Le Jocelyn de Lamartine*, Genève, Slatkine Reprints, 1967（réimpression de l'édition de 1936), p.254.

(18) *Ibid.*, pp.40 et 70-74.

(19) L. Rétat, «1848 et l'imagination lamartinienne en Renan», *Études renaniennes*, décembre 1998, n° 105, p.18.

(20) 彼はローマ教会への糾弾を主題とした自らの詩（「ローマ」）を、『ジョスラン』の中に挿入している。

(21) *Émile*, p.406. ルソーは別の箇所で「我々新改宗者は、信仰について二つの規則を持っていて、それは実は同一のものだ。すなわち理性と『福音書』だ。後者は前者に依拠することによってのみ、ますます確固としたものとなる」と述べている（*Lettres écrites de la montagne*, p.68）。

(22) *Émile*, p.378.

(23) L.Rétat, *op.cit.*, p.16.

(24) H. Guillemin, *op.cit.*, pp.712-713

(25) Jean-Baptiste Amadieu, *Index romain et littérature du XIXe siècle : les motifs de censure des œuvres de fiction, à la lumière des archives de la Congrégation de l'Index*（thèse rédigée sous la direction d'Antoine Compagnon et conservée à la Maison de recherches de la Sorbonne, 2007), pp. 174 et 513-514.

(26) *Les Misérables, Œuvres complètes, Romans II*, Paris, Robert Laffont, «coll. Bouquins», 1985, pp. 14, 46, 44, 47 et 133. ミリエル司教が亡くなったのは1821年のことで、何年も前から（depuis plusieurs années)、盲目であったとされている。とすれば、ジャンとの出会いの年である1815年以降、間を置かずに視力を喪失したと考えることが可能である。Bouquins 版の注にあるとおり、1821年はナポレオン死去の年である。稲垣直樹氏（『レ・ミゼラブルを読み直す』白水社、1998年）が指摘するとおり、ジャンがいわば民衆の表象としてナポレオンの時代の終焉と共に登場してくるのであれば、その一方で彼はミリエル司教を継ぐ者でもある。"光"の継承が、燭台の授与によってのみなされたのではないことを、ミリエル司教の晩年のエピソードが物語っている。

第二章　サント＝ブーヴ—二つのキリスト教

(1) *Volupté*, Paris, Imprimerie nationale, 1984.

(2) St Augustin, *Les Confessions*, Paris, G-Flammarion, 1964, p.15.

(3) スイス人のヴィネは、サント＝ブーヴがローザンヌでポール・ロワイヤルに関する講

演を行うきっかけを作った。なおこの講演は『ポール・ロワイヤル』執筆の契機となった。

(4) M.Allem, *Sainte-Beuve et «Volupté»*, Paris, Société française d'éditions littéraires et techniques, 1935, p.234.

(5) Y. Le Hir, *L'originalité littéraire de Sainte-Beuve dans «Volupté»*, Société d'édition d'enseignement supérieur, Paris, 1953, p.9. ル・イールの引いている例を一つ挙げれば、«en connaissant mieux le marquis mes divagations sur son compte se précisèrent» において、«divagations» ではなく «impressions» が一般的に想定される語だ。«divagations» であれば、「とりとめもない」といったニュアンスが加わることになる。

(6) *Les Confessions,* p.18.

(7) H. Bremond, *Le roman et l'histoire d'une conversion Ulric Guttinguer et Sainte-Beuve d'après des correspondances inédites*, Plon, Paris, 1925, p.157.

(8) Cité par H. Bremond, p.156.

(9) É. Faguet, *La jeunesse de Sainte-Beuve*, Société française d'Imprimerie et de librairie, Paris, 1914, p.242.

(10) «Paroles d'un croyant», 1er mai 1834, *Revue des Deux- Mondes*, これらのラムネ関連記事については M. Allem, *Les grands écrivains français par Sainte-Beuve, XIXe siècle Philosophes et essayistes II La Mennais, Victor Cousin, Jouffroy*, Garnier Frères, Paris, 1930を参照した。

(11) *Correspondance générale*, Stock, Paris, 1935, t.1, p.370.「詩篇」62-3および7の「彼のみが私の岩山、私の救い、私の砦」の表現が示すように、「詩篇」において「岩山」は人間の唯一の拠り所である神のメタファーである。

(12) *Cahiers I, «Cahier vert 1834-1847»*, Gallimard, Paris, 1973, p.100.

(13) *Ibid.*, p.111.

(14) *Ibid.*, p.119. この後には『イミタチオ・クリスティ』からの引用が見られる。

(15) *Ibid.*, p.369.

(16) その晩、フロベール、ルナン、テーヌ、ナポレオン公などがサント＝ブーヴ宅に招待され、メニューに雉肉やフィレステーキが入った夕食に興じた（N. Casanova, *Sainte-Beuve*, Paris, Mercure de France, 1995, pp.442-443）。復活祭前の聖金曜日はキリストの死を記念する日であり、肉食の禁止が広く守られていた。このことをルイ・ヴイオが大々的に記事にしたことで騒動になった。非宗教化が進んだ今日では実感できないものの、当時の信者たちにとっては、それは宗教に対する敬意を欠いた挑発的な行為と映った。

(17) 1638年にオラトリオ会の神父によって創設された教育研究機関で、大革命前ルイ13世によって王立アカデミーとされた。ジュイイはパリから30kmほどの場所にあり、セーヌ・エ・マルヌ県に位置する。ラムネはコレージュの運営のために招聘されていた。

(18) M. Regard, *Introduction* à *Volupté*, p.19.

(19) *Correspondance générale*, t.1, p.236.

(20) Lamennais, *Correspondance générale*, Armand Colin, Paris, 1977, t.6, p.456.

(21) サムエルは、サウルとダビデを王位に就かせ王政を確立し、対外的な危機の時代のイスラエルを救った士師の一人であり預言者。

(22) *Cahiers I, «Cahier vert 1834-1847»*, p.239.

(23) 後期ローマ帝国の軍旗。コンスタンティヌス帝が十字架とイエス・キリストのモノグ

ラムを組み合わせ、それにラテン語の「この印によって、お前は勝利する」(In hoc signo vinces) を加えて作ったもの。

(24) *Revue des Deux Mondes* (15 nov. 1836). アルノーは、「大アルノー」とも呼ばれるアントワーヌ・アルノー (Antoine Arnauld 1612-1694)。司祭であり神学者であったアルノーは、イエズス会との論争、アレクサンデル７世による「信仰誓約書」(Formulaire) への署名問題、ルイ十四世による弾圧などのポール・ロワイヤルに対する迫害の時期を生き、亡命の地ベルギーで世を去った。

(25) *Le Constitutionnel* (23 sep. 1861). サント＝ブーヴが削除した一節については、本書p.20を参照。

(26) *Ibid.*

(27) «Œuvres de Maurice de Guérin» (lundi 21 sep. 1860), *Causeries de Lundi*, Garnier Frères, Paris, t.15, p.5.

(28) Michelet, *Introdicution à la Révolution française*, Paris, Robert Laffont, t.I, p.94.

(29) *Port-Royal,* Paris, Robert Laffont, t.1, p.560.

(30) *Ibid.,* t.1, p.198.

(31) Lamennais, *Correspondance générale*, t.6, p.54.

(32) *Cahiers I, «Cahier vert 1834-1847»*, p.78. この〝作家ラムネ〟という考えを、サント＝ブーヴはシャトーブリアンから得た。

(33) *Le Moniteur* (７sep. 1868). サント＝ブーヴは、カロン神父 (Guy-Toussaint-Julien Carron 1760-1821) によってラムネに与えられた宗教作家という使命が、当初から司祭にとって潜在的災いであったと考える。ラムネ自身がそのことを意識していたようだ。

(34) 前５世紀ごろの伝説上のローマの将軍。ウォルスキ人たちとの戦いで活躍したが、その後ローマから追放されて、ウォルスキの軍に寝返ってローマと戦ったとされる。

(35) 1836年11月15日『両世界評論』。

(36) *Cahiers I, «Cahier vert 1834-1847»*, pp.90 et 112.

(37) ソッツィーニ (1539-1604) はユニテリアン派の神学者で、原罪・予定説・キリストによる贖罪などの教義を否定した。

(38) M.Allem, *op.cit.*, pp.221 et 224.

(39) カロン神父はイギリス亡命中にラムネと知り合った。ラムネを導き、叙階を勧めたとされる。困窮する人々のために多くの慈善活動を行った徳の人であった。カロン神父は、革命前にフイヤン会女子修道会があったパリの一角（フィアンティヌ）に共同体を営んだ。

(40) *Les Confessions*, pp.37-38.

(41)「シカンブル」は、クロヴィス１世 (466?-511) の洗礼の際に、ランスの司教であった聖レミギウスがクロヴィスを呼ぶのに用いた表現で、フランク族に統合されたゲルマン系あるいはケルト系民族を指す。「頭を垂れよ」、あるいは「首飾り（異教徒の証である）を取り除け」という言葉が発されたと、『フランク族の歴史』の著者グレゴワール・ド・トゥール (539-594) は伝えている。

(42) アモン氏は、多くの人がその医術に信頼を寄せた医者で、診療のためにポール・ロワイヤル外に呼ばれることも一度ならずあった。トラピスト会の創設者ランセもその往診を受けた一人である。科学バカロレア取得後に医者を目指して医学部に登録したサント＝ブーヴがアモン氏に惹かれた理由は、この隠者の職業とも関連している。

(43) *Port-Royal*, t.1, pp.1018-1025.
(44) *Ibid.*, t.1, p.244.

第三部 「絶対」の人、過去の人

第一章 ヴィクトル・ユゴー――異端審問から大革命へ

(1) 共和国軍隊の戦闘が行われる場所からして、敵をヴァンデ軍とすることは難しい。確かにヴァンデ軍はロワール川を渡り、マイエンヌ、フージェール、ドル、ポントルソンを通ってグランヴィルまでは進軍したが、それは1793年10月以降のことである。
(2) A・カステールは、1993年3月20日のグループ・ユゴーの研究会で「トルケマダとシムールダンのあいだに、しばしば表層的に類似が指摘されてきた。しかし、根本的な相違がある。それは一方は誤った目的の狂信者であり、他方は正しい目的の狂信者だということだ」と述べている。
(3) C. Juillot, «Torquemada et les autres—la place de Victor Hugo dans l'évolution de la figure du Grand Inquisiteur au 19e siècle»（communication au Groupe Hugo du 18 novembre 2006）.
(4) 1789年の革命勃発後、マラーは『人民の友』（*Ami du Peuple*）を発刊。国民公会議員となり、山岳派を指導した。
(5) Michelet, *Histoire de la Révolution française*, Robert Laffont, 1979, t. I, pp.413-414.
(6) 史上最悪の教皇とされるアレクサンデル6世（1431-1503）。4人の私生児がいたとされ、彼らを重用するなど当時の教会の腐敗ぶりを象徴する人物である。イタリア人ドミニコ会士で教会の改革を遂行しようとしたサボナローラが火刑に処せられたのは、アレクサンデル6世下である。
(7) Note 24 de l'édition Robert Laffont（p.911）.
(8)『聖書　新共同訳』日本聖書教会、1997年。
(9)「過度の狂信が原因となっているこうした熱狂が、これと特定できる明確な信条をまったく有していないのは、まさに驚くべきことだ。これほどの曖昧さとこれほどの激情の共存は、実に奇妙な見せ物だ」（Michelet, *op.cit.*, p.414）。
(10) E. Godo, *Victor Hugo et Dieu Bibliographie d'une âme*, Paris, Cerf, 2002, p.230.
(11) «Genève et la peine de mort», *Actes et Paroles II, Œuvres complètes, Politique*, Paris, Robert Laffont, 2002, p.546.
(12) *L'Homme qui rit, Œuvres complètes, Roman III*, Paris, Robert Laffont, 1985, p.514.
(13) *Frères Karamazov*, Paris, Gallimard, «Bibliothèque de la Pléiade», 1969, pp.331-333 et 339-345.
(14) *La Légende des Siècles*, Paris, Gallimard, «Bibliothèque de la Pléiade», 1967, p.38.
(15) «Le droit et la loi», *Actes et Paroles I avant l'exil*（*1841-1851*）, p.71.
(16) *Dictionnaire du droit canonique*, Paris, Letouzey et Ané, 1935-1965, article : clerc.
(17) バス＝ノルマンディ地方に位置し、モン・サン・ミッシェル湾に面する町。
(18) J. de Viguerie, *Christianisme et révolution*, Paris Nouvelles éditions latines, 1986, pp.143-145.
(19)『笑う男』には「夜の中には、絶対がある」という一節が見える（*L'Homme qui rit*,

pp.418-419)。
(20) *Histoire du peuple d'Israël, Œuvres complètes*, Paris, Calmann-Lévy, 1961, t.VI, p.1019.
(21) Dans la «Présentation» de *Quatrevingt-Treize*, Paris, Flammarion, 2002, p.32.
(22) Michelet, *op.cit.,* p.481.
(23) 革命前の名称はパリ大司教館で、シテ島に位置する。聖職者民事基本法によって、大司教の位階が廃止となって以降、単に司教館と呼ばれた。
(24) L.Blanc, *Histoire de la Révolution française*, Paris, Pagnerre, 1856, t.8, p.420.
(25) F. Furet et M. Ozouf, *Dictionnaire critique de la Révolution*, Paris, Flammarion, 1988, p.377.
(26) L. Blanc,*op,cit.,* t.8, p.414.
(27) *Les Misérables*, p.16.
(28) «Genève et la peine de mort», p.541.
(29) *Le Dernier jour d'un condamné, Œuvres complètes, Roman I*, Paris, Robert Laffont, 1985, p.410.
(30)『エヴェヌマン』(*L'Événement*) 紙は1848年にユゴーが創刊し、ユゴーの二人の息子が編集にあたった(1851年まで刊行)。
(31) «Tribunaux 1851, pour Charles Hugo, la peine de mort», *Actes et Paroles I,* p.312.
(32) *L'Homme qui rit*, p.745.
(33) *Journal,* Paris, Robert Laffont, 1989, t.I, p.838.
(34) ミシュレが死去したのは、1874年2月9日で、小説はその10日後に出版された。
(35) J.-O. Boudon, *Paris capitale religieuse sous le Second Empire*, Paris, Cerf, 2001.
(36) «À Lord Palmerson», *Actes et Paroles II*, p.456.
(37) C. Rétat, *X, ou le divin dans la poésie de Victor Hugo à partir de l'exil*, Paris, CNRS, 1999, p.52.
(38) «L'incident berge», *Actes et Paroles III*, p.797.

第二章　エルネスト・ルナン―「抽象を本質とする人々」の隠喩《メタファー》

(1) F. Mercury, *Renan*, Paris, Olivier Orban, 1990, pp.168 et 171.
(2) *Correspondance générale*, Honoré Champion, 1995, t.I, p.579.
(3) Ch. Péguy, *Cahier de la Quinzaine*, 5e cahier de la 8e série, le 2 déc. 1906, *Œuvres en prose complètes*, Paris, Gallimard, «Bibliothèque de la Pléiade», 1988, t.II, p.532.
(4) *Enquête sur l'évolution littéraire par Jules Huret*, Paris, Bibliothèque Charpentier, 1891, p.179.
(5)「ところでこれらの辞職者たちの大部分とほとんどの休職者たちは、かつて彼らが就いていた聖職の、言ってみれば彼らのかつての生業の特徴と言ってよい、いくつかの習慣、いくつかの癖を保持し続けていることに、人々は気がついた。第一、それは簡単にわかることだった。いくつかの職業癖や固有の表現、特定の言い回し、指揮したがる性癖、ある種のこだわり、権威的に振る舞うことへの志向、支配したい欲求だ。また逆に、ある種の寛大さ、聖職者的なしなやかさ、柔軟さ、やんわりした優しさ、一種の気だてのよさ、司教的な甘さといったものがある。こうした正反対に見えるものが実は、一方が他方の裏にあり、あるいは一方が他方を覆い隠すかたちで保持されていることに、人々は気がついた。

そこで、こうした過去の職業上のちょっとした欠点は、奇妙な再発、奇妙な継続という発想によって、ルナンの中にも見いだせると、人々は落ち着き払って勝手に想像した」(Ch. Péguy, *op.cit.*, pp.534-535)。

(6) Flaubert, *Correspondance*, Gallimard, «Bibliothèque de la Pléiade», 1991, t.III, p.283 (lettre du 23 ou 24 décembre 1862).

(7) «Port-Royal», *Études d'histoire religieuse*, Gallimard, «coll. Tel», 1992, p.604.

(8) «Spinoza», *Études d'histoire religieuse*, p.636.

(9)「強力な精神の持ち主は、狂人になる危険に最もさらされている。強力な気質についても同じことが言える。この力には何か恐ろしいものがある。精神がもうこの力に耐えられなくなる瞬間が訪れることがある。そのとき、精神は崩壊する。その証拠(…)は、今世紀で最も強力な精神であるラムネ氏の異常な錯乱、崇高な狂人であるパスカル、そして僕自身」(N.A.F., 11478, bis, folio 42. cité dans L. Rétat: *Religion et imagination religieuse: leurs formes et leurs rapports dans l'œuvre d'Ernest Renan*, Klincksieck, 1977, p.28)。

(10) «M. de Lamennais», *Essais de morale et de critique, Œuvres complètes,* Paris, Calmann-Lévy, 1948, p.146. このラムネ論は、ルナンにとっての自己検証の一契機であった。J. ブリエは、ルナンの論文を「中傷的論文」と形容するが、はたしてそうであろうか。これは「神に触れられた者」の二つの在り方に関する論考として読まれるべきであろう(J. Boulier, «"Monsieur Féli" et le christianisme éternel», in *Europe*, Février-Mars 1954, p.75)。

(11) *L'Avenir de la science, O.C.*, t.III, p.1121.

(12) «M. de Lamennais», p.133.

(13)「永遠の福音書」の運動については、拙著『世紀末のキリスト』(pp.27-40) を参照されたい。

(14) «M. de Lamennais», p.135.

(15) *Ibid.,* p.136.

(16) *Ibid.,* p.135.

(17) それに対し、L・レタはルナンについて「変節することなく、変容した」(L.Rétat, *op.cit.,* p.51) と述べ、ルナンの変化の様を適確に言いあてている。その対蹠点にラムネを位置づけることができよう。サント゠ブーヴは2人の思想家を比べて次のように記している。「仮の老朽化した建物は彼(ルナン)のうちで、一石ずつ崩れていった。しかし、それが完全に崩壊したときには、深くて堅固な下部構造を持った別の建物にとって替わられていた。一言でいえば、ルナン氏は、教義から科学へと移行したのであり、ラムネと最も顕著なコントラストをなしている」(«M. Ernest Renan» (2 juin 1862), *Nouveaux Lundis*, Calmann Lévy, 1879, t.II, p.391)。

(18) *Correspondance,* t.II, p.158.

(19) *Le Prêtre de Némi, O.C.*, t.III, p.547.

第四部　反自然としての司祭像

第一章　ジュール・ミシュレ―司祭と女性

(1) M. Leroy, *op.cit.,* p.51.

(2) *Ibid.*, p.77. 1828年からフランスでの活動を禁じられていたイエズス会は、1833-1834年以降の政府の教会に対する態度の軟化を受けて、非合法的に失地回復を図った。政治家たちが、教会を秩序維持に有益な組織とみなし、修道会の再開を大目に見たことで、一種の宗教ルネサンスのような状態を呈した。このことがミシュレらの告発の背景にある（R. Rémond, *L'anticléricalisme en France de 1815 à nos jours*, Paris, Fayard, 1999, p.77）。

(3) *Histoire de France,* livre IV, *Éclaircissements, Œuvres complètes,* Paris, Flammarion, 1974, t.IV, p.701.

(4) J. Michelet et E. Quinet, *Des Jésuites,* Hollande, Jean-Jacques Pauvert, 1966, p.55.

(5) 拙著『世紀末のキリスト』（pp.51-65）参照。

(6) *Des Jésuites,* pp.71-72.

(7) *Le prêtre, la femme et la famille,* Paris, Chamerot, 1862. 初版のタイトルは、*Du prêtre, de la femme, de la famille* であった。

(8) ミシュレは、サント＝ブーヴが描いたフランソワの「見事な肖像」に言及する。フランソワ・ド・サルはサン＝シラン以前に、ポール・ロワイヤル女子修道会の霊的導師であった。

(9) *Dictionnaire de spiritualité,* article : François de Sales.

(10) François de Sales, *Œuvres complètes,* Paris, Louis Vivès, 1891, t.X, p.107.

(11) 当時多くの人々が手元に置いていたのは、ルメートル・ド・サシーが仏語訳したポール・ロワイヤル版聖書である。その中では、「雅歌」（Cantique des Cantiques）のこの部分の訳語として dilection ではなく、amour が用いられている。したがって、ミシュレが amour ではなく、dilection をここで用いているのは、意図的な使用と言えるだろう。ところで、サント＝ブーヴ『ポール・ロワイヤル』の中にも、「雅歌」のこの一節への言及がある。ルメートル・ド・サシーの秘書であったフォンテーヌはこの人物の死に際して、問題の表現を用いて嘆く。「そして、フォンテーヌは、悲嘆にくれるフォンテーヌは、生き残ることに驚愕する。『この姉弟（サシの従姉弟のド・リュザンシとアンジェリク・ド・サン＝ジャン）がサシ氏の死に衝撃を受け亡くなったのを目の当たりにして、私は赤面しました。あの方をいつも愛していたと思っていた私が、あの方々のように後を追うことができないとは。愛（amour）が死のように強かったあの方々と比べ、わずかしか愛のない自分に絶望して戻ってきたのです』」（Sainte-Beuve, *Port-Royal,* t.2, p.473）。

(12) Sainte-Beuve, *Correspondance générale,* t.VI, p.52.

(13) 聖人を「シャンタル夫人の親密な友人」としたスタンダールは、サント＝ブーヴの批判の範疇に入るであろう。『英国通信』の著者は、聖人の著作を次のようにコメントする。「『フィロテあるいは神の愛論』は奇妙な書物で、愛のマニュアルの一つに数えることができるだろう。彼の作品の再版は文学的な出来事というより時代の兆候の一つの証だ。読む人の数は限られているだろう。多くの人が購入するだろうが、それは特に、見せびらかしの信心が流行っている上流社会の女性たちだろう」（*Courrier anglais,* t.II, p.18, le 1er nov. 1822）。

(14) Jeanne de Chantal, *Correspondance,* Paris, Cerf, 1987, t. II, pp.303-310.

(15) ダンテのこの言葉は、『神曲』の「天国篇」1. 70にある。

(16) *L'Amour, Œuvres complètes,* t.XVIII, p.176.

(17) Barbey d'Aurevilly dans *Le Pays* (7 décembre 1858).

(18) R. Rémond, *op.cit.*, pp.10-11, 41 et 46.

(19) *Histoire de la Révolution française*, Paris, Gallimard, «Bibliothèque de la Pléiade», 1952, t.I, p.382.

(20) P. Viallaneix, *La voie royale - essai sur l'idée de peuple dans l'œuvre de Michelet -*, Paris, Flammarion, 1971, p.445.

(21) メディアはギリシャ神話の魔女。ペルセフォネ（ラテン語名プロセルピナ）はギリシャ神話の女神で、冥界の王ハデスの妃。

(22) Notes d'histoire religieuse (Bibliothèque de la ville de Paris), t.3, 221-224 (fragment écrit le 6 fév. 1861).

(23) Michelet, *Journal*, Paris, Gallimard, 1962, t.II, p.298.

(24) Mme de Gasparin, *Le mariage au point de vue chrétien*, Paris, L.-R. Deloy, 1844. t.III, p.6

(25)「彼女（アテナイス・ミアラレ）がミシュレを惹きつけた主な要因は、彼の個人的な妄想観念を具体化するような存在であったからではないか」と、Th・モローは『女』につけた前書きで述べている（Th. Moreau, *Préface* à *La Femme*, Paris, Flammarion, «coll. Champs», 1981, p.19)。

(26) M. Cressot, «Zola et Michelet Essai sur la genèse de deux romans de jeunesse : La Confession de Claude, Madelaine Férat», *Revue d'Histoire littéraire de la France*, juillet-septembre, 1928, n°3, pp.388 et 383.

(27) G. Deleuze, dans sa *Préface* à *La Bête humaine*, Paris, Gallimard, «coll. Folio classique», 1977, p.13.

(28) Th. Moreau, *Le sang de l'histoire Michelet, l'histoire et l'idée de la femme au XIXe siècle*, Paris, Flammarion, 1982, pp.47-49.

第二章　エミール・ゾラージェズイット神話と「例外的な存在」としての司祭

(1) P. Ouvrard, *Zola et le prêtre*, Paris, Beauchesne, 1886.

(2) H. Mitterand, dans la notice de l'édition Gallimard («coll.Folio», 1990), p.438.

(3) フランソワ／マルト・ムーレはルーゴン＝マッカールの系譜に属し、プラサンは両家の出身地である。

(4) 傍点は引用者による。

(5) H・ミッテランによれば、草案ではもっと直接的だった神父の役割が、今見るように書き換えられたという（la note de la page 319, p. 463 dans éd. «coll. Folio classique»)。

(6) M. Leroy, *op.cit.*, pp.156-157.

(7) J. Dubois, «*Madame Gervaisais* et *La Conquête de Plassans*», *Les Cahiers naturalistes*, n° 24-25, 1963, p.88. この論文の中でデュボワは、モロー・ド・トゥール『病的心理』とユリス・トレラ『明晰な狂気』が典拠として共に使用されていると指摘する。またM・ド・ローネはフォリオ版の前書きで、シャルコ『ヒステリー』がマルトの状態の描写に利用されているとしている（p.16)。

(8) Les Goncourt, *Madame Gervaisais*, Paris, Gallimard, «coll. Folio», 1982, p.176.

(9) P. Ouvrard, *op.cit.*, p.147.

(10) D. Baguley, «Les paradis perdus: espace et regard dans *La Conquête de Plassans* de Zola», *Nineteenth Century French Studies*, IX, automne-hiver, 1980-1981, p.86.

⑾ パスカル博士自身もこの系譜樹に属するのだが、彼は生得資質（innéité）によって、この家系の悪い遺伝を免れている。

⑿ *Le Docteur Pascal*, Paris, *Œuvres complètes*, Paris, Nouveau monde, 2007, t.15, pp.434 et 439.

⒀ ドゥルーズはフォリオ版の『獣人』につけた前書きの中で、ゾラにおいては遺伝が二つの系統から構成されていることを指摘する。一つは均質の、一定した遺伝である。他方は、ばらばらな性質を持つ分散型あるいは変容と呼びうる遺伝で、神経性の病気に犯されている一族を特徴づける。第二の遺伝によって継承されるのは、神経疾患の傾向であって、それは非遺伝的なファクターの影響で、ある病気の形態をとる。ゾラの創作の中で、本能と呼ばれる第一の均質の遺伝によって獲得形質が伝わり、ひび割れ（fêlure）と呼ばれる分散型の遺伝は、それぞれの個体において本能との関連で発現する。ドゥルーズによれば、リュカスに代表される当時の遺伝学の理論を、ゾラは自分なりに変形して使っている（G. Deleuze, dans sa *Préface* à *La Bête humaine*, Paris, Gallimard, «coll. Folio classique», 1977, p.13）。

⒁ *L'Avenir de la science*, p.1121.

⒂ *Enquête sur l'évolution littéraire par Jules Huret*, p.179.

⒃ *Le Rêve*, Paris, Gallimard, *Œuvres complètes*, Paris, Nouveau monde, t.13, p.682.

⒄ R.-P. Colin et J.-F. Nivet, *Louis Desprez（1861-1885）Pour la liberté d'écrire*, Tusson, Du Lérot, 1992, p.104.『鐘楼の周りで』は、ルイ・デプレーズともう一人の若手作家によって共同執筆された。

⒅ P. Ouvrard, *op.cit.*, p.75.

⒆ Flaubert, *Correspondance*, *Œuvres complètes*（16 vol.）, Club de l'Honnête Homme, 1971-1975, t.XVI, p.290.

⒇ 19世紀のフランスの農村には、依然として迷信的信仰が根強く残っており、司祭はしばしば呪術師の代替をするものとみなされた。第一部第一章で見たアルスの司祭の例は、農村の呪術文化と聖職者文化の曖昧な共存の一例と言える（P. Bautry, «Les mutations des croyances», in *Histoire de la France religieuse*, t.3: Du roi Très Chrétien à la laïcité républicaine XVIIIe-XIXe siècle, Paris, Seuil, «coll. Histoire», p.449-450）。奇跡を信じる教会の立場は一貫しているのものの、奇跡信仰に重きを置くかどうかは時代によって異なる様相を見せる。

(21) またマイエンヌ県のポンマンにおけるマリア出現は1871年のことである。

(22) A. Dancette, *op. cit.*, pp.502-503.

(23) R. Rémond, *op. cit.*, p.149.

(24) この用語に付けられたFolio版の注参照（Gallimard «coll. Folio classique», 1995. p.628）。

(25) この用語に付けられたFolio版の注参照（p.626）。

(26) *Encyclique «Rerum Novarum» du pape Léon XIII sur la Condition des ouvriers（15 mai 1819）*, Paris, Bonne Presse, 1956.

(27)『ローマ』はきわめて長い小説であり、そこに描かれているのはバチカンと関係する聖職者たちばかりではない。土地・建物の投機によって、急激な変貌を遂げていく都市の様子やその住人たちの生き様にも多くのページが割かれているが、中心となるのはやはり聖職者たちとその長レオ13世の描写である。

(28) ただし、ピエールがミサを執り行ったり、告解を聞くシーンは『三都市物語』を通じて、ほとんど描写されていない。

(29) «*Un prêtre marié* par Barbey d'Aurevilly», *Le Salut public*, le 10 mai 1865. この論文は後に修正が加えられ、発表された（«Le Catholique hystérique», *Mes Haines, Œuvres complètes*, Paris, Nouveau Monde, 2002, t.1, pp.742-749）。

(30) Renan, «Du libéralisme clérical», *La Liberté de penser,* mai 1848.

(31) しかし、ゾラにおいて宗教と世俗主義の戦いは『パリ』の最終ページをもって終焉したわけではない。次節で見るように、それは彼の最後の小説『真実』において、最も激烈なかたちで再現される。

(32) Dans la notice de *Vérité, Œuvres complètes*, Cercle des livres précieux, 1968, t.8, p.1491.

(33) S. Guermès, *La religion de Zola,* Paris, Honoré Champion, 2003, p.550.

(34) この二つの修道会は別組織であるが、ゾラはこの二つを混同している。

(35) Dans la notice de *Vérité, O.C.*, Cercle des livres précieux, 1968, t.8, p.1491.

(36) A. Dansette, *op.cit*, pp.570-571, 580 et 610.

(37) ゾラは『第四福音書』の『正義』を執筆するつもりであった。その中で主人公ジャンは兵士という設定を予定しており、『正義』が書かれていれば軍の在り方とナショナリズムへの批判はそこで展開されたであろう。

(38) ゾラの告発文の載った『オーロール』紙はパリにおいて数時間のうちに20万部を売り切り、街頭のいたるところに貼られた（J. Brugerette, *Le Prêtre français et la société contemporaine*, Paris, P. Lethielleux, 1933, pp.433-435）。

(39) A. Dansette, *op.cit.*, p.561. J. Brugette, *op.cit.*, p.472. H. Guillemin, *Histoire des catholiques français au XIXe siècle*, Utovie, 2003（réédition de 1947, Au milieu du Monde）, p.385. ピエール・ミケル『ドレーフュス事件』白水社、1960年、pp.140-141。

(40) A. Dansette, *op.cit.,* p.560.

(41) J. Brugette, *op.cit.,* pp.441-442.

(42) H. Guillemin, *op.cit.,* p.379.

(43) A. Dansette, *op.cit.,* pp.557 et 567.

(44) Dans la notice de *Vérité, O.C.*, Cercle des livres précieux, 1968, t.8, p.1498.

(45) Péguy, «Les récentes Œuvres de Zola», *Œuvres en prose complètes*, Paris, Gallimard, «Bibliothèque de la Pléiade», 1987, t.I, p.260.

(46)『真実』の中でゾラもこの点を強調している。

(47) A. Dansette,*op.cit.*, p.568.

(48) またシモン事件の経緯の中に告解批判が織り込まれる。この事件では所有者のイニシャルが書かれた習字見本が事件の鍵となっているが、フィリバン神父は裁判においてこれと似た署名のある手紙を見たと証言し、シモンの有罪を確定させようとする。しかし、その根拠については告解の秘密厳守を理由に口をにごす。これらの想定はドレフュス事件の発端となった明細書を、そして軍部の機密厳守が常に事件の解決を困難にしてきたことを想起させる。

(49) ゾラは当初、女児暴行殺人事件を想定していた（Notice de *Vérité*, p.1496）。

(50) H. Guillemin, *op.cit.,* p.383.

(51) *Ibid.*, p.384.
(52) M. Launay, *op. cit.*, pp.95-97.
(53) フェルー像を構想するにあたって、ゾラは実在の教員ドーヴェに対面し、さまざまな資料を得ている（Dans la notice de *Vérité, O.C.*, p.14)。

第五部　「彼方」の証人《あかしびと》たち

第一章　二人の「真夜中の司祭」―バルベイ・ドールヴィィ、ヴィリエ・ド・リラダン

(1) バルベイが「ノルマンディの友」と呼ぶ友人で、彼の作品の出版も手がけた人物。1832年から1858年のあいだにバルベイがトレビュティアンに送った手紙は370通に及ぶ。
(2) Barbey d'Aurevilly, *Correspondance générale*, Paris, Les Belles-Lettres, 1984, t.III, p.112.
(3) T. Todorov, *Introduction à la littérature fantastique*, Paris, Seuil, 1970, pp.37-38.
(4) Barbey d'Aurevilly, *Correspondance générale*, t.III, p.111.
(5) V. de l'Isle-Adam, «L'Intersigne», *Contes cruels, Œuvres complètes*, Paris, Gallimard, «Bibliothèque de la Pléiade», t.I, pp. 694, 695 et 698. A・W・レイトが示唆するように、エドガー＝アラン・ポーの主人公たちにも精神的あるいは身体的病気に苦しむ者がおり、その病が大事件を引き起こすことになる（A.W. Raitt, *Villiers de l'Isle-Adam et le mouvement symboliste*, Paris, José Corti, 1986, p.93)。
(6) Barbey, *C.G.*, t.II, p.137 et t.III, p.128. バルベイの父方の祖母は孫に幽霊や魔術師の話を聞かせていたという（*Préface* de Ph. Sellier aux *Œuvres de Barbey d'Aurevilly*, Paris, Robert Laffont, 1981, p. 9)。
(7) *Préface* de P.-J. Hélias, à *La Légende de la mort, chez les Bretons armoricains, Magie de la Bretagne* par A. Le Braz, Paris, Robert Laffont, 1994, t.I, p.93.
(8) P. Tranouez, *Fascination et narration dans l'œuvre romanesque de Barbey d'Aurevilly. La scène capitale*. Paris, Minard, Lettres modernes, 1987, p.301.
(9) A. Djiourachkovitch, *Barbey d'Aurevilly «L'Ensorcelée»*, Paris, PUF, 1998, p.48.
(10)「それ（レッシーの荒れ地）は私の語りの中で舞台の役割を果たす」（*C.G.* t.II, p.154)。
(11) Ph. Sellier, *Préface* aux *Œuvres* (de Barbey d'Aurevilly), Paris, Robert Laffont, 1981, p.21.
(12) A. Djiourachkovitch, *op.cit.*, pp.19 et 89.
(13) A. de Le Braz, *op.cit.*, t.I, pp.312-313 ; F.-M. Luzel, *Veillées bretonnes, mœurs, chants, contes et récits populaires des Bretons armoricains*, Paris, H. Champion, 1876, p. 5.
(14) A. Le Braz, *op.cit.*, pp. 103, 106 et 1180-1181 (note 1).
(15) Dans la notice ajoutée à «L'intersigne» (l'édition de G-Flammarion, p.257).
(16) A.W. Raitt, *op.cit.*, p.209.
(17) J.-H. Bornecque, *Villiers de l'Isle-Adam créateur et visionnaire*, Paris, A.G.Nizet, 1974, pp.65-66. Voir également l'*Introduction* à *Tribulat Bonhomet*, dans l'édition de la Pléiade, t. II, p.1131.
(18) «Claire Lenoir», *Tribulat Bonhomet*, *O.C.*, t.II, p.149.

(19) A. Labarrère, «Logique et chronologique dans *L'Intersigne* de Villiers de l'Isle-Adam», *Hommage à Pierre Nardin, Philologie et littérature française, Annales de la Faculté des lettres et sciences humaines de Nice*, 1977, pp.191 et 194.
(20) «Claire Lenoir», p.150.
(21) *O.C.*, t.II, p.1037.
(22) *O.C.*, t.I, p.1398, note 2 de p.696.
(23) Ph. Sellier, *op.cit.*, p.22. A. Djourachkovitch, *op.cit.*, p.80.
(24) モデルとなった修道院は1120年に設立されたプレモントレ会に属していたが、大革命が勃発したとき、4名の修道士しか住まっていなかった。J・プチによれば、バルベイはこの修道院に関する誹謗中傷を現実のこととして、小説に導入している（note 2 de p.558, pp.1357-1358 in *L'Ensorcelée, Œuvres romanesques complètes*, Paris, Gallimard, 1964, «Bibliothèque de la Pléiade», t.I.）
(25) Barbey, *C.G.*, t.II, p.163. M. Miguet-Ollagnier, «L'Ensorcelée entre le sacré et le sacrilège», *Barbey d'Aurevilly 17*（*Sur le sacré*）, *La Revue des lettres modernes*, Paris-Caen, Mignard, 2002, p.20.
(26) 1799年、執政政府は内外の危機に遭遇し、英国軍の上陸と王政の復活の予測が広がった。ラ・フォスはサン・ローとクータンスのあいだに位置する村で、ノルマンディ地方におけるふくろう党の最後の戦いの場となった。
(27) J. de Maistre, *Considérations sur la France, Œuvres I*, Genève, Slatkine, 1980, p.80.
(28) *Dictionnaire du droit canonique*, Paris, Letouzey et Ané, 1935-1965 : "arme ".
(29)『アクセル』の中では、同様の提案が副司教によってなされる（*O.C.*, t.II, p.550）が、サラは修道女になることを拒否することで、その副司教の言葉をも拒絶する。
(30) «L'Appareil pour l'analyse chimique du dernier soupir», *Contes cruels*, t.I, p.668.
(31)「光（啓蒙）の世紀」（le siècle des lumières）と「諸世紀の『光』」（la Lumière des siècles）の対比は、「クレール・ルノワール」にも存在する。
(32) Dans la notice de l'édition Pléiade, p.1400.
(33) E・グルガールは、ポーが『大鴉』で用いる繰り返しの手法が「予兆」にも存在することを指摘している（E. Grougard, *Les trois premiers contes de Villiers de L'Isle-d'Adam*, Paris, PUF, 1958, t.II, pp.155-156）。
(34) Léon Bloy, *La Femme pauvre*, Paris, Mercure de France, 1972, p.161.

第二章　信仰の探求と一九〇一年の結社法―J・K・ユイスマンス

(1) *Là-bas, Œuvres complètes*, éd. de Paris de 1928-1934, Slatkine Reprints, 1972, v.1, p.22.
(2) «Préface» au *Latin mystique*（de Rémi de Gourmont, 1892）, recueillie dans *En marge*, éd. Marcelle Lesage, 1927, p.68.
(3) *Dictionnaire de spiritualité*, Paris, Beauchesne 1937-95, article : Robert de Molesmes.
(4) J. Benoist, *Le Sacré-Cœur du Montmartre de 1870 à nos jours*, Paris, Editions ouvrières, 1992, pp.620-625 et 958-960.
(5) *Journal de l'abbé Mugnier*, Paris, Mercure de France, 1985.
(6)「相変わらず裸体の女たちが、讃歌にあわせて頭の中で乱舞した。彼はこうした妄想から息を切らし、疲労困憊して抜け出したが、もし司祭がいたら泣きながらその足元に身を

投げただろうし、もし娼婦が部屋にいて近寄ってきたら、もっとも破廉恥でみだらな行為に身を染めたであろう」（『出発』）。
(7) デュルタル像に作者ユイスマンスの伝記的要素が反映しているのは言うまでもない。ノートル＝ダム・ド・ラートルは、ノートル＝ダム・ディニーをモデルとしている。
(8) Catéchisme de l'Eglise catholique (Nouvelle édition), Paris, Cerf, 2012, (961).
(9) J. de Maistre, *Considération sur la France, Œuvres I,* Genève, Slatkine, 1980, p.94.
(10) *Les Soirées de Saint-Pétersbourg*, Paris, éd. de la Maisnie, 1991, t.II, p.122-126.
(11) *Ibid.*, t.I, pp.191-192.
(12) E. Hello, *Physionomies de saints*, Montréal, Variétés, 1945, pp.241-243.
(13) *Dictionnaire de spiritualité*, article：Dom Guéranger.
(14) R. Baldick, *The life of J.-K. Huysmans*, Oxford of the Clarendon Press, 1955（ロバート・バルディック著、岡谷公二訳『ユイスマンス伝』学習研究社、1996年）の年表参照。
(15) フェルタン師のモデルは、ベス師（Dom Jean Martial Besse, 1861-1920）とされている。
(16) A. Dancette, *op. cit.,* p.567.
(17) プラットホームの見送りの中には教区教会の主任司祭のバルバントン神父もいる。彼も修道士たちの出発を嘆く心になっている。二つの陣営の対立をこの悲劇が昇華したかっこうである。
(18) A. Dancette, *op.cit.,* p.571.
(19) フランソワ・コッペ（François Coppée 1842-1908）は詩人・小説家で、世紀末のカトリックへの改宗者の一人であった。ジョルジュ・ランドリーは文学者ではないが、バルベイやヴィリエ、さらにユイスマンスとも親交のあった人物。
(20) l'abbé Mugnier, *op.cit.*, p.117.『出発』のジェヴルザン神父のモデルとされるこの人物が、このような突き放した目でユイスマンスを見ていたということは興味深い。
(21) *Ibid.*, p.140 et note 65.